ANAGRAMMA

74

Della stessa autrice

Mi piaci da morire
Cercasi amore disperatamente
L'amore non fa per me
101 modi per riconoscere il tuo principe azzurro (senza dover baciare tutti i rospi)

Immagine di copertina: © Julien Tromeur

Prima edizione: novembre 2008

Roma, Casella postale 6214

ISBN 978-88-541-1191-2

www.newtoncompton.com

Realizzazione a cura di Corpotre, Roma
Stampato nel novembre 2008 da Puntoweb s.r.l., Ariccia (Roma)

Federica Bosco

L'amore mi perseguita

Newton Compton editori

A chi ha il coraggio di voltare pagina

1

«Cadiamo, mamma? Sembra che cadiamo, vero? Guarda come sono piccole le case laggiù... E guarda le ali come si piegano! Che sta facendo quella signora, mamma? Dai mi rispondi? Eh?»

«Sta pregando, tesoro, alcune persone sono molto nervose in aereo».

«Ma perché, eh? Perché è nervosa la signora, mamma, eh? Perché ha paura che cadiamo? Tu non sei nervosa, vero mamma?»

«No tesoro, la mamma non è affatto nervosa, anzi ora dorme un pochino».

L'insopportabile bambina che mi urla nella testa (puntandomi i piedi nelle reni) sta parlando di me, ma quello che è infinitamente peggio è che sua madre si è messa la mascherina sugli occhi ed è già sprofondata in un sonno beato, invece di minacciarla di lanciarla giù dallo scarico del cesso.

Quello sì che sarebbe divertente.

Deve essere una di quelle madri che bloccano le casse al supermercato, guidano a due all'ora e lasciano urlare le creature al ristorante perché «si sa come sono i bambini no?».

No, non lo so come sono e non lo voglio sapere.

Sto diventando acida come una vecchia zitella, perché è questo che sono, non certo una «single realizzata» che frequenta «bar trendy» e «gente interessante», sono una zitella acida di 32 anni che morirà sola, mangiata dai suoi 32 gatti.

Che prospettiva agghiacciante.

Dio come odio gli aerei, Dio come odio gli uomini che ho avuto, anzi come odio gli uomini in generale e Dio come odio la mia vita che negli ultimi mesi è stata il remake di *Shining* con me nella parte della mazza da baseball.

Dopo quello che è successo cerco di ributtarmi nel lavoro come consigliano sempre negli allegati delle riviste.

Sto bevendo alcolici ininterrottamente da quasi tre ore, l'atterraggio è previsto fra circa quattro e il mio vicino, che sembra Alec Baldwin, mi ha offerto un Vicodine dicendomi che è la panacea per ogni problema fisico e che le star ne fanno incetta.

Ma non era l'antidolorifico di Doctor House?

Qualunque cosa pur di resistere a questa tortura.

Il vero problema è che nonostante tutte queste sostanze psicotrope resto lucida: invece di mettermi a fluttuare in una dimensione parallela dove sorrido a rallentatore, mentre faccio tripli carpiati e batto il cinque alle hostess, rimango immobile con le sopracciglia alzate e le unghie infilate nei braccioli.

Sono fortunata a non essere una rock star, dovessi farlo tutti i giorni, sarei già finita da tempo in una clinica di riabilitazione.

Almeno lì non sarei mai sola, mi tratterebbero tutti bene, mi accarezzerebbero la testa e sarebbero fieri dei miei progressi...

«...Non come adesso che se morissi non importerebbe a nessunooooo!!!», dico a voce alta affondando la faccia nella giacca di Alec Baldwin.

«Va tutto bene, signorina? Hostess!», fa un cenno con la mano alla hostess che arriva a passo di carica.

«Nessuno mi amaaaa! È finita col mio ragazzo vecchio perché contava i calzini e l'altro mio ragazzo giovane mi ha portata a letto in Costa Azzurra e poi è sparitoooo... tutti si sono rifatti una vita tranne meeee e mi hanno chiamata a "Vanity Fair" per la storia di Paris Hilton e non ci voglio andare... voglio morireee...».

E ricomincio a piangere senza ritegno.

Sono in uno stato pietoso, l'alcool mi fa sempre questo effetto "suonala ancora Sam!".

«Su, su cara, si calmi, mi creda, anche se non ho capito bene la successione degli eventi, la mia vita è sicuramente peggio della sua, non per niente faccio la hostess, almeno ho la misera soddisfazione di essere io quella che se ne va la mattina dopo... le porto un bel caffè forte».

Alec mi porge un fazzoletto di carta: «Un altro Vicodine?».

Ed ecco New York e le sue mille luci: un enorme flipper dove tu sei la pallina che rimbalza fra i grattacieli e se non sei abbastanza veloce e abile a rimanere in alto, vieni inesorabilmente inghiottita dall'inferno dei bassifondi.

Non mi stupisco se questa volta non ho il minimo entusiasmo per il fatto di essere nella città più esaltante del mondo, non c'è posto dove sarei felice perché sono profondamente infelice.

Ho trovato un appartamento tramite Craigslist, un sito internet dove la gente affitta casa privatamente e almeno i monolocali costano un po' meno dei consueti 6000 dollari al mese.

Me la sono cavata con 2100 dollari da lasciare al portiere.

Spero di non finire bastonata in un vicolo, altrimenti dovrei rispondere a tutta una serie di domande logiche di qualche agente di polizia di 17 anni, tipo: «Lei conosceva il padrone di casa? Aveva un suo recapito? Ha preso delle informazioni? Non andava mica in giro con del contante vero? Ma lei li legge i giornali?».

Farei prima a dire che non avevo il coraggio di suicidarmi.

L'appartamento è nel West Village, almeno se devo piangere meglio farlo con classe.

Il tassista mi lascia davanti a una di quelle casette a schiera di mattoni rossi, separate dalle grate di ferro nero, con le scale esterne e il portone con il pomello in ottone.

L'aria profuma di oceano, il vento fa muovere dolcemente gli alberi e le strade sono piene di gente che beve e si diverte.

E io sono sola...

Ma sono anche a New York, cazzo!

2

Il portiere è al corrente del mio arrivo, si chiama Joe ed è enorme. Dopo aver intascato la mazzetta mi accompagna con fatica all'appartamento 4F di proprietà di Peter Bonelli, il tizio che ho trovato su Craigslist, che starà via per tre mesi non ho ben capito a fare cosa.

Nell'ultima mail mi ha lasciato una lunga lista di cose a cui fare attenzione e di persone da contattare in caso di necessità.

Sembrava mia madre:

Ti prego di ricordare sempre di chiudere il gas e di spegnere le luci, non lasciare cibo in giro o attirerà gli scarafaggi, chiudi sempre la porta a chiave anche quando sei dentro: l'anno scorso mentre dormivo è entrato il vicino ubriaco (sbagliando appartamento) e ha pisciato nella doccia!

Io metto sempre la catenella, anche se non serve a molto, ma mi dà un senso di sicurezza.

Inserisci anche l'allarme uscendo, il codice è 25971# per azionarlo e 28282* per toglierlo. È un po' complicato, ma l'ha installato mio fratello e non mi sentivo di dirgli di cambiarlo. Io in media lo faccio suonare due volte a settimana, cerca di non superarmi!

Se ti ricordi di bagnare i cactus sulle finestre mi fai un favore, il riscaldamento è devastante, peggio dell'Arizona. C'è un nebulizzatore giallo in cucina, spruzzali un pochino ogni tre giorni (sempre se ti ricordi).

Per accendere la televisione ci sono tre telecomandi: quello lungo è solo per accendere e regolare il volume, quello corto per il satellite e l'altro per registrare quello che ti interessa.

Sì, anche questo l'ha installato mio fratello...

Attenta a quando fai la doccia, l'acqua è bollente quando esce, e lo scarico a volte è difettoso, perciò tieni un secchio pieno d'acqua nella doccia e comunque c'è la ventosa accanto al water.

So che non è delicato parlare di bagni, ma preferisco avvertirti prima...

Fai la raccolta differenziata, ti prego, in cantina troverai i bidoni separati per il cartone, il vetro e i giornali. Per la lavatrice e l'asciugatore chiedi a Joe, e anche per tutti i lavori di manutenzione (il condominio mi costa una follia, tanto vale approfittarne!).

La vicina, Maggie, è incredibilmente disponibile, se hai bisogno di qualcosa chiedi pure a lei, è molto gentile, ma estremamente sorda, quindi porta pazienza quando i suoi cani abbaiano, perché non li sente.

A proposito di animali, il gatto dell'inquilina del piano di sotto (Pilar è spagnola) viene spesso a farmi visita, non so se ti piacciono i gatti, a me personalmente non danno fastidio, anche se sono un tantino allergico, ma questo gatto è di quelli senza peli, si chiamano Devon Rex, mi pare, non sono belli a vedersi, ma hanno il vantaggio di non spelare in giro, comunque vedi tu.

Se hai la macchina devi spostarla dall'altro lato della strada il giovedì.

Qualunque cosa succeda non chiamare mia madre, nemmeno se va a fuoco tutto, preferisco saperlo dalla polizia che da lei, chiama pure mio fratello Tyler, è un po' pasticcione, ma è tanto un bravo ragazzo, il numero è sul frigo.

La lampadina del frigo non si accende sempre, immaginerai perché...

Un'ultima cosa, il numero 66 di questa strada era la casa di Carrie Bradshaw, perciò tutti si fanno fare la foto sulle scale, è un po' rumoroso quando passa il pullman che fa il tour di *Sex and the City*, ma è andata peggio a quel tizio che lavora nell'ufficio di Mr. Big, che deve alzare il cartello con scritto "I love you Carrie" tutte le volte che passano!

Ci sono un sacco di ristorantini deliziosi, ma immagino che li conoscerai, quindi non sto a dirti di prendere i cupcakes da Magnolia Bakery (ci ho incontrato Ben Stiller una volta) o la pizza da Arturo's.

Be', mi sono dilungato abbastanza, per qualunque cosa contattami via mail o Skype.

Un abbraccio,

Peter

Non resta che girare le quattro serrature ed entrare in casa.

L'appartamento è piccolo, ma accogliente e molto luminoso:

ci sono due finestre altissime che danno sulla strada, con tende di velluto grigio sotto cui troneggiano i maledetti cactus (sono nove e io li odio già).

Il parquet consumato e polveroso sembra quello di una scuola di danza.

Sotto le finestre c'è un divano viola molto grande dove piangerò le mie lacrime e affogherò i miei dolori nel gelato, cercando di far funzionare i tre telecomandi.

Nell'angolo formato dalle due librerie c'è una poltrona di pelle nera che brucerò perché identica a quella del mio ex fidanzato Edgar.

Il tavolo è pieno di libri, riviste e giornali e sono quasi tutti testi di cucina.

Strano, perché la cucina è piccolissima, e per niente comoda: il fornello ha soltanto due fuochi, non c'è un vero piano di lavoro, solo l'immancabile microonde, il bollitore e un piccolo frigo dove sono rimasti due limoni e una birra.

Sulle mensole, ancora un'interminabile serie di libri di cucina e vecchie scatole di latta anni '50 per i biscotti, barattoli di pasta, tazze per la colazione, piatti colorati, bicchieri di tutte le forme e posate con manico di osso.

Manico d'osso?

Una scala di ferro porta al soppalco dove c'è il letto matrimoniale e un enorme armadio (ahimè pieno della sua roba).

Non ho visto il bagno, e temo il peggio.

Ho fame, sono stanca e so che non dormirò per l'agitazione e il jet lag.

A quelli di «Vanity Fair» ho detto che sarei arrivata domani in modo da avere un giorno per riprendere conoscenza e scrivere un finto curriculum.

Ancora mi chiedo perché abbiano scelto me.

Il bagno, come temevo, è una schifezza. Come tutti i bagni

di Manhattan è fatto di mattonelline quadrate che erano bianche prima della crisi del '29 e che si staccano solo a guardarle, il cesso ha l'acqua che arriva fino a metà tazza con accanto la ventosa di emergenza, c'è uno specchio minuscolo e una doccia da campo di addestramento reclute senza tenda.

L'odioso tappetino di spugna con le frange farà la fine della poltrona.

Il bagno è così sporco che costerebbe meno ristrutturarlo con marmi di Carrara piuttosto che tentare di pulirlo.

L'incongruenza: il paese civile dove ti rimborsano in contanti, forniscono il riscaldamento gratuito, dispongono di aree per i cani e per i non fumatori e hanno inventato Starbucks, vacilla su un articolo di fondamentale utilizzo quotidiano come il water?

Disfo le valige e mi butto sul divano.

Ho letto che ci sono dei farmaci che cancellano la memoria selettiva di chi ha subito dei traumi.

Voglio farmeli prescrivere per cancellare gli ultimi mesi.

Tutto mi ricorda Edgar: ogni libro, maglione, profumo (soprattutto il phon e i calzini!).

Non l'ho più sentito da quando sono partita da Culross e avrei voglia di chiamarlo ogni due minuti, ma se c'è una cosa che ho imparato da questa storia è che tecnologia e relazioni non vanno d'accordo: meno fai uso del cellulare e della posta elettronica e più hai speranze che una storia duri.

E io ho sbagliato su tutta la linea.

Se avessi saputo aspettare, se avessi rispettato i suoi tempi, se fossi stata buona e tranquilla al mio posto invece di spingerlo a cambiare, un giorno lui sarebbe stato pronto a vivere la nostra storia completamente libero dal suo passato, senza condizionamenti né sensi di colpa, e avremmo vissuto per sempre felici e contenti.

Vorrei sapere perché la mia saggezza si palesa sempre dopo i tempi supplementari.

Sono così piena di rabbia, rancore e frustrazione che, se lo chiamassi, mi renderei ridicola e patetica, mi metterei a piangere e lo pregherei di tornare con me, ma siccome me ne sono andata io, tutto ciò non avrebbe senso e passerei per incoerente, quindi devo tenere duro e aspettare che anche quest'onda di dolore passi, nella speranza che lui torni da me.

Fanculo Hollywood!

Un uomo di cinquant'anni suonati che non ha avuto il coraggio di mettersi in discussione, e che ha preferito scegliere il suo passato e sua madre, non cambierà mai più, fattene una ragione.

Ecco, adesso ci manca solo lo sdoppiamento di personalità, questa conversazione fra me e il mio amico immaginario va avanti da settimane.

Certo che quando l'amore finisce fa sempre un male pazzesco.

Non c'è una volta in cui si soffre più di tutte le altre, in cui si prova un livello di sofferenza oltre il quale non si può andare, un limite che non toccherai più; ogni volta sei sempre più devastato dal dolore, dalla solitudine, dal panico e da quella disgustosa sensazione di abbandono che ti piomba addosso appena realizzi che lui non ti appartiene più, che non esiste più un noi e che è finita per sempre.

Lui tornerà a essere un estraneo dopo che avrete fuso le vostre vite in una sola, vi sarete confidati i segreti più nascosti e avrete abbattuto il muro di qualunque pudore. Sarete due estranei anche se conoscete il ritmo del vostro sonno, i vostri odori, le vostre abitudini e i vostri schemi.

Due estranei che si conoscono meglio di chiunque altro e le cui vite non si incroceranno mai più se non per caso.

E tutto questo quando dopo lungo esitare ti eri detta: «Ma sì, questa volta mi butto», ed ecco che, a metà del tuffo, ti accorgi che la piscina è vuota e ti frantumi sul fondo.

Be', ragazza mia, c'è forse qualcuno che ti può aiutare nel raggio di miglia?

No, quindi non resta che rimboccarsi le maniche e dare una pulita alla casa.

Mentre armeggio con l'aspirapolvere, squilla il mio cellulare.

Un numero che non conosco, è sicuramente David che cerca di contattarmi da un altro telefono.

Non gli rispondo da settimane, da quando, cioè, mi ha fatto un'"improvvisata" in Costa Azzurra, mi ha portata a letto ed è sparito regalandomi degli orecchini.

David è il campione indiscusso di Fotti e Fuggi, disciplina olimpica in cui non ha rivali.

Tutti i giorni mi chiama due volte, poi mi scrive disperati sms di scuse e io non gli rispondo mai.

La sensazione di potere che è subentrata all'incazzamento è come una droga!

Il problema è che per non rischiare di parlarci non rispondo a nessun numero sconosciuto, non posso permettermi di vanificare il lavoro di settimane facendo crollare in un attimo tutta la mia sicurezza.

Credeva di poter "circonvenire l'incapace" a suo piacimento, ma l'incapace in questione ha deciso di dare un taglio netto col passato e questo taglio non prevede nessun revival, perché quando una donna chiude... chiude.

Si sa.

Ho deciso che mi merito un pieno di dolci al gusto "diabete tipo B" e sangria, andrò a farne incetta, dopodiché tornerò e guarderò televisione spazzatura per tutta la notte, piangerò un po' e domani con due aspirine e un impacco di ghiaccio sugli occhi affronterò il mio temuto primo giorno di lavoro.

Ho fatto bene a tornare qui per la mia convalescenza, non c'è niente di meglio della cara vecchia Grande Mela per riprendersi da una doppia delusione.

C'è una tale frenesia per le strade di questa città che hai la sensazione che se cadi ti calpesteranno tutti, non per cattiveria, ma perché nessuno ha tempo di aiutarti a tirarti su.

L'aspetto positivo è che nessuno è veramente interessato a te, perciò puoi passare tranquillamente inosservato.

Mi chiedo come, nei telefilm polizieschi, i testimoni siano sempre tanto sicuri dei dettagli che forniscono, sfiderei persino il tassista che mi ha portata qui a ricordarsi di me fra un paio d'ore.

Prima di uscire cerco di capire il funzionamento dell'allarme, ma non ci riesco, lampeggia tutto e mi mette ansia; non voglio vedere arrivare la polizia chiamata da Pilar e Maggie la sorda.

Mentre armeggio, maledicendo l'ordigno malefico, una voce dietro le mie spalle nel corridoio esclama: «25971 poi cancelletto, ma devi farlo lentamente».

«Scusi?», domando perplessa, voltandomi di scatto verso un ragazzone biondo con una maglietta gialla, uguale a Ciccio Papero.

«Sono Tyler Bonelli, il fratello di Peter, tu sei Monica?»

«Sì... Ah... ecco... sei tu che hai installato questo... coso del ca...», dico a denti stretti mentre schiaccio tutti i tasti come un'isterica.

«Sì, neanche Peter riesce a farlo funzionare, eppure è così facile, guarda!».

Digita i numeri con una lentezza irritante finché una lucetta rossa lampeggia una sola volta.

«Ecco, adesso l'allarme è inserito, poi per toglierlo devi fare...».

«28282?»

«Sì, così: due-otto-due-otto-due», si rimette a digitare lentamente.

«E asterisco».

«Sì, asterisco, ma se non dovesse funzionare devi ripetere 25971 cancelletto due volte, così sei sicura che l'hai veramente inserito, poi dopo lo togli... capito?».

Chiarissimo. Come una conversazione fra sordi.

«Avevi bisogno di qualcosa?». Che nervi.

«Io no, ma magari tu. Peter mi ha detto che arrivavi e che *non* dovevo passare da te, ma forse potevi avere bisogno di qualcosa e allora sono venuto a vedere».

«Sei gentile, ma mi sembra che sia tutto a posto».

«La televisione? La sai accendere?»

«Non ho ancora provato, ma penso di potercela fare».

Oddio che palle, ma non ce l'ha una casa?

«No, non è difficile, ma bisogna premere i tasti giusti sui telecomandi giusti.»

«Eh sì, come sempre nella vita, ma non guardo mai la televisione e poi stavo uscendo... ti dispiace?». Chiudo la porta alle mie spalle.

«Ah, peccato. Non guardi Tyra Banks? *Ballando con le stelle*? *Cambio moglie*? *Il prezzo è giusto*, Oprah e *American Idol*?».

Certo che sì, è tutto quello che intendo vedere una volta fatta scorta di cibo spazzatura se l'Orso Yoghi mi lascia uscire.

«Mai sentiti, ma io sono italiana, sai? Adesso è tardi, scappo. Ciao e grazie».

Mi infilo velocissima fra lui e il muro e corro giù per le scale dove incontro l'enorme Joe.

«Oh, Monica, ho fatto salire Tyler, l'hai visto?»

«Sì, è venuto di sopra, mi ha mostrato l'antifurto».

«Ah... l'antifurto». Mi guarda con un mezzo sorriso poi scoppiamo a ridere.

«Lento, eh?»

«Esasperante!».

«È come un bambinone, ma è un bravo ragazzo. Fa dei lavoretti, ed è sempre disponibile a dare una mano anche non richiesta pur di rendersi utile, specie quando Peter non c'è. Comunque vive con la mamma a Brooklyn».

«Ah, meno male. Ma cosa fa Peter?»

«Adesso è in Canada per insegnare cucina vegetariana in una scuola, viaggia molto, è uno che si dedica parecchio all'ambiente, gli piacciono quelle cose biologiche, sane...».

«Oddio, mi odierà, io mangio solo schifezze!».

«A chi lo dici! Tutte le volte che mi vede con la scatola di Dunkin' Donuts mi ricorda quanta vita mi resta davanti se continuo a mangiare fritto, ma io sono un tipico prodotto americano, voglio essere cremato e che le mie ceneri siano conservate nella scatola di un Big Mac!».

«Lo terrò a mente, Joe!».

Scappo all'aria aperta appena con la coda dell'occhio vedo scendere Tyler.

Ho bisogno che il vento disperda i miei pensieri neri, ho l'impressione di avere un dvd impazzito in testa che gira a "loop" e devo trovare il modo di fermarlo e non pensare più a niente.

Per lo meno non pensare più a Edgar per un po'.

Mi manca troppo.

Sono quasi le nove di sera, i locali sono pieni di gente che ride e beve aperitivi, mentre quelle come me (le zitelle) si attardano nei supermercati a cercare di decidere, fra due marche di cereali, quale contenga meno grassi.

Compro birre in quantità, patatine alla paprika, pane in cassetta extralarge e burro di arachidi, cheddar cheese spray, un burrito con cipolle, cheesecake alla fragola e una Coca Zero per digerire.

Ah! E la crema per le emorroidi da Duane Reade, la farmacia sempre aperta!

Armata come per un'esercitazione in un bunker antiatomico, ritorno verso casa e noto, in effetti, un gruppo di ragazze che si fanno fotografare davanti al numero 66.

Ovviamente un giorno o l'altro mi ci farò fotografare anch'io.

Sul cellulare trovo altre due chiamate da numeri sconosciuti arrivate mentre ero al supermercato. È seccante non sapere chi è, ma uno che la mette a fare la segreteria se nessuno ha voglia di lasciare messaggi?

Peggio per loro, un tempo si chiamava a casa e se non rispondeva nessuno voleva dire che non c'era nessuno, e il mondo è andato avanti così per almeno un secolo.

Ci metto più di venti minuti a capire come funzionano i telecomandi.

Fuori discussione che chiami Tyler, si siederebbe sul divano fino a primavera.

Tutte le combinazioni che secondo me hanno un senso non hanno alcun effetto, perciò proverò a schiacciare i tasti che non toccherei mai.

Tipo tutti i bottoni insieme.

E infatti il televisore si accende.

Passo la mia prima nottata newyorkese a rimpinzarmi di schifezze e tivù spazzatura, finché mi viene da vomitare e mi addormento fino alle nove di mattina.

LE NOVE DI MATTINA?

NOOOOOOOOOOOOOO!

È finita, dovrei essere già lì, dovrei aver compilato il curriculum, dovrei aver già chiamato Max all'ufficio di Vanity a Milano.

Dio, che figura da pivella, e che gli dico adesso? Che non mi ha suonato la sveglia? Nemmeno alle medie ci cascavano! E ora che faccio? Che cazzo m'invento? La devo sparare così grossa da lasciarli a bocca aperta o posso anche ripartire.

Qui siamo in America, nessuno perde tempo a pettinare le bambole!

Cerco freneticamente i biglietti da visita con i contatti che mi hanno dato. Dovevo vedermi con una certa Libby, Leslie, Lassie... ma che ne so... uffa, ho anche la faccia verde.

Il mio cellulare non ha più memoria sufficiente per tenere i messaggi delle chiamate non risposte.

A quel punto Max mi telefona e mi si mangia in un boccone.

«Si può sapere dove cazzo sei? È da ieri che ti cerchiamo tutti. Non senti gli squilli e non vedi nemmeno le chiamate non risposte vero?»

«Chiamate? Ma... è strano, non ho trovato nessuna chiamata, ieri ero in viaggio... si saranno perse nell'etere».

«L'etere lo devi avere usato insieme alla colla per stordirti, chiama subito Lilly Horowitz che è incazzata nera, ti aspettavano ieri, non sei più nella brughiera scozzese a fare la stravagante, sei a New York, non so se te ne rendi conto, mi hai già fatto fare una figura di merda colossale, dopo che ho fatto l'impossibile per raccomandarti dicendo che "sei tanto in gamba e affidabile", e me ne sto già pentendo. Adesso vai a scusarti, dici che sei una perfetta imbecille e se loro ti buttano fuori ti arrangi, okay? Chiamami solo se succede un miracolo!».

Clic.

Non mi ha neanche dato il tempo di raccontargli del dirottamento del mio aereo, che è stato tenuto segreto per non creare inutili allarmismi...

Scoppio a piangere seduta per terra fra i resti della mia cena, poi prendo una fetta di pan carré grande come la mia faccia e ci spalmo sopra una bulimica quantità di crema di arachidi.

Comfort food.

Faccio un respiro e comincio a comporre il numero del cellulare di Lilly sperando che sia staccato.

Invece risponde al primo squillo con un perentorio: «Lilly Horowitz».

«Lilly?... Buongiorno... Sono Monica». Pausa di sospensione in attesa della valanga d'insulti in yiddish.

«Monica...», Lilly lascia galleggiare il mio nome nell'aria in attesa dell'illuminazione e poi, in tono polare artico, continua: «...ti sto chiamando ininterrottamente da due giorni».

Non riesco a definire il suo tono: è un misto fra il glaciale, l'indifferente e il "se non ti è morta almeno metà della famiglia in modo cruento non perdere nemmeno tempo a spiegarmi dov'eri".

«Lo so, Lilly, scusami, scusami tanto, non ti puoi immaginare cosa mi è successo...».

«No...».

«Sono arrivata solo oggi e... un ritardo pazzesco dell'aereo, poi la casa che ho affittato non era dove mi avevano detto, era... sparita insomma, poi mi hanno rubato il cellulare...».

Silenzio.

Poi: «Sei arrivata ieri sera alle 19.25 al JFK con il volo della Delta, abbiamo controllato...».

«Ah, è vero... era ieri, è il jet lag che mi confonde, ma dopo che mi hanno rubato il cellulare ho passato mezza giornata al distretto di polizia a fare la denuncia, c'erano delle facce da non credere, non è come alla televisione, sai?».

Che fastidio questa donna che non dà il minimo contributo alla conversazione e fa tutte queste pause a effetto per indurre l'interlocutore a parlare (come descritto in tutti i manuali di comunicazione efficace!).

«Monica... in questo minuto di inutile conversazione sto organizzando quattro servizi fotografici, una campagna a favore dell'adozione per gli omosessuali e la festa nella nuova ala del Guggenheim».

Mi arrendo.

«Okay, Lilly, ho capito, ero solo stanca morta, ho mangiato come una scrofa e sono stramazzata sul divano».

«Bene, quando avrò l'onore di vederti?»

«Il tempo di una doccia e arrivo».

«Hai mezz'ora, altrimenti non disturbarti nemmeno a venire».

Eh no, una situazione alla *Diavolo veste Prada* non la posso reggere, i film sono belli finché restano tali. Ora mi lavo i denti, prendo un taxi, arrivo lì, le do un pugno in faccia e riparto con l'aereo della Delta delle 13.50.

3

Diciassette minuti dopo sono alla redazione di Vanity in Times Square, insieme a un milione di turisti.

Avrei ancora tempo per un bagel caldo... Okay, lasciamo perdere.

Entro nel palazzo di specchi, do il mio nome in reception e dopo molte telefonate ricevo un pass e salgo all'ultimo piano, da cui si gode una vista strepitosa.

C'è un tale casino di telefoni che squillano e gente che corre da tutte le parti che sembra stiano preparando la serata degli Oscar.

Mi fermo a guardare le foto nel corridoio: le copertine storiche, i presidenti, il ballo in bianco e nero di Truman Capote, Henry Miller... e nel frattempo tutti quelli che passano di corsa mi danno gomitate senza chiedere scusa.

L'ufficio di Lilly Horowitz è in fondo al corridoio e sto morendo di paura come quando mi mandavano dal preside.

Busso pianissimo, ma lei, famelica come un segugio che fiuta l'animale morente, immediatamente urla «avanti».

Entro sorridendo e abbassando un po' la testa da un lato in segno di sottomissione totale (sempre come descritto nei manuali di comunicazione efficace) e mi trovo al cospetto di sua maestà Lilly Horowitz, croce e delizia dell'editoria statunitense, la donna che con una parola decreta il successo o la rovina di chiunque, creatrice indiscussa di un impero e quella che fra un momento mi staccherà la testa.

Una Maria Giovanna Elmi con la cattiveria di Sally Spectra

è seduta dietro un'enorme scrivania di noce piena zeppa di giornali, fotografie e libri, bicchieri di Starbucks, sigarette e un'agenda stracolma di appunti e post-it.

«Quale onore...», dice stringendomi la mano senza alzarsi dalla sedia (mano gelata, essendo a sangue freddo come tutti i rettili).

«L'onore è tutto mio...», fingo di non aver colto l'ironia.

Mi scruta attentamente, mi sento nuda e a disagio.

Perché i sogni non corrispondono mai alla realtà? Pensavo che David fosse l'uomo della mia vita e invece è stato un clamoroso buco nell'acqua, pensavo che andare a vivere in Scozia con Edgar sarebbe stato l'inizio di una meravigliosa storia d'amore e invece è stata una totale sconfitta, pensavo anche che scrivere un libro fosse la svolta definitiva e invece non è cambiato niente (anche perché l'editore era Edgar), poi faccio piangere Paris Hilton durante un'intervista e un tizio di «Vanity Fair» mi propone di lavorare per loro. E mi immagino che sarà tutto straordinario, che almeno il lavoro andrà bene e potrò ricominciare ancora una volta tutto da capo e invece vengo trattata come una povera pezzente.

Dio come sono stanca.

«Dunque veniamo a noi... non sei giovanissima a quanto vedo...», dice con la fronte aggrottata e le mani incrociate sotto il mento.

«Ho trentadue anni».

«Appunto, se a questa età non hai ancora concluso nulla, non vedo come potrai esserci utile qui, ma Max non ha smesso di tessere le tue lodi, dice che sei brillante, ironica, una penna deliziosa e che hai anche pubblicato un libro in Inghilterra, cosa abbastanza infrequente per un'italiana, devo ammettere, peccato che non sia riuscita a procurarmene nemmeno una copia, sai perché?»

Dirle che sono andati a ruba è fuori luogo.

«È una storia un po' lunga, forse non hai neanche voglia di sentirla».

«Confido nel tuo dono della sintesi».

Dio come odio essere messa così in difficoltà .

«Il mio fidanzato, cioè il mio ex fidanzato...».

Lilly guarda l'orologio sospirando.

«...Era anche il mio editore e siccome ci siamo lasciati piuttosto male, non so se è il momento giusto per chiedergli i rendiconti, ecco...».

«Ah, ecco il motivo della pubblicazione, sei più scaltra di quello che pensavo!», esclama con un sorriso malizioso.

«Ma no, cazzo», sbotto, «il libro l'avevo scritto prima di conoscerlo, te l'ho detto che era una storia lunga, ho vissuto con lui in Scozia, gli sono stata vicino, aveva un mucchio di problemi con se stesso, e io ho fatto del mio meglio per comprenderlo, te lo giuro, il libro non c'entra nulla, lui credeva in me e ha voluto aiutarmi, poi si è complicato tutto e non ce l'ho più fatta a rimanere. È... era troppo difficile, sua madre sempre addosso, il ricordo della sua ex moglie perfetta, e poi ero sempre da sola, mi devi credere, io ci ho provato...», e ricomincio a piangere come una deficiente, «...lui mi manca, mi manca una parte di me, non so più cosa devo fare...».

Mi allunga un fazzoletto fissandomi senza cambiare espressione, poi, appena mi sono calmata un attimo, mi fa cenno di avvicinarmi a lei e mi dice in un sussurro: «Senti Monica, la vedi quella ragazza seduta alla scrivania dietro di me che parla al telefono? Le è morta la madre due giorni fa. E quella signora alla reception che ti ha dato il pass? Lei fa la chemio tre volte a settimana e in quanto a me... mi si sono rotte le acque tutte e due le volte su questa sedia», e così dicendo indietreggia con la sedia a rotelle, «quindi, ragazzina, se sono questi i tuoi “problemi”», mima le virgolette con le dita, «credo che noi non facciamo per te».

Sono paonazza, cerco di balbettare delle scuse invano.

«Sei sicura di avere trentadue anni? Perché sei più immatura di mia figlia che ne ha dodici. Ma non è colpa tua, sai? È colpa nostra, è colpa del ’68 e di come vi abbiamo permesso di piangervi addosso! Avevamo talmente sofferto la fame che mai avremmo voluto che voi figli passaste anche un solo giorno a lavorare come bestie, come abbiamo fatto noi, per ricostruire un mondo dopo la guerra e non sto a parlarti neanche dell’Olocausto, tanto non capiresti. E che cosa abbiamo guadagnato? Una generazione di smidollati che aspetta il “Principe Azzurro” sul cavallo bianco e che il lavoro bussi alla loro porta!».

«Io... mi dispiace, Lilly, non sapevo, non immaginavo... nessuno mi aveva detto».

«Che cosa? Che sono paraplegica? E credi che questo mi fermi? Prima regola per un giornalista: mai fermarsi davanti alle apparenze, solo la paura ti può fermare, cara mia, e io non ho paura di niente!».

Scuoto la testa dall’imbarazzo e faccio per alzarmi.

«Dove stai andando? La nostra conversazione non è ancora finita, sai? Non ti hanno insegnato l’educazione?»

«Sì, ma credo di averti rubato fin troppo tempo ormai...».

«Su questo ci puoi scommettere bella mia, ma io il tempo non lo perdo mai e sono convinta che questa conversazione ti abbia fatto solo bene e ti dirò una cosa: sei talmente ingenua e sprovveduta che, a differenza di tutti i giovani giornalisti che mi pregano di farli lavorare anche gratis, non ti sei nemmeno presa la briga di pettinarti, portarmi un curriculum o inventarti di aver intervistato il Dalai Lama, perciò, siccome sei tutta da rifare e hai pur sempre fatto piangere una mentecatta come Paris Hilton, e ho grande stima di Max, voglio provare a darti una chance».

«Una chance?»

«Stupiscimi. Anzi, stupisci te stessa, fai qualcosa che non credi di essere in grado di fare e poi torna qui. Hai due settimane di tempo».

Ed eccomi di nuovo in Times Square, stordita come una mosca picchiata con la paletta, un po' per la figura di merda immane e in parte perché non ho la più pallida idea di come stupire una come Lilly Horowitz.

Non si stupirebbe neanche se le portassi Elvis Presley in carne ed ossa.

Ci penserò strada facendo, mentre vado a farmi un bel bagel con il salmone e la panna acida.

Se non mangio penso, e se penso piango, forse dovrei rimettermi a fumare, ma non ho la faccia adatta, sembro sempre un'adolescente al suo primo tiro che non riesce ancora ad aspirare.

Non ho niente da fare per cambiarmi le idee, non mi resta che tornare a fare visita alle due vecchie proprietarie del negozio dove lavoravo un anno fa: Miss H e Miss V.

Conoscendole non saranno particolarmente contente di vedermi, ma sono state carine, a modo loro.

Fra una frustata e l'altra, intendo.

Risalgo la Quinta Strada, che non mi è mai sembrata così lunga, ma è incredibilmente piacevole ora che la primavera è nell'aria, anche se le raffiche di vento oceanico mi fanno accapponare la pelle, mentre le americane, appena si scioglie la neve, tirano già fuori le infradito.

Il negozio, con mia sorpresa, ha cambiato gestione, me ne accorgo dalla luce accesa e dalla folata di aria calda che mi avvolge appena entro.

Soprattutto me ne accorgo dall'accoglienza educata e gentile della nuova proprietaria che deve aver faticato non poco per rifarsi una clientela.

Una signora molto "Upper East Side", con dei leggeri colpi di sole e un twin set di cashmere beige mi saluta calorosamente e mi chiede se può essermi utile.

«Salve, vedo che non ci sono più i vecchi proprietari, io lavoravo qui un anno fa per Miss H e Miss V, volevo solo salutarle».

«Oh, ma davvero? Lavoravi qui?», mi domanda con un misto di apprensione e pietà. «Sei sopravvissuta a quanto vedo!».

«Sì, in effetti non è stato tanto facile, ma c'è di peggio... credo».

«Ho rilevato il negozio da pochi mesi, ma è davvero difficile cancellare il ricordo di quelle due arpie. Pensa che spesso la gente attraversa sull'altro marciapiede quando arriva a questo numero! Ci abbiamo messo settimane per fare l'inventario!».

L'ultima volta l'avevano fatto fare a me e per far prima ho scritto numeri a caso...

«E dove sono andate?»

«Oh, non lo sai? Miss V è morta a Natale e Miss H, da quando è rimasta sola, ha perso la testa».

«Ma... Ero convinta che continuassero a litigare in qualche casa di riposo, su chi avesse sposato William Waldorf Astor in seconde nozze, e invece sono finite così...».

«Erano sole al mondo, sai? Niente figli, né nipoti, e non avevano neanche più un soldo, a parte il negozio che non rendeva più, ma loro erano ancora convinte di essere ricche, forse è per quello che Miss V si è ammalata, è stato lo shock di scoprire di avere un mucchio di debiti...».

«In effetti qui in America non avete vie di mezzo, o sei molto ricco o sei un morto di fame, temo che la prospettiva dell'ospizio le sia stata fatale».

Mi dispiace immensamente, poverette, mi ero affezionata a loro, erano eccentriche, ma in fondo mi volevano bene e, a dirla tutta, ho paura di fare la stessa fine...

Mi sono fatta dire il nome dell'ospedale in cui è ricoverata Miss H, magari le farà piacere rivedermi e io avrò qualcosa da fare ed eviterò di chiudermi in casa ad abbuffarmi.

La verità vera è che ho la voce di Lilly che mi gira in testa da stamani e le vampate di imbarazzo mi salgono ancora alla punta delle orecchie.

Non ho idea di cosa devo fare, sono triste, depressa e sola e non c'è nessuno che si preoccupi di me. Se almeno io non sono comprensiva con me stessa stavolta il tuffo dentro l'Hudson lo faccio con un macigno legato al collo.

Ora che ci penso questo è l'umore che mi accompagna dalla seconda media.

Primo quadrimestre per essere precisi.

Decido di prendere la metro; l'ospedale è dall'altra parte del mondo e non ho ancora i polpacci allenati alla maratona.

Lo squillo del cellulare mi coglie di sorpresa.

Guardo a lungo il numero sconosciuto che lampeggia.

Per oggi sono stata cazziata a sufficienza e sono troppo fragile in questo momento. Però se non rispondo ed è Max o peggio Lilly...

«Pronto...».

«Monica! Sono David».

Oh cazzo, ti pareva.

Guardo il telefono meditando se riattaccare, ma a questo punto preferisco togliermi il dente.

«Che vuoi?»

«Ti devo parlare assolutamente, dove sei?»

«A Roma».
«Come a Roma, non eri in Scozia?»
«E tu dov'eri quella mattina che mi sono svegliata e avevi già lasciato l'albergo? Grazie per avermi pagato la camera almeno!».
«Monica devo spiegarti, ma non posso farlo per telefono, in qualche modo devo vederti, sarò a Milano la settimana prossima per vedere un cliente, possiamo incontrarci al mio albergo, ti mando l'autista».
«A Roma?»
«Sì, non sarà lontano, no?»
«No, circa 600 chilometri».
«Così tanto?... Okay, ti pago l'aereo e l'albergo, ovviamente, ti faccio chiamare dalla mia segretaria per i dettagli, non dirmi di no, ti prego».
«Okay».
«È un sì?»
«Ne dubitavi?»
«Ti confesso che per un momento ne ho dubitato... sono mesi che non rispondi alle mie telefonate».
«Chissà perché...».
«Ti spiegherò e saprò farmi perdonare, te lo giuro, ti faccio chiamare da Jane domani».
«Non vedo l'ora».
«Sei fantastica».
E tu sei un coglione che aspetterà ore invano, che pagherà un posto in business class e un'altra suite.
Crepa, bastardo.

4

Sono davanti al Columbia Presbiterian Hospital.

La strada l'ho fatta a suon di maledizioni nei confronti di tutti gli uomini della terra. Trattata peggio di un cane lasciato al canile, anzi come una zecca di un cane lasciato al canile, no ecco, come la coperta piena di zecche di un cane lasciato al canile.

Che nervi! Mi esce il fumo dalle orecchie. Lo strangolerei con le mie mani, brutta carogna, pezzente, vigliacco, ma con chi crede di avere a che fare? Con una cretina che prende e molla come e quando vuole? Ma che gli dice la testa, che infanzia ha avuto? La sua tata preferita lo ha abbandonato per fuggire con lo stalliere e da allora ha giurato a se stesso che avrebbe punito tutte le donne? Oppure sua mamma lo chiudeva nell'armadio e lo picchiava con una gruccia?

Ma che c'entro io, accidenti a lui, perché sono incappata sulla sua strada? Che ho fatto di male e quali colpe devo scontare? Perché mi trattano tutti senza un briciolo di rispetto, facendomi promesse a cui credo sempre, per cui mi butto anima e corpo nelle storie, ogni volta convinta che sia quella buona, e poi mi sbattono tutti la porta in faccia come a un venditore di enciclopedie!

Come se i miei sentimenti non contassero niente.

Stamattina ho proprio voglia di illudere qualcuno, vediamo un po' nella rubrica, ma certo! Chiamiamo Monica, lei ci casca sempre, è troppo divertente vederla star male.

Fa presto Lilly Horowitz a dire che sono una piagnona, lei ha sempre ottenuto quello che vuole dagli altri e se ne fotte dei sentimenti altrui, come fa la maggior parte della gente.

Io ho sempre attraversato i corridoi della vita in punta di piedi, senza voler disturbare nessuno, concedendo fiducia all'infinito, credendo nella buona fede e nel libero arbitrio, almeno questo è quello che mi avevano insegnato, invece mi ritrovo in un mondo che non capisco, con chiavi che non aprono nessuna serratura e continuo a commettere errori.

Mi asciugo gli occhi, un'infermiera mi si avvicina e mi mette una mano sulla spalla.

«Bisogno d'aiuto?»

«Io? Oh sì, ma non basterebbero Freud e Jung a farmi capire dove ho sbagliato, sa? Mi scusi, è troppo complicato! Sto cercando una signora, Miss Henrietta Parker, non so se c'è un'ala adibita a casa di cura, è una signora molto anziana e sola».

«Questo ospedale è specializzato nella cura dell'Alzheimer, se le hanno dato questo indirizzo probabilmente è in quel reparto che deve cercare».

Santo Dio, anche l'Alzheimer, povera Miss H.

Ci metto mezz'ora a cercare di capire dove sono, perdendomi fra i vari blocchi, e finalmente un medico comprensivo si offre di aiutarmi a trovarla.

E la troviamo, come aveva ipotizzato l'infermiera, nella zona dedicata alla cura dei malati di Alzheimer.

Stento a riconoscerla.

Indossa ancora il suo cappotto bordeaux sopra la vestaglia e le perle che una volta mi avevano prestato per andare al matrimonio di quell'infame di David.

È truccata come una bambina che ha rubato i cosmetici alla mamma, se la incontrassi per strada la scambierei per una barbona, ma mi fa tenerezza lì seduta in un angolo a cercare di decifrare i segnali distorti del suo cervello, completamente abbandonata a se stessa, mentre aspetta la fine.

La vita è davvero un continuo lancio di dadi.

Mi avvicino titubante, non mi ha mai prestato veramente attenzione quando era ancora in sé, figuriamoci se adesso si ricorda chi sono.

Le sfioro delicatamente un braccio e lei si volta di scatto verso di me e spalanca gli occhi come una bambina che vede la sua bambola preferita.

Sorride e mi accorgo che non ha più un dente in bocca. Mi si stringe il cuore e sono costretta a guardare da un'altra parte per non commuovermi.

Vecchiaia e infanzia sono così vicine, solo che i vecchi non fanno tenerezza quanto i neonati, anche se si comportano nello stesso modo, si sporcano, non riescono a parlare e non sanno mangiare da soli.

Quello che spezza il cuore è la perdita della dignità, vedere il proprio corpo ridursi ad una carcassa inerme dopo aver trascorso tutta la vita a cercare di essere un individuo degno, dopo aver lavorato duramente per fare carriera, aver fatto sacrifici per comprare una casa, creato una famiglia, amato, sofferto e lottato, alla fine la ricompensa è questa: ci si riduce ad un vegetale che è solo un peso per il sistema sanitario.

«Miss H, si ricorda di me? Sono Monica, del negozio».

Continua a guardarmi sorridendo. Non credo che capisca.

«Monica, l'italiana, quella che arrivava sempre in ritardo...».

«Victoria».

«No, non Victoria, Monica...».

Continua a guardarmi e sorridere con il suo visino minuto e raggrinzito, incorniciato da una massa di capelli bianchi e sottili come fili di seta, le guance macchiate di rossetto sfumato casualmente, la bocca vuota e le mani deformate dall'artrite che mi sfiorano dolcemente il viso come per identificarmi.

Passa con il dito indice sulla mia fronte, poi scivola lungo la guancia e risale per il naso.

«Ti fa ancora male Victoria?»

«No», mento, «non mi fa più male».

«Ti ho tirato quel sasso perché non volevi farmi giocare con la palla».

«Sì mi ricordo, mi avevi fatto uscire il sangue».

«La mamma mi ha punito e non mi ha fatto più uscire per una settimana».

Ride e abbassa la testa.

«Mi porti a casa, vero?»

«È ancora presto Henrietta»

«Ma la mamma ha detto che mi avresti portata a casa», aggrotta la fronte in segno di delusione.

Entra una dottoressa dall'aria stanca e si mette in piedi accanto alla porta.

«Lei è una parente?», mi chiede con gentilezza.

«No, io lavoravo nel suo negozio tempo fa, sono tornata in città e mi hanno detto che era qui, ma non sapevo che fosse in queste condizioni. Mi ha scambiata per la sorella e pensa che sia venuta a portarla a casa, sono un po' in difficoltà».

«Scambia spesso anche me per la madre, credo che avessero un legame molto forte, questa malattia è devastante e incredibilmente frustrante per i familiari. Ci sono giorni in cui è come se si accendesse una lampadina, sono reattivi e lucidi, ma poi risprofondano in un limbo oscuro e confuso di ricordi e diventano aggressivi, per ora lei non è ancora a quello stadio, ma ciò che è triste è che potrebbe vivere ancora molto a lungo ed è sola al mondo da quando è morta la sorella».

«Erano inseparabili».

«Non la stanchi troppo, non le fanno bene le emozioni».
«Non si preoccupi, me ne vado subito».
La dottoressa esce e la sento cercare di calmare un paziente che grida cose senza senso.
Non vedo l'ora di uscire di qui.
«Adesso devo andare, Henrietta, stai tranquilla, poi torno a prenderti».
Rimane con la testa abbassata, ma quando raggiungo la porta la sento dire: «So che non hai preso tu il telefonino, è stata Stella».
Il telefonino? Si ricorda di quando la mia collega stronza rubò il suo telefonino e diedero la colpa a me, tanto per cambiare.
Torno subito indietro.
«Tu non saresti stata capace di rubare neanche una caramella, non sei mai stata furba».
È tornata, è lei, è incredibile.
«Miss H!», l'abbraccio forte.
«Sì, sì, stai buona però, sono il tuo datore di lavoro e disapprovo il contatto fisico con i dipendenti, adesso vai a metter a posto i rotoli di stoffa, te lo avevo chiesto anche ieri e non lo hai fatto e sei ancora arrivata in ritardo!».
«Sì Miss H, vado subito, mi scusi, farò gli straordinari», e corro via.
Scappo di corsa dall'ospedale e mi fermo solo dopo alcuni isolati per riprendere fiato.
Da quando sono a New York non faccio che ricevere pugni allo stomaco.
Se c'è qualcuno che sta cercando di farmi capire qualcosa direi che ci sta riuscendo!
Adesso voglio solo tornare a casa in fretta e mettermi sotto le coperte.
Per oggi basta emozioni.

5

Se prima pensavo che avere una relazione fosse fondamentale, adesso al primo posto considero l'avere una casa e quella magnifica sensazione di protezione che solo un tetto è capace di darti.

Lui è sempre lì, tenace e incrollabile con la pioggia o con il vento, estate e inverno, nella buona e nella cattiva sorte.

E non c'è niente di meglio che sbattere la porta in faccia al mondo e alla sua follia e rintanarsi al sicuro delle proprie quattro mura.

Be', non sono proprio mie, ma almeno per il momento sì.

Accendo il computer nella speranza di trovare l'e-mail che mi cambierà la vita, tipo: lei ha vinto un milione di euro.

Ci sono due messaggi di Max che trasudano odio e vendetta per non essere riuscito a contattarmi, uno di mia madre che mi manda i saluti, un po' di spam e il puntualissimo Peter.

Cara Monica,
spero tu abbia fatto buon viaggio e che la casa sia di tuo gradimento.

Non fare caso alla mia roba, sono partito un po' di fretta e non ho avuto il tempo per sistemarla, mettila pure dove vuoi.

So che mio fratello Tyler è venuto a farti visita, dovevo immaginarlo dal momento che gli avevo proibito di farlo, e quando ai bambini proibisci di fare qualcosa stai pur certo che la faranno!

Ti trova molto simpatica, motivo per cui ho insistito perché non venga mai più a trovarti, se non dietro tuo espresso invito, ma non è detto che mi dia retta. Perciò, se dovesse tornare, sei autorizzata a cacciarlo.

Tyler, lo avrai capito, è un pochino lento nell'apprendimento e non ha la minima idea del concetto di "non disturbare", il che è un'ottima cosa se rimani chiuso fuori nel cuore della notte, perché lui sarà felicissimo di venire a salvarti e tornare a casa sua come se niente fosse, ma per la stessa ragione tende a volersi rendere utile anche quando la sua presenza non è richiesta.

Mi rendo conto che avrei dovuto dirtelo prima, ma pensavo di essere stato abbastanza chiaro con lui.

Joe solitamente fa da filtro, ma, se non è in giro, può capitare che Tyler passi a vedere come stai.

Il che in un posto come Manhattan non guasta mai!

Spero di cuore che questo non sia un problema per te.

Per qualunque cosa chiamami.

Ciao,

Peter

Mentre finisco di leggere la mail, il suo nome lampeggia sullo schermo.

Mi sta chiamando con Skype, inforco la cuffietta e rispondo, la prima telefonata non belligerante degli ultimi giorni.

«Pronto? Monica? Sono Peter Bonelli!».

«Ciao Peter, che piacere sentirti!».

«Finalmente ci conosciamo, come stai? È andato bene il viaggio? La casa era abbastanza pulita? Ho fatto un po' di pulizie prima di partire, ma non quanto avrei voluto, c'era molta polvere?»

«No, no, tutto a posto».

Qualcuno che si preoccupa per me, mi viene da piangere.

«Sei raffreddata?»

«No, cioè sì, forse l'aria condizionata in aereo».

«C'è un cassetto pieno di medicine in bagno, sono un po' ipocondriaco, sai. Serviti pure se hai bisogno, però ti consiglio l'echinacea, è una pianta che stimola il sistema immunitario, è meglio dell'aspirina, a meno che tu non sia allergica alla polvere. Io sono allergico da morire, anzi penso di essere allergico all'aria di Manhattan, quando sono lì mi ammalo sempre, in questo caso è meglio il ribes nigrum gemmoderivato in gocce... Oddio ma quanto parlo, scusa, mi prenderai per pazzo! Dimmelo pure quando esagero... Allora, come va il lavoro?»

«Lasciamo perdere... credevo di avere un posto nella prestigiosa redazione di "Vanity Fair", ma stamattina sono arrivata in ritardo e... insomma non ho fatto una bella figura, poi quella gente è talmente aggressiva e dura, non so, forse non è stata una grande idea venire qui così di corsa, ma avevo talmente bisogno di cambiare aria».

Sto parlando a me stessa più che a lui.

«Ti capisco, l'ho fatto molte volte di partire sull'onda di una delusione o di un dolore, o anche solo per cercare un posto dove sentirmi meglio».

«E l'hai trovato?».

Pausa

«No, ancora no... Non so se c'è, forse il posto giusto non è mai quello in cui sei in questo momento, ma lo diventa quando te ne vai, quando sono lì vorrei essere da un'altra parte e quando sono da un'altra parte, alla fine mi manca Manhattan».

«E adesso dove sei?»

«In questo momento sono a Toronto. Sto tenendo un corso di cucina biologica in una scuola per giapponesi...».

Soffoco una risata.

«Stai ridendo di me?»

«No, no, non mi permetterei mai».

«Tanto ridono tutti, lo so».

«Cos'è la cucina biologica?»

«È una cucina naturale, senza additivi chimici, quella dei nostri nonni per intenderci».

Se sapesse degli OGM che ho introdotto clandestinamente in casa sua mi caccerebbe e farebbe disinfestare.

«Interessante...».
Come guardare la lavatrice fare la centrifuga.
«Se vuoi ti posso mandare qualche ricetta, non so, posso insegnarti a fare il pane».
«Il pa... ma non si fa prima a comprarlo?»
«Ma noooo, non puoi capire come sia buono quello fatto in casa, quando mi sento depresso faccio sempre il pane, il solo fatto di impastare due ore mi fa stare meglio».
«Due ore? Non fa per me».
«Allora ti scriverò gli ingredienti per una maschera nutriente per il viso all'olio d'oliva, dopo che l'avrai provata mi ringrazierai».
«Okay, vada per la maschera».
Fra lui e il fratello non so chi sia più fuori di testa!
Peter è un po' agitato, ma mi fa piacere parlare con lui, ha l'aria sensibile, qualità rara di questi tempi.
Dopo che ci siamo salutati mi metto a pensare alla mia vita fino ad adesso e a cosa posso inventarmi per dare una svolta definitiva, ma non mi viene in mente niente.
Scriverò a Sandra, lei ha sempre una risposta pronta, anche se non è sempre quella che voglio io.
Nel frattempo il mio cellulare squilla di nuovo. Sono una donna richiesta nonostante tutto.
«Monica? Scusi se la disturbo, sono Jane la segretaria di Mr. David Miller, la contatto per il suo trasferimento a Milano la settimana prossima, mi è stato detto di soddisfare ogni suo desiderio, perciò sono a sua disposizione, ha qualche preferenza per l'orario del volo?»
«Sì... dunque, lavoro fino a tardi, perciò potrò partire da Roma solo a tarda sera e poi se è così gentile da prenotare una suite al Four Season, e un volo in prima classe con un pasto vegetariano per celiaci. La prego di chiedere a Mr. Miller di

venire a prendermi personalmente all'aeroporto altrimenti non verrò».

«Ma... credo che non potrà lasciare i clienti a quell'ora, le faccio mandare l'autista».

«No, l'autista non lo voglio, o mi viene a prendere all'aeroporto o non ne facciamo niente».

«Okay», sospira, «vedrò quello che posso fare e la richiamo al più presto».

«Non ho finito!», esclamo, «vorrei che mi portasse dei fiori, quando mi viene a prendere, delle calle per la precisione e delle tavolette di cioccolato bianco che vendono in un negozio di Milano che si chiama Chocolat, poi vorrei cenare con lui in camera, sushi e champagne saranno perfetti (si ricordi niente glutine) e si assicuri che ci sia la musica».

«Qualche preferenza?»

«Amy Winehouse andrà benissimo».

«Nient'altro?»

«Niente per il momento, ma se mi venisse in mente qualcosa la richiamerò!».

Mmmm, questa telefonata mi ha ridato il buonumore, anche se è una misera consolazione in confronto a come mi ha trattata.

Ma lui non è più un problema ormai, solo una storia che racconterò ritoccandola a mio favore durante un aperitivo. Invece, per quello che riguarda Edgar, non riesco a farmene una ragione.

Mi sembra di essere in coma vigile: percepisco la vita intorno a me, ma non riesco a reagire, niente mi appartiene e niente mi interessa veramente. Ho la testa costantemente ovattata e un senso di oppressione al petto che non mi molla neanche un istante.

Sono passati solo tre mesi da quando ci siamo lasciati, da quella mattina in cui me ne sono andata da casa sua e l'ultima immagine che mi è rimasta è quella di lui che mi guarda dalla finestra con gli occhi tristi e mi lascia andar via.

Chissà se ha mai rimpianto di non aver fatto niente per trattenermi.

Il rimpianto è solo una forma di giustificazione delle proprie azioni: finché siamo vivi possiamo modificare in ogni momento il corso delle cose, ma i cambiamenti sono un sacrificio troppo grande per la maggior parte della gente.

Rassegnarsi a un'esistenza grigia e senza margine di rischio è spesso una prospettiva più allettante del provare a essere felici anche solo per una manciata di minuti.

Se c'è una cosa certa della vita è che prima o poi finisce.

Tanto vale tentare di saltare dal trampolino.

E nel frattempo provare la favolosa maschera all'olio di oliva che mi ha appena mandato Peter Bonelli.

Maschera nutritiva all'olio d'oliva di Peter Bonelli (Ricetta di mia nonna siciliana)

Ci vogliono 3 cucchiai di olio di oliva, 2 cucchiai di miele e un tuorlo d'uovo.

Sbatti bene l'uovo e poi aggiungi l'olio e il miele. Metti il tutto in frigo per un'oretta e poi applica generosamente questa crema sul viso e lascia agire per una ventina di minuti e poi risciacqua abbondantemente con acqua tiepida, vedrai che pelle splendida!

Se invece hai la pelle secca per via del caldo che c'è in casa, allora prova questa qui:

Maschera idratante di Peter Bonelli (Ricetta di mia invenzione)

Prendi un vasetto di yogurt e mescolaci insieme il succo di uno spicchio di arancia (ti prego di non comprare quello confezionato!), stendi su tutto sul viso (magari con due belle fette di cetriolo sugli occhi), rilassati una mezz'ora e sciacqua con acqua fredda.

Sarai come nuova!

Ti abbraccio. Devo andare a controllare il formaggio.

6

L'unica cosa decente che sono riuscita a fare da quando sono qui è stato trovare questa casa, per il resto sono un fallimento totale.

Penso da due giorni a un modo per stupire la cara Lilly Horowitz (anzi per stupire me stessa, per usare le sue parole) ma non mi viene in mente niente, o meglio, trovo che tutto quello che ho fatto finora sia in qualche modo stupefacente, ma perché alla maggior parte della gente questo non interessa?

Il fatto di aver vissuto così tanti anni lontano da casa, aver pagato un affitto, aver tentato di far funzionare una relazione, essermi messa più volte a dieta per almeno una settimana, aver stretto amicizie importanti, essere una persona onesta, un po' confusa e disorganizzata, ma fondamentalmente buona (adesso faccio anche la raccolta differenziata), voglio dire, tutto questo non conta?

Quando da piccoli ci dicevano di essere buoni per non andare all'Inferno allora era tutta una montatura! Tutti quei valori come la responsabilità, l'onestà, il rispetto, l'impegno, la correttezza, non rubare, non uccidere, non dire falsa testimonianza, era tutta una bufala se poi vengono premiati sempre i più stronzi, quelli che sgomitano e ti calpestano la faccia con i tacchi a spillo.

Che fatica questo mondo!

Sandra mi ha scritto che verranno a trovarmi con Mark e la bambina, sono così emozionata all'idea di rivederli, è passato più di un anno da quando sono partiti per le Bahamas, sono i miei migliori amici, l'unica vera famiglia che ho, quelli con cui ho condiviso più gioie e dolori di tutti, mi farà bene stare un po' con loro.

Mi passo casualmente una mano sul viso, devo dire che la maschera all'olio d'oliva è veramente straordinaria, ho la pelle di un neonato.

Il pomeriggio lo trascorro ad esplorare le novità di New York City, il 20% dei locali che frequentavo l'anno scorso non ci sono più e al loro posto ne sono sorti altri che faranno la stessa fine fra sei mesi.

Quando sono qui cerco sempre di avere un'aria "del posto", e mi impegno a sembrare incredibilmente occupata come i veri newyorkesi (il che al momento è la cosa che mi risulta più difficile), cammino veloce come una scheggia con un'aria leggermente scazzata come se avessi un appuntamento a cui mi fa schifo andare.

È l'unico modo per essere rispettato qui: se fai tanto di dire di lavorare part time o di aver preso un anno sabbatico, sei guardato come un alieno, a meno che tu non faccia l'artista.

Anche un turista deve avere un programma serratissimo di musei e mostre che intende visitare con minuscole pause pranzo e nessuna esitazione per il tipo di panino da ordinare, mentre è in fila con lo zainetto a tracolla, davanti a 14 impiegati con il cronometro in mano.

Ecco perché si finisce sempre col mangiare panini di gomma preconfezionati: per evitare l'ansia della fretta e gli sguardi di sufficienza, e ciò spiega anche la mia gastrite cronica.

Mi siedo su una panchina in Union Square, la mia piazza preferita dove il sabato c'è il mercatino degli ex sessantottini nostalgici che vendono frutta, dolci e spillette con scritto «Give peace a chance».

C'è gente che suona e va in giro vestita strana, e mi fa sentire meno sola, o meglio mi fa sentire parte di una solitudine più grande che abbraccia l'universo intero e da cui nessuno può scappare, quella formata dalle stesse insicurezze, dalle stesse domande e dagli stessi sbagli che facciamo tutti.

Ecco, più di ogni altra cosa al mondo vorrei essere abbracciata, un abbraccio vero, sincero, in cui lasciarmi andare per un minuto soltanto, il tempo massimo che si può concedere a qualcun altro per consentirgli di percepire il battito del proprio cuore, ma non per fargli ascoltare quello che gli sussurra.

Non un secondo di più: il prezzo che si paga per essersi messi a nudo è troppo elevato, e non si torna più indietro. Ho già pagato troppe volte per la mia ingenua fiducia.

Oddio che palle, ancora lacrime?

Ma cosa mi prende, mi manca il magnesio forse? Devo chiedere a Peter Bonelli, "il guru della fitoterapia", cosa pensa di questo mio stato di depressione galoppante.

Neanche fossi in menopausa.

Finirò come la vecchia con le caviglie gonfie che dà da mangiare ai piccioni e spinge lentamente il suo carrello della spesa pieno di sacchetti della nettezza e la sera fa la fila alla mensa per i poveri.

Stop, fermi tutti, adesso sto esagerando.

Devo fare una lista.

Le liste mi hanno sempre fatto bene nei momenti di panico come questo, mi aiutano a ritrovare l'ordine nell'universo.

Contro:

Edgar e io ci siamo lasciati ~~per sempre~~ ~~per ora~~ ~~per sempre~~ non ci voglio pensare adesso!

David è uno stronzo (per sempre).

Non ho un lavoro.

I soldi che ho da parte mi basteranno per ~~6~~ 4 mesi.

Ho già 32 anni suonati e non so ancora cosa fare della mia vita.

Pro:

Sono a New York (mica poco!).

Ho una casa.

Non ho nessuno a cui devo rendere conto, solo nove cactus da annaffiare se mi ricordo.

Peter e Tyler sono gentili con me.

Anche il portiere e le vicine sono gentili con me.

Sandra e Mark arriveranno fra due giorni.

Sono viva (non è cosa da sottovalutare).

Ho solo 32 anni e ho scritto un libro.

Se riuscissi a stupire Lilly avrei anche un posto a «Vanity Fair» (questa è un po' da rivedere).

E ora che ci penso, perché non fare visita a Sam e Judith che mi invitavano tutte le settimane agli Hamptons l'anno scorso?

La coppia perfetta, la storia d'amore ideale, lui un po' goffo, ma tanto dolce e premuroso, lei decisamente più bella ma incredibilmente materna nei suoi confronti, e tutti e due così tenacemente uniti contro ogni avversità.

«COME SAREBBE A DIRE STATE DIVORZIANDO????», urlo nel telefono.

«Non ne posso più di lui, lo odio con tutta me stessa, non posso neanche vederlo in foto, facciamo a turno per stare in casa, ma non ti preoccupare, va tutto bene, perché non vieni a trovarmi?»

«Non mi sembra tanto il caso, insomma ho un'immagine di voi piuttosto diversa da quella che mi racconti, ero rimasta alla morte di tua mamma...».

«Sì, quello è stato il colpo di grazia, ma che lui fosse un idiota me ne sarei accorta lo stesso prima o poi, dai vieni che ho voglia di vederti, devi raccontarmi di tutto quello che hai fatto in Scozia».

A malincuore salgo in metropolitana e mi avvio verso Brooklyn Heights, un quartiere che è diventato di gran tendenza, con tutte le sue case di mattoni rossi e i locali trendy, ma senza il casino folle di Manhattan, dove puoi anche permetterti di possedere un appartamento con quattro stanze e il giardino senza doverti vendere entrambi i reni su internet.

Agli angoli delle strade ci sono ancora i ragazzini che saltano con la corda e vendono la limonata.

Probabilmente accettano carte di credito.

La casa di Judith e Sam è a due piani, non capisco come non riescano a dividersi gli spazi in modo da non invadere il territorio l'uno dell'altra, ma lo sanno loro come vive la maggior parte della gente?

Suono timidamente il campanello, sono quasi tentata dal fare dietrofront, ma Judith mi vede dalla finestra della cucina e corre ad aprirmi asciugandosi le mani con uno straccio.

Mi abbraccia forte e sento un odore di biscotti misto a sudore.

Non era esattamente l'idea di abbraccio che avevo prima sulla panchina, ma va bene lo stesso.

I capelli rossi scarmigliati sono sempre i suoi, in compenso deve averci dato dentro con i dolci: avrà preso almeno 20 chili.

«Bella! Come stai? Ti trovo benissimo, ti sei fatta crescere i capelli, mi sei mancata tanto, non sai quante volte ho parlato di te con Sam... insomma quando ci parlavamo ancora!».

«Mi dispiace, non mi aspettavo questa situazione, sono un po' in imbarazzo».

«Non esserlo, vieni dentro, ho appena fatto i biscotti. Help!».

Chiama il cane con tutta la voce che ha nei polmoni, il Labrador biondo a cui avevo fatto da mamma per un paio di settimane è diventato una specie di canotto con le zampe e un principio di enfisema.

«Ti ricordi di Help? È un po' ingrassato ultimamente, non l'ho più portato a correre sulla spiaggia e si è imbolsito, sai com'è, non ho più messo piede in quella casa da quando ci sta lui».

«Ah, e così Sam si è trasferito agli Hamptons?»

«Sì, meno ci vediamo meglio è».

Non so cosa dire, li avevo lasciati in pieno lutto ma pur sempre vicini e innamorati, e ritrovo lei che sembra Sarah Ferguson fra una dieta e l'altra e lui che fa il pescatore di telline.

Diciamo che potevano star peggio... tipo in un monolocale in periferia.

È una cosa tristissima ma che, mi vergogno a dirlo, mi fa sentire meno sola.

«Tu invece? So che sei stata in Scozia, hai pubblicato il tuo libro, devi aver fatto una super carriera no?»

«Super carriera proprio non direi, sono andata a vivere da Edgar, all'inizio sembrava che andasse tutto per il meglio viste le circostanze, ma piano piano ha cominciato tutto a degenerare, lui lavorava sempre, aveva un sacco di problemi comportamentali compresa una mamma onnipresente, e una moglie morta, insomma le solite cose», cerco di ironizzare.

«Oh, ti capisco benissimo, da quando è morta mia madre ho deciso di volere un figlio, solo che non ci riuscivamo, ci abbiamo provato tanto, abbiamo visto i migliori esperti ma niente, e alla fine ho cercato di convincerlo a prendere un utero in affitto, ma lui non ha voluto, preferiva l'adozione, io, invece, non mi sentivo di adottare un bambino di cui non so niente, così abbiamo cominciato a litigare e litiga oggi, litiga domani... Che ne so, forse è meglio così, in fondo non credo neanche di avere tutto questo istinto materno e per sfogarmi mi sono data alla pasticceria. Dai, assaggia i miei biscotti».

I biscotti sono divini, li ha fatti al cioccolato nero e bianco, all'uvetta e alle noci e me li serve con la doppia panna.

Non so che dire, sono perplessa e meravigliata dalla rapidità con cui cambiano le vite degli altri.

Probabilmente il segreto è solamente quello di fare qualcosa, qualsiasi cosa pur di mettere in moto le energie.

Per una come me, invece, campionessa dell'autocommiserazione...

«Perché non chiami Sam, sarà contento di vederti, lo vai a trovare agli Hamptons così ne approfitti per andare al mare e già che ci sei mi potresti riportare un paio di cose che quell'idiota non vuole restituirmi».

«Ma no, non mi sembra proprio il caso...».

«Insisto invece, sarà contentissimo, vedrai, chiamiamolo subito!».

«No, dai, magari un'altra volta».

Non mi ascolta neanche e già sta facendo il numero, poi improvvisamente riattacca.

«Non risponde mai quando vede che sono io, chiamalo col tuo cellulare!».

«Ma non...».

Me lo sfila dalla tasca e compone il numero, è ufficialmente diventata pazza.

«Tieni, sta squillando», me lo restituisce come se scottasse.

«Pronto Sam? Sono io Monica... Chi? Be', Monica... l'italiana, ti ricordi?...».

Momento di silenzio mentre Judith mi fa segno con la mano che lui non ci sta con la testa.

Dopo quella che mi sembra mezz'ora finalmente mi dà un segno di vita.

«Come no! Scusa, mi ero un po' appisolato... Stai bene? Perché non mi vieni a trovare, hai saputo che io e Judith ci stiamo separando?»

«Sì, e mi dispiace un sacco», Judith mi fa segno di chiedergli le sue cose.

«Meglio così, è molto meglio così, dai vieni qui e fermati a cena, vedo di grigliare un paio di salsicce».

«A cena? Stasera? Ma io avevo già un imp...».

Judith mi strappa il telefono di mano: «Va benissimo, l'accompagno io alla fermata dell'autobus, arriverà a Southampton per le 8.15, addio», riattacca.

Rimango allibita.

«Bravissima, dunque, ho bisogno che tu mi prenda assolutamente i libri, alcune foto di mia madre, i cd, l'annuario del college, il quadretto nell'ingresso, dei maglioni...».

«Ma io sono a piedi», rispondo avvilita.

«Ti farai accompagnare al ritorno da lui, tanto non ha niente da fare, aspetta che te lo scrivo così non ti scordi nulla. Che bello che tu sia venuta a trovarmi, Monica, non sai che piacere che mi ha fatto!».

E con una lista degna di un trasloco di una multinazionale salgo sull'autobus destinazione Southampton dove non so che cosa possa attendermi.

7

Alla fermata c'è Sam ad aspettarmi.

Mani in tasca, camicia a quadri, barba un po' lunga.

A colpo d'occhio mi sembra sempre lo stesso, poi a un esame più attento, il velo di tristezza è piuttosto evidente.

Mi abbraccia come un fratello e lo sento più sincero di come è stata Judith prima.

Lo guardo con tenerezza, lui sostiene il mio sguardo per qualche istante, poi gira il viso da un'altra parte e mi accorgo che ha gli occhi lucidi.

È lui a prendere l'iniziativa: «Ma lo sai che sono contento di vederti? Vedi com'è buffa la vita a volte? Ti alzi pensando che sarà una giornata come tutte le altre e invece arriva qualcosa che ti sorprende. Ho preso un paio di bistecche, come ai vecchi tempi, ce le facciamo alla griglia sulla veranda».

Cerca di mettermi a mio agio in tutti i modi, ma lo vedo che è come se gli mancasse un pezzo.

La casa è rimasta la stessa, ma anche a lei manca l'anima.

C'è ancora il dondolo dove passavo le serate con la vecchia Helen a bere caffè e spettegolare, prima che morisse.

Il salotto è in disordine, come se lui passasse troppo tempo sul divano. Deve aver messo frettolosamente in ordine aspettando che arrivassi, ma senza sapere esattamente da che parte cominciare.

Si accorge che lo osservo.

«Non sto molto bene in questo periodo, inutile che te lo nasconda. Dormo troppo e bevo anche un po' troppe birre, dico a me stesso che passerà, ma per il momento non passa».

Mi siedo su una poltrona. «Sì, passa, Sam, passa per tutti, ma ci vuole tanto tempo», dico gravemente.

«Sai quando ti accorgi che una persona non è come ti aspettavi? E continui a non voler credere che sia cambiata? Questo è quello che mi è successo con lei e ancora non mi rassegno all'idea di non avere più quella Judith con cui ho passato undici anni della mia vita. Mi manca e farei qualunque cosa per riaverla con me». Gli scendono le lacrime.

«Lo dici a me? Stavo con un uomo per cui ho quasi rinunciato a tutto, e poi piano piano ho scoperto che il suo desiderio di rifarsi una vita era solo una copertura, e che in realtà non voleva cambiare una virgola del suo mondo, che era ancora innamorato della ex moglie morta e che per controllare la sua realtà si creava una quantità imbarazzante di rituali. Hai idea di cosa significhi vedere il tuo uomo che canta una filastrocca alle bottiglie di vino prima di andare a letto, ma senza toccarle per non essere contaminato?»

«Davvero?», gli viene da ridere

«Certo! E che quando era nervoso accendeva il phon? Credi che scherzi? E le due scarpiere una per le scarpe destre e una per le sinistre?»

«No... te lo stai inventando!».

«Magari! Aveva anche 200 paia di calzini viola che sceglieva facendo la conta».

«Judith invece aveva sempre l'alito cattivo».

«Be', Edgar lavorava 24 ore al giorno e non voleva sposarmi».

«Judith non faceva le pulizie, faceva dormire il cane sul letto e parlava sempre male di tutti».

«Edgar era fidanzato con sua madre e non voleva figli».
«Judith era invidiosa ed egoista».
«Edgar credeva sempre di aver schiacciato qualcuno con la macchina e si fermava ogni due metri!».
«Okay Monica, hai vinto tu!».
«Penso anch'io... Allora, vogliamo annaffiarle col vino anziché con le lacrime queste bistecche?».
Sam mi guarda con gratitudine.
«Ma tu li volevi dei figli?»
«Non lo so. Una volta gliel'ho chiesto, e lui mi ha detto che non ne voleva neanche sentir parlare, in effetti non avevamo neanche un punto in comune, ma io mi ero talmente adeguata ai suoi desideri che non sapevo più quali fossero i miei».
«Dev'essere il problema di tutti: a un certo punto il più debole si adatta talmente tanto da perdere se stesso e quando resta solo deve ricostruire tutto da capo. Il più forte in un modo o nell'altro va sempre avanti».
«Non è detto che il più forte sia anche il più felice».
«Il più egoista è senz'altro il più felice».
«Allora abbiamo ancora un bel po' di strada da fare!».
Passiamo una serata piacevole, nonostante tutto.
Sembriamo due convalescenti, ma le nostra ossa rotte si salderanno prima o poi.
È solo questione di tempo.
L'indomani mattina mi accompagna all'autobus.
«Judith mi aveva dato questa lista di cose da portarle».
«Tu dille che i ladri hanno rubato tutto! Voglio cominciare anch'io a contare i calzini e pensare a me stesso, sai?».
L'autobus si allontana, Sam mi saluta con la mano, ce la farà, ne sono sicura.
Ce la facciamo tutti.

Il viaggio in autobus ha un sapore rétro.

Adoro osservare le coppie di anziani che passeggiano sulla spiaggia con il cardigan beige, tenendosi ancora per mano. Hanno passato una vita a Manhattan e ora si godono il "buen retiro" sulla costa, occupandosi dei nipoti e del tacchino nel giorno del Ringraziamento.

Quanto mi piacerebbe essere sposata allo stesso uomo da 60 anni e ancora cucinargli il suo piatto preferito come la prima volta, amare le sue rughe e i suoi acciacchi e guardarlo negli occhi e vederlo ancora giovane.

Dev'essere splendido arrivare a quel punto della vita in cui hai fatto tutto quello che dovevi fare: una carriera, dei figli, una casa, e poterti ritenere soddisfatto di come sono andate le cose, senza più l'ansia da prestazione che ti assilla, e finalmente dedicarti ai nipoti.

Certo che se dopo soli undici anni l'uomo da cui volevi un figlio improvvisamente diventa «quell'idiota», forse è meglio rifletterci bene.

Max non mi ha più chiamata, mi sento una merdaccia. Possibile che io boicotti tutte le mie possibilità di carriera?

Che colpa ne ho io se questo non è il mio mondo? Se ho bisogno di tutt'altra certezza che il denaro?

Ci sarà un posto anche per me da qualche parte. O no?

Arrivata a casa incontro Tyler che mi aspetta seduto davanti alla porta.

«Ma che ci fai qui? Da quanto mi stai aspettando?»

«Mmm...», conta con le dita, «cinque ore e quarantuno».

«Ma perché? Potevi telefonare se avevi bisogno di qualcosa, no? Invece di fare un sit-in, ma i tuoi erano figli dei fiori?»

«Come?»

«Niente, lascia stare, di cosa avevi bisogno», chiedo irritata mentre cerco di togliere l'allarme, sbagliando due volte.

«Aspetta faccio io, vedi? Due... cinque... nove».

«LO SO! Ti prego, ora basta, mi sfinisci!», mi ribello.

«Scusa, Monica», risponde mortificato, «non ti volevo disturbare, ora vado via».

«No, scusami tu, non dovevo aggredirti così, sono nervosa ultimamente, non ce l'ho con te».

«Davvero non ce l'hai con me?», sorride.

«Davvero no».

«Allora tieni, ti avevo portato questo, è un adattatore, penso che ti possa servire e questa è una crema per le mani, me l'ha detto mio fratello di portartela, la ricetta è sua... e poi ci sarebbe questo...», mi dà un libro continuando a sorridermi.

«Ma questo è...». Rimango senza parole

«È il tuo libro, volevo che mi facessi l'autografo, l'ho ordinato su internet, non è stato facile, però ce l'ho fatta!».

«Già, è una rarità ormai...».

Che strana sensazione rivedere il mio libro, lo annuso, lo accarezzo, lo sfoglio, c'è ancora il refuso a pagina 18, ed è sempre la prima ristampa, Edgar deve aver fatto una tiratura da vero scozzese.

Che spilorcio!

«Sei brava, sai?»

«No, non sono brava».

«Sì, sì, sei brava, sai quanta gente vorrebbe scrivere un libro? E tu ce l'hai fatta, quindi sei brava, io non ne sarei mai capace».

«Tu sai aggiustare le cose, io so solo romperle».

«Ognuno ha una specialità, altrimenti saremmo tutti ugua li».

«Già, sai che noia».

«Adesso vado via, mia mamma mi aspetta da stamattina. Ciao Monica», corre giù dalle scale di servizio.

Mentre sto per chiudere la porta, una specie di topo enorme entra di corsa e si nasconde sotto il divano.

Mi balza il cuore in gola. Afferro la scopa dal ripostiglio e mi metto in assetto da primo battitore.

È il topo più grosso che abbia mai visto, si deve nutrire di cadaveri. Mi avvicino piano piano a occhi chiusi, sto per svenire, ma se svengo lui mi mangerà il naso, Dio che paura, scommetto che è armato.

Dai Jerry vattene via, ti do un panino al formaggio, una birretta e anche i soldi per le sigarette se te ne vai, tanto lo sai che non ho il coraggio di colpirti e spappolarti sul parquet.

Ma perché Tyler se n'è andato? Proprio ora che avevo bisogno di lui.

Spingo la scopa sotto il divano e sento soffiare. Da quando in qua i topi soffiano?

Dev'essere un esemplare da laboratorio fuggito da qualche industria farmaceutica con tanto di elettrodi attaccati al cervello.

Devo chiamare Joe, o cambiare casa, sto per vomitare.

Mi volto per raggiungere la porta e sento chiaramente miagolare.

Un gatto orrendo senza neanche un pelo, che sembra Silvestro quando gli scoppia la dinamite in mano, viene verso di me.

È pieno di rughe, ha le orecchie enormi, e la pelle grigiastra e macchiata ed è spaventosamente simile a un Gremlin.

La coda è come quella di un topo di fogna, rosa e lunga come il filo del telefono, la tiene ritta con disinvoltura come se fosse un gatto normale!

Gli punto il bastone contro: «Fermo dove sei, fellone! Non ti avvicinare neanche di un passo, non ti leggo nemmeno i diritti, adesso sento che potrei tranquillamente spappolarti sul parquet senza rimpianti».

Faccio l'unica cosa sensata e coraggiosa: salire sul divano, poi su una sedia e infine sul tavolo. Mi risparmio la libreria perché non reggerebbe.

La cosa, pensando a un gioco, mi segue con agili balzi.

Tre giri dopo mi arrendo.

«Okay, da che pianeta sei atterrato? E soprattutto come faccio a rimandartici?».

Suona il campanello.

La famigerata solitudine dei newyorkesi, eh?

Apro la porta senza neanche guardare, preferisco aprire a un assassino che rimanere un solo minuto con questo alieno.

«Ciao, sono la tua vicina, me chiamo Pilar».

Una ragazza mora, minuta e molto carina mi tende la mano, noto che ha due grossi dadi tatuati sull'avambraccio.

«Ciao».

«El mio gato deve essere da te, le gusta questa cassa, Peter le dà sempre qualcossa da mangiare».

«Allora è un gatto...», mormoro perplessa.

«Es un Devon Rex, el gato nudo, io sono allergica al pelo e lui me fa schifo, ma almeno non me fa starnutire».

Pilar entra e il gatto si nasconde ancora sotto il divano così lei è costretta a sdraiarsi per terra e a impolverarsi tutta.

Dopo pochi secondi comincia a starnutire a raffica, senza riprendere mai fiato, sono indecisa se abbattere anche lei con la scopa.

«Oddio come mi dispiace, non ho ancora fatto le pulizie, sai sono arrivata da poco e...».

«Non c'è problema», dice fra uno starnuto e l'altro con gli occhi rossi e il naso che cola, «è siempre così». Afferra per la collottola il topone che protesta furiosamente e si avvia verso la porta. «Bienvenida a Nueva York, y escusa per el gato, vieni da me una sera, te faccio le tortillas!».

8

Nel cuore della notte vengo svegliata dallo squillo del telefono.

Per un attimo non mi ricordo neanche chi sono, e immagino di essere una persona felice.

Ma dura un attimo.

«Pronto?»

«Buongiorno, sono Jane, la segretaria di Mr. Miller, la disturbo?»

«Lei che dice? Sono le 3.30 del mattino!».

«Veramente sono le 3.30 del mattino qui a New York, lì a Roma sono le 9.30 del mattino o mi sbaglio?»

Cazzo è vero, lei mi crede a Roma!

«Pronto? La linea è molto disturbata, mi può richiamare?».

Riattacco.

Chi la fa l'aspetti.

Mi richiama.

«Pronto? Dunque, la chiamo per i dettagli del suo volo: lei partirà questa sera alle 21.50 da Roma Fiumicino destinazione Milano Linate dove atterrerà alle 22.55, lei mi ha detto che prima non poteva, le assicuro che Mr. Miller ha fatto i salti mortali per potersi liberare e venirla a prendere all'aeroporto. Il ritorno invece è fissato per l'indomani alle 12.30 con arrivo alle 13.35, a meno che non voglia trattenersi ulteriormente, alloggerà in una suite al Four Season come da sua richiesta, comunque le mando tutti i dettagli via mail, se ha bisogno di altro...».

Di dormire...
Sedici secondi dopo mi chiama anche David.
«Monica, sei sveglia vero? Io non ho chiuso occhio per colpa del jet lag, stasera ti vengo a prendere all'aeroporto, ho veramente bisogno di parlarti, ho annullato una riunione importantissima e affidato i clienti giapponesi a una paio di hostess, sperando che li intrattengano! Chiamami quando arrivi, ci vediamo all'uscita».
«Sei sicuro di riconoscermi o devo indossare una tuba e un naso rosso?»
«Ti riconoscerei fra mille».
«Non ne sono sicura».
Mi è passato il sonno.
Accendo la televisione e mi vedo la replica del *Tyra Banks Show*: una puntata con dei nani in studio.
Controllo distrattamente la posta elettronica: Sandra mi annuncia il loro arrivo da Nassau domani pomeriggio, alloggeranno da amici di Mark e non c'è bisogno che io li vada a prendere....
Mamma sta bene, dice che sta uscendo con un signore... Ecco i biglietti aerei per Milano... E posso ingrandire il mio pene!
Benissimo, niente per cui valga la pena strapparsi i capelli.
Faccio l'errore di aprire un file con scritto "Edgar" in cui ho incautamente tenuto tutte le sue mail.
Mi assale una nostalgia incredibile, lo voglio chiamare.
So che non dovrei, ma non resisto più.
Chiamo.
Ho i brividi dalla tensione. Come se lo chiamassi per la prima volta.
Una voce registrata mi avverte che il numero non è più attivo. Che significa? L'ha cambiato perché non mi voleva più sentire? Gliel'hanno rubato? Dio, questa non ci voleva.

Non vorrei sembrare paranoica, ma ho come la sensazione che l'abbia fatto contro di me.

Improvvisamente mi sento risucchiata in un vortice, ora più che mai sento di averlo perso per sempre. Come se lui avesse innalzato una barriera per impedirmi di riallacciare qualunque contatto.

Mi gira tutto, non mi sento bene, mi manca l'aria.

Un conto è decidere di non vedersi più per un ragionevole periodo di tempo che aiuti a chiarirsi le idee ed eventualmente ritornare sui propri passi, ma chiudere i ponti così senza una parola è mostruoso, è vile, è ingiusto.

Rimango seduta per terra a mangiarmi le unghie pensando a come fare per rintracciarlo, forse potrei chiamare in ufficio, Morag la sua assistente era una mia amica, ho comunque pubblicato un libro con loro, qualche diritto ce l'ho anch'io.

Cerco il numero.

«Buongiorno è... la Lockwood & Cooper?», dico con voce esitante.

«Non più, adesso è la Mysore Editions, come posso aiutarla?»

«Cercavo Edgar Lockwood, lui lavorava lì, cioè la Lockwood & Cooper era sua, prima di voi, non sa dove potrei...».

«Non saprei, da quando ha venduto a noi non lo abbiamo più visto, forse il mio capo sa dove rintracciarlo, ma mi pare di aver sentito dire che è partito, se vuole mi informo».

«Magari, se fosse così gentile».

La musichetta d'attesa è rimasta la stessa, l'aveva scelta lui: *Unchained Melody*.

Che due palle.

Sicuramente gli ricordava di quando lui e la ex moglie modellavano vasi in terracotta col tornio in salotto.

«Pronto? Le passo il principale...».

Ripeto la stessa domanda a un gentilissimo signore che da

buon anglosassone si fa in quattro per aiutarmi, pur non sapendo come.

Nel giro di venti minuti parlo con tutto l'ufficio (sei persone) e scopro le seguenti ipotesi:

– È diventato un missionario comboniano.
– Produce lana mohair.
– È un fervente seguace di Osho.
– Sta facendo il giro del mondo sul suo catamarano.
– Insegna tiro con l'arco.
– Chiede l'elemosina davanti alla metropolitana.

Conoscendo la sua innata avversità nei confronti della religione, gli ovini, le filosofie orientali, l'acqua e lo sport, propenderei per l'ultima tesi.

Posso solo mandare una mail a Morag nella speranza che mi dica qualcosa in più, non me la sento davvero di chiamare sua madre.

Prendo un altro antiacido, ho i sudori freddi, forse ho la febbre.

Nel cassetto di Peter c'è veramente di tutto: aspirine, antibiotici, antidolorifici, flaconi con prescrizioni a suo nome e a nome di un certo Steve, forse il fidanzato, antiallergici, cerotti, tintura di iodio e niente per il mal di cuore purtroppo.

Bevo un po' di latte e ritorno a letto. Quando mi sveglio è mezzogiorno passato.

Decisamente non sono tipo da collaborare con Lilly Horowitz, né con nessun altro probabilmente.

Cerco di rendermi presentabile per l'arrivo di Sandra. Da quando è diventata mamma, convive con un gay e ha probabilmente ucciso il padre di sua figlia, non è più elastica come un tempo, temo che potrebbe avere qualcosa da ridire sul mio stile di vita bohémien.

Alcune ore dopo suonano alla porta.
Apro e stento a riconoscerli: okay, è passato più di un anno e va bene che vivono alle Bahamas dove la parola "stress" non credo esista, ma Sandra è in forma come non mai.
L'ultima volta che l'ho vista aveva problemi a prenotare il volo in aereo per via della sua stazza!
Evidentemente non deve mettere neanche più l'unguento a base di patchiuli e letame perché ha una pelle lucidissima e profumata. I riccioli afro le fuoriescono da un cappello di stoffa blu a tesa larga. Se prima la sua imitazione più riuscita era quella di Mami di *Via col vento*, adesso dev'essere quella di Naomi Campbell.
Mark ha meno l'aria del gay metropolitano, ma si vede che ci tiene sempre al look. Abbronzantissimo con i capelli lunghi e biondi da surfista, indossa un completo di lino beige e sandali aperti, e un laccetto di cuoio intorno al polso.
La bambina è uno splendore, ha un sacco di capelli crespissimi, e come mi vede tende le manine verso di me.
«Hai visto? Già ti adora, dai un bacio a zia Monica».
Prendo in braccio la piccola Jazlynn.
«Siete usciti da un servizio fotografico voi tre?»
«Tu invece sei uscita da un tamponamento a catena?», mi chiede Mark senza mezzi termini.
«Si vede tanto che non sono in forma?»
«Be', ti ho vista meglio», dice Sandra accarezzandomi una guancia.
«Su abbracciatemi voi due, mi criticherete dopo».
Ci abbracciamo come facevamo sempre per ricordarci che avevamo solo noi stessi su cui contare, che eravamo una famiglia, e che insieme avremmo superato tutto.
Ora però non so perché, ma continuo a sentirmi sola.
Propongo di aprire una bottiglia di vino, domanda che un

tempo sarebbe stata accolta da un: «Era ora, dai qua la stappo io!».

Invece li sento rispondere: «Meglio di no, non avresti una limonata, o meglio ancora un tè deteinato?»

«Siete sempre i miei amici, voi due, o vi hanno scambiato all'aeroporto?»

«Sono cambiate un po' di cose Monica», risponde Sandra pulendo alla bambina le mani appiccicose di biscotto.

«Lo vedo, ma non è che siete diventati un po' troppo seri?»

«Sai, quando hai un bambino le cose cambiano e non puoi farci niente».

Eccola là, aspettavo la stoccata!

«Ma le leggi sempre le carte e i fondi almeno?»

«Certo che sì, ci mancherebbe, strega ero e strega sarò fino alla morte, anzi, vieni qua che ti faccio un giro».

«Non c'è bisogno del giro di carte per sapere che ho il malocchio! Mi va tutto male».

«Ma no, che dici, me ne sarei accorta entrando, e avrei girato subito i tacchi, la tua aura è solo spenta, niente di troppo grave».

«Di chi è questa casa?», chiede Mark

«Di Peter Bonelli, un tizio che ho trovato su Craigslist, è molto gentile, un po' fissato ma carino, e suo fratello è una palla al piede, ma è premuroso anche lui. Guarda: ieri mi ha portato questa crema per le mani, l'ha fatta lui, e poi mi manda via mail le ricette per le maschere di bellezza».

«Che carino, anch'io voglio un fidanzato così, è gay vero? Quando me lo presenti?»

«Quando torna da Boston, ma tu non hai trovato la pace dei sensi alle Bahamas?»

«No davvero, ho avuto una storia con un insegnante di danza, mentre stavo con un barman che vedevo una volta a settimana, e quando andavo a Nassau a fare shopping uscivo col commesso di Hermes. Come vedi no, non ho messo la testa a posto».

«È una zoccola», sentenzia Sandra. «Ma è anche il miglior padre che si possa desiderare per una bambina».

«Sì, ma vuoi dirmi che fine ha fatto Julius? Mi hai mandato quella mail criptica in cui dicevi che a volte le persone scompaiono, ma non ho mai capito in che senso!».

«Diciamo che io e la nonna oltre alla magia nera abbiamo anche delle conoscenze concrete e Julius avrebbe sempre rappresentato un problema per tutti noi».

«L'avete ammazzato!», esclamo mettendomi le mani sulla bocca.

«Forse un giorno lo saprai».

«Mi fai venire la pelle d'oca, spero di non litigare mai con te».

In quel momento squilla il mio cellulare, riconosco subito il numero: è David.

A Milano sono le dieci e mezzo di sera e lui mi starà aspettando come un coglione davanti agli arrivi, con i fiori in mano. Esattamente come quando mi sono svegliata quella mattina nella sua suite del Carlton e lui era già partito.

Adesso starà chiamando quella poverina della sua segretaria, che non dorme da 48 ore, che controllerà i voli e le confermeranno che non sono mai partita.

«Ma non rispondi? Chi è?»

«Forse un giorno lo saprai».

9

Usciamo tutti e quattro per un giro al Village, ceniamo in un posto carino a Bleeker Street e ci mettiamo a fare la fila da Magnolia Bakery per comprare i cup cakes.

Più per noi che per la bambina.

Anzi, più per me che per noi: ne ho mangiati cinque.

Credo di morire.

Sandra mi guarda con sospetto.

Ancora non mi sono abituata a questa sua nuova versione Oprah Winfrey dopo la dieta.

È possibile che perdere così tanto peso possa far cambiare le persone?

Che il fatto di piacersi di più faccia passare in secondo piano il gusto per i piaceri genuini della vita?

Non mi ha fatto l'imitazione di Mami neanche una volta da quando è arrivata. È inaudito!

Mark è impegnatissimo a mandare sms col suo cellulare nuovo. Il primo acquisto appena sceso a terra, seguito da un iPod nano.

Sono commossa da tanta spiritualità. Era andato alle Bahamas per fare del volontariato.

Sandra mi prende sottobraccio.

«Ti devo parlare quando arriviamo a casa».

«Sì, però non usare le frasi "la tua vita sta andando a rotoli", "mi hai profondamente delusa" e "cosa aspetti a mettere la testa a posto". Per il resto ti lascio carta bianca».

«Non mi resterà molto da dirti allora!».

Mark si offre di portare la bambina a casa loro, in modo da lasciarci un po' sole nel mio appartamento.

Sono combattuta, temo la ramanzina della sorella maggiore che ha capito tutto della vita e non ne ho voglia.

Fra amici immaginari, virtuali e fantasmi del passato siamo al completo.

E poi anch'io ho capito tutto della vita, solo che non va come vorrei; una volta che hai capito come funziona una macchina non vuol dire che tu la sappia guidare, no? Diciamo che sono fresca di patente.

Ci mettiamo in salotto. Sandra si toglie le scarpe, e si siede per terra a gambe incrociate davanti al tavolino. Mescola le sue carte e le dispone in cerchio.

«Monica non hai una birra?»

«Certo che ce l'ho, ma tu hai detto che non bevi».

«Davanti alla bambina non bevo, ma ora sono in libera uscita».

Prendo due birre, le stappo e mi siedo accanto a lei. Mi piace questa ritrovata intimità.

Abbiamo rotto il ghiaccio.

«Non è possibile... è come sospettavo».

«Cosa?», chiedo con ansia.

«Aspetta, rifaccio il giro, se alla terza volta escono le stesse carte vuol dire che è vero... Tre è la legge, come si dice dalle mie parti!».

«Sì, ma cosa? Cosa? Cosa è la legge? Mi verrà il diabete? Mi arresteranno per bancarotta? Finirò la mia vita spingendo un carrello con i sacchetti di plastica legati ai piedi? Ti avverto che sono tutte ipotesi plausibili!».

«Niente di così tragico. Secondo le carte tu sei... incinta!».

«CHECCOSAHAIDETTO?»

«Lo sai che non mi sbaglio mai, ho fatto il giro tre volte. Sembreresti incinta... Lo sei?»

«Ma certo che no, che domande!».

«Sicura?»

«S-sì».

«Sicura sicura? Guardami negli occhi!». Mi prende la faccia fra le dita come fossi il piccolo Arnold.

Aggrotto la fronte: «Nnsnincnta!».

«Come dici?». Mi molla la faccia.

«Ho detto che non sono incinta, ecco!».

«Quindi hai avuto il tuo ciclo regolarmente questo mese».

«Boh? Ma sì, credo di sì, con tutti questi spostamenti poi chi ci fa più caso».

Sandra mi guarda seria tenendosi il mento fra pollice e indice. Un tempo non faceva gesti così sofisticati e soprattutto non immaginava simili assurdità.

«Allora posso stare tranquilla, voglio dire, escludi un'eventualità del genere».

Rimango in silenzio.

«Monica... mi rispondi?».

Continuo a rimanere in silenzio.

La mia mente si incarta in un turbinio di immagini della Scozia: io che mangio da sola, io che dormo da sola, io che parlo da sola... Non riesco a richiamare nessuna scena di sesso folle, l'avremmo fatto sì e no due volte nell'ultimo mese, forse meno, no, non è possibile, e poi c'è stata quella mia unica enorme cazzata con David in Costa Azzurra.

Ma no, non si rimane incinte così, per una botta e via. Credo. Quanto tempo fa era a occhio e croce? Tre mesi, tre mesi e mezzo?

La voce di Sandra mi riporta alla realtà: «Ehi? C'è nessuno in casa? Ti ripeto: c'è la possibilità che tu sia rimasta incinta?

Anzi riformulo la domanda: hai fatto sesso non protetto recentemente?»

«Oh, recentemente... Mesi fa».

«Quanti?»

«Tre e mezzo».

«Protetto?»

«Mmmsssì».

«Cioè?»

«Un po' sì e un po' no!».

«Allora *c'è* una possibilità...».

«Lo escludo».

«Monica, non fare la bambina».

«La bambina l'hai fatta tu».

«Uh che fastidio tu e i tuoi giochi di parole! Ce la fai a stare seria dieci minuti, guarda che è importante, domani mattina vengo qui e facciamo un test».

«No, domani ho da fare».

«Dormire fino a mezzogiorno? Se non mi garantisci che non sei incinta, domani mattina facciamo un test».

«Te lo garantisco», affermo accompagnandola alla porta, e improvvisamente non ne sono più tanto convinta.

Non riesco a ricordarmi quando ho avuto il ciclo l'ultima volta, mi sembrava il mese scorso, ma forse mi confondo, non sono mai stata regolare.

No, ma stiamo scherzando? Non se ne parla proprio, non è possibile, qui stiamo ipotizzando una mia eventuale gravidanza sulla base di un giro di carte!

Diamo i numeri?

Prendo un altro antiacido e mi metto a letto.

Non chiudo occhio tutta la notte cercando di ricostruire il mio ciclo mestruale degli ultimi mesi e non me lo ricordo, non so più neanche quando ho comprato gli assorbenti l'ultima volta.

Ma sono veramente diventata pazza o cosa?

E nell'eventualità che ciò fosse vero, anche se lo escludo a priori... chi sarebbe il padre?

Edgar o David?

Via... Sembra la trama di un film scadente!

David, dopo la raffica di telefonate non risposte, ha optato per un sintetico sms: «Suppongo di essermelo meritato. Buona fortuna. David».

Suona veramente come un addio.

Ma cosa si aspettava? Di vedermi arrivare all'aeroporto entusiasta e grata del suo invito? Cenare con lui in compagnia delle sue patetiche scuse? «Stavo passando un periodo difficile... Mi dispiace tanto... Sai il divorzio... Tu sei diversa... Non volevo ferirti... Accetta questo collier in segno di scusa (l'altra volta erano gli orecchini, forse avrebbe completato la parure)... Adesso sono cambiato...».

E l'indomani tornare all'aeroporto sola soletta.

Anche se la mia vita è ancora priva di una vera direzione, almeno comincio a capire cosa non voglio più.

Guardo l'ora, sono quasi le quattro, un'altra nottata di televisione spazzatura e internet.

Lo credo che poi dormo fino a mezzogiorno.

Con questa pulce nell'orecchio poi...

Peter Bonelli mi ha di nuovo scritto:

Cara Monica,
mi ha fatto piacere sentirti l'altro giorno. Mi sembri una ragazza molto sensibile, in un certo senso mi ricordi me.

Ho chiesto a mio fratello di passare a portarti la crema per le mani perché mi aveva detto che ti mangi le unghie fino alla radice. Ovviamente non gli ho detto di aspettarti tutta la sera seduto in corridoio, ma lui è così, quando sa di avere un compito da svolgere si fa sparare pur di portarlo a termine.

Sarebbe stato una perfetta guardia di Buckingham Palace.

Perciò anche questa volta ti prego di scusarlo, forse penserai di essere capitata in una casa di matti e in un certo senso è così, però ti confesso una cosa: mi è capitato tante volte di stare solo e ci sono state sere in cui avrei tanto desiderato che qualcuno mi portasse un crema per le mani o una zuppa di cavolo o anche che qualcuno sbagliasse numero per farci due chiacchiere. (A proposito, hai mai pensato che per il calcolo delle probabilità potenzialmente Brad Pitt potrebbe sbagliare numero e chiamarti?) Insomma sono sicuro che hai capito. New York, come tu ben sai, non è certamente il posto più facile dove vivere e a volte un po' di calore umano aiuta.

Detto questo rinnovo il mio invito a prendere Tyler a calci se diventasse troppo pesante.

Ti abbraccio.

A presto,

Peter

Infuso contro la gastrite (anche questo me l'ha detto Tyler. Scusa...)

In 500 ml d'acqua bollente versa per 5 minuti 3 cucchiai della seguente miscela:

Ortica gr 40
Timo gr 30
Malva gr 30
Liquirizia radice gr 20
Altea radice gr 20

Bevine una tazzina un poco prima dei pasti e una prima di dormire.

Per la nausea invece è utile un infuso di zenzero.

PS. Me li bagni i cactus? Ti prego ti prego ti prego!

Che c'entra la nausea?

Le notizie sul fronte scozzese invece non sono buone.
Mi ha risposto Morag.

Cara Monica,
che sorpresa e che piacere ricevere tue notizie.

Spero che tu stia meglio e che piano piano tu riesca a superare il dolore della vostra separazione.

Non lavoro più con Edgar da quando ha sciolto la società. Per me è stato un fulmine a ciel sereno ritrovarmi senza lavoro da un giorno all'altro, per fortuna per noi ragionieri il lavoro non manca mai!

E pensare che volevo studiare veterinaria...

Mi chiedi di Edgar, ma non so dove sia e francamente nemmeno mi interessa.

Ho lavorato sodo per lui e per la Casa Editrice e il suo ben servito non è stato il ringraziamento che mi aspettavo.

Potrei suggerirti di chiamare sua madre, ma non so quanto tu ne abbia voglia. Comunque quando la tecnologia fallisce, alla fine, le care vecchie lettere sono l'unica certezza che ci resta.

È più facile cambiare indirizzo mail che indirizzo postale, no?

Ti auguro tutto il meglio e spero di rivederti un giorno.

Un abbraccio,

Morag

Sparito nel nulla.

Un anno d'amore e convivenza e poi finisce tutto così.

Che schifo.

Ovviamente non potevo sperare che Sandra non tornasse all'attacco.

Cazzuta come tutte le donne di colore. Una pericolosa combinazione fra Whoopi Goldberg, Claire Robinson, la governante dei Jefferson e Condoleeza Rice irrompe nel mio salotto con la furia di un tornado.

La chiamerò Katrina, d'ora in poi.

«Scommetto che ne hai presi tre».

«Come fai a saperlo?»

«È la legge, no?»

«Hai già fatto pipì?»

«Stavo per farla, sai com'è, sono le sette meno un quarto e non ho mai dormito».

«Bene, allora direi che la cosa migliore è provarli tutti e tre contemporaneamente».

Comincia a scartare stick colorati dalle più svariate forme, sarebbero anche carini se in un minuto non decretassero che la tua vita è definitivamente andata a rotoli.

Ci guardiamo senza parlare. Mi sembra che lo debba fare qualcun altro.

Non riesco neanche a pensare alle conseguenze, penso semplicemente che sia impossibile.

«Dunque, il risultato del Clearblue è: un + per il "sì" e un – per il "no", per First Response una linea per il "no" e due per il "sì", e poi il digitale, nonché il mio preferito, che dice "incinta" e "non incinta"».

Devo discutere anche per andare in bagno da sola.

Poco dopo esco con le mani grondanti e tre asticelle di plastica che non so come rimontare.

Sandra me le strappa di mano.

«Dai qua!».

Rimonta abilmente le tre trappole avvitando, incastrando e chiudendo cappucci, poi si lava le mani e si siede con me sul divano, disponendo i trofei sul tavolino.

Per un attimo mi ricordo di quando giocavamo a "mamme".

Cos'era quell'impazienza che spingeva noi bambine a volere per forza accudire un neonato? Quella smania da cambio di pannolini, pappe, bave e pianti nel cuore della notte? Quella precoce voglia di maternità che dai dodici anni in poi viene sostituita dalla ricerca dell'amore vero e poi sepolta sotto strati di paura e delusioni?

Non mi ci vedo a fare la mamma.

Non posso essere incinta.

Il minuto più lungo della mia vita.

«Qui c'è una striscia e mezzo», annuncio

«Sono due».

«Io ne vedo una mezza, è ambiguo».

«Quest'altro è chiarissimo, è una croce».
«Guarda meglio, non vedi un meno in trasparenza, sotto?»
«Che palle, Monica, ecco, tieni il digitale. Che ci leggi?»
«Incinta, ma se guardi meglio si intravede il non...».
«Monica...».
«Cazzo....».
Piango.
E stavolta con una ragione.

10

Incinta.

In. Cin. Ta.

Sembra una barzelletta cretina tipo: come si chiama il più grande produttore di preservativi cinese?

Solo che non ho voglia di ridere.

Questa volta sono dentro a un problema così grosso che non ha paragoni con niente che io abbia vissuto prima d'ora.

Non è qualcosa che passa col tempo, non è qualcosa che puoi chiarire parlando e tanto meno scappando via.

In vita mia sono stata lasciata, sono stata licenziata, sono caduta dal motorino rompendomi la clavicola, sono stata bocciata, i miei hanno divorziato, mi sono morti i nonni e un amico, mi hanno rubato la macchina, ho rotto più di un'amicizia, sono stata sola la maggior parte del tempo, e ho rischiato la pelle cadendo in un fiume.

Avvenimenti che col tempo sono riuscita a superare e che adesso sono chiusi da qualche parte nei cassetti della mia anima, catalogati e archiviati sotto la voce "da non ripetere".

Ammetto di aver condotto fin qui una vita del tutto superficiale, priva di responsabilità, e che indubbiamente avrei potuto fare di più e di meglio, ma mai e poi mai avevo preso in considerazione "questo".

Né io né Sandra né Mark abbiamo il coraggio di aprire bocca.

Come se parlarne rendesse reale quello che voglio credere sia solo un brutto sogno.

Mark seduto in poltrona continua a far ballare la gamba, Sandra tormenta un bottone e io sono rannicchiata in un angolo del divano, immobile, terrorizzata da quello che mi sta accadendo, improvvisamente conscia che la vita che ho fatto finora è finita per sempre.

Jazlynn, come se avesse capito che l'atmosfera è tesissima, si avvicina al tavolo un po' incerta sulle gambe e afferra il test di gravidanza. Poi viene da me e me lo consegna.

Rimaniamo impietriti.

Mark prende la palla al balzo. «Vieni che lo zio ti porta a vedere lo spaventoso gatto della vicina».

Escono e io e Sandra rimaniamo lì nel silenzio assordante.

Darei qualunque cosa per non essere in questo casino.

«Tesoro... Come ti senti?»

«Da cani, all'improvviso tutti i miei recenti malesseri hanno un senso, il bruciore di stomaco fisso, il dolore alle ovaie, la fame continua, i miei chili in più, la voglia di piangere, il vomito e la pelle grassa, anche se ammetto che le mie abitudini alimentari hanno contribuito».

«Devi iniziare a fare le analisi, posso consigliarti un ginecologo, in fondo poco più di un anno fa ero nella tua stessa situazione».

«Sì, ma tu non hai esitato un attimo, appena l'hai saputo hai voluto tenerlo, io non ho scelta e sono sotto shock».

Sandra fa una pausa cercando cautamente le parole. Se fossi in lei non saprei cosa dirmi.

«Okay, non ti farò domande imbarazzanti, cerchiamo solo di essere pratiche, andiamo per gradi e cerchiamo di non perdere la testa...». Si alza. «Intanto la cosa migliore da fare, credo, è che tu torni in Italia dai tuoi, non pensi?»

«In Italia? E a fare cosa? Dove e con chi? Se mi vuoi morta rimandami in Italia, se la mia vita ha già poco senso qui, là non ne ha nessuno! Le uniche vere amicizie le ho avute qui, il lavoro, la casa, l'amore, il libro, tutto questo l'ho realizzato qui, non togliermi quello almeno. Se torno a casa sarò sola con mia madre che mi darà dell'idiota dalla mattina alla sera e dovrò tornare a dormire nel lettino, no a quel punto vado in una casa famiglia di suore!».

«Ma qui in America la sanità è costosissima per gli stranieri. E se hai delle complicazioni?»

«Questo per te significa essere pratici? Io lo chiamo affondare il coltello nella piaga».

«Preferisci che finga che non ci siano difficoltà?»

«Le difficoltà di adesso non sono niente in confronto a quelle a venire, comunque ho un'assicurazione e il Visto di lavoro temporaneo, almeno quello».

«Vuoi vedere il mio ginecologo? Ne ho cambiati quattro l'anno scorso, l'ultimo non era male, sempre un coglione ma non era male».

«Fai come ti pare, io non saprei neanche da che parte cominciare, ci sono stata solo una volta».

«Mi prendi in giro?»

«No, non sono una tanto fissata con i medici».

«Non è questione di essere fissati, è la tua salute».

«Ma io sto bene».

«Tu sei un'incosciente e adesso la situazione è cambiata, quindi devi cominciare assolutamente a prenderti cura di te».

«Sì sì, vabbè».

«No, forse non hai chiara una cosa e farai bene a cominciare a rendertene conto il prima possibile: tu aspetti un bambino. Punto».

Sentirglielo dire così a bruciapelo mi fa venire le vertigini.

«Sandra. Io proprio non me la sento. Non me la sento davvero. Io credo di avere ancora sedici anni, non sono pronta e non sono il tipo».

«Monica, me lo stai dicendo come se tu rifiutassi un invito a un rave party, il fatto è che tu non hai più scelta. A quanto mi dici dovresti essere quasi al quarto mese, non mi capacito di come tu non te ne sia accorta, e se hai avuto dei sintomi li hai totalmente ignorati... Forse se te ne accorgevi prima, potevi... ma ora è anche inutile parlarne, dobbiamo pensare a quando nascerà».

Non è possibile che si stia parlando di me, mi sembra che stia accadendo a qualcun altro. Il mio rifiuto era talmente forte che la mia mente ha finto che andasse tutto bene.

Anche in questo dovevo riuscire a distinguermi, sarei andata all'ospedale al nono mese pensando di aver fatto indigestione di nachos al formaggio!

Sono davvero una dilettante.

«Dunque, per prima cosa ora ti fisso un appuntamento col dottor Mc Ewan e poi... bisogna che tu lo dica a Edgar».

«A Edgar? Ma non ci penso nemmeno e poi è sparito».

«Come sparito?»

«Sparito. Nel nulla. Puff! Nessuno sa dove sia, a meno che tu non voglia fare un giro di carte».

«Lo farò senz'altro, in ogni caso con qualcuno ti devi mettere in contatto, almeno con sua madre».

«Sua madre? Oh, frena un attimo, tutta questa realtà insieme è troppa per me. E poi non so nemmeno se è suo».

«Che stai dicendo, pazza scriteriata, non mi dirai che potrebbe essere dell'altro deficiente col cervello nel Blackberry, vero?».

Faccio sì con la testa

Sandra cambia espressione. Stringe i pugni. Digrigna i denti. Si copre la faccia. Appoggia i pugni sui fianchi. Si volta dall'altra parte. Tutto per evitare di uccidermi. Poi sbotta: «AAAAAAAAARRRRRRRRGGGGGGGGGHHHHHHHHHH!!!!!!!! MONICA TU SEI UNA GIGANTESCA TESTA DI CAZZO!!!». Grida con tutta la sua voce gospel. «Una totale, colossale, ineguagliabile testa di cazzo! Mi fai così incazzare, che... Oddio devo calmarmi, non mi agito così da quando Julius voleva rapirmi la figlia, guarda MI FAI TREMARE LE MANI!!! Sei fortunata a essere incinta perché ti ammazzerei con le mie mani, ma ho troppo rispetto per le creature innocenti ! Dio che stupida, stupida, stupida!».

Tengo la testa bassa, non ho il coraggio di affrontare il suo sguardo.

«Allora io adesso esco, mi calmo, poi torno e in qualche modo faremo, okay? Ho bisogno di riflettere da sola perché se ti guardo mi viene troppa voglia di prenderti a mazzate!».

Slam!

Rimango lì da sola in preda al panico, non mi metto a piangere perché non risolverebbe niente, ma sento che sto per avere un attacco d'ansia.

Voglio stare ferma, non voglio parlare con nessuno, non voglio vedere nessuno, e nello stesso tempo ho bisogno che qualcuno risolva questa situazione, che qualcuno faccia le cose per me, io non sono capace.

Suona il campanello, mi precipito ad aprire a Sandra.

«Hai ragione tu, sono una cretina e una pazza, farò tutto quello che vuoi, ma non mi lasciare, ti prego, sono sola e incinta, solo tu puoi aiutarmi».

Spalanco la porta ma non vedo Sandra, bensì l'onnipresente Tyler insieme a Pilar che mi guardano perplessi.

«Abiamo entendito gridar...».

«Pensavamo che tu avessi bisogno di aiuto».

«El tuo fidanzato ha tagliato la cuerda?»

«Aspetti un bambino?», balbetta Tyler.

Cristo, non ci voleva, in un secondo lo saprà tutto l'isolato. Che palle. Che palle. Che palle.

«Stavo chiamando la mia amica, l'ho fatta arrabbiare, scusate ma ho bisogno di stare sola».

«Lo credo, non starai sola ancora per molto», scherza Pilar.

«Non ne voglio parlare, scusatemi tanto».

«Tu aspetti un bambino», ripete Tyler forse a se stesso.

«Eh hombre, estas sordo? Andiamo via e lasciamo la chica tranquilla».

Tyler mi guarda serio come se non sapesse più chi sono. E ha ragione, non so nemmeno io chi sono.

Un'ora e mezzo dopo ritornano Sandra e Mark.

«Sandra mi ha raccontato i dettagli trash della storia, ce n'è per un romanzo, ma noi adesso ci sediamo e vediamo di trovare le soluzioni migliori, okay?»

«Ti ho preso appuntamento dal ginecologo domani mattina, vengo a prenderti e andiamo insieme, inutile dirti che non mi fido a mandarti da sola», sentenzia Sandra.

«Per quanto riguarda i due padri», prosegue Mark, «penso che prima o poi glielo dovrai dire, è un loro diritto, e poi i test del DNA si fanno per 20 dollari ormai».

«Prima o poi? Ha già aspettato quattro mesi, cosa deve aspettare, il servizio militare? E come credi di fare con i soldi? A malapena arrivi a fine mese, neanche stai lavorando!».

«Okay Sandra, sfogati pure, hai ragione, però ti ricordo che quando sei rimasta incinta tu, cantavi due sere a settimana in un locale e questo era tutto il tuo reddito!».

«Infatti me ne sono tornata alle Bahamas, dove con quello che qui mi basta a malapena per andare a cena e lasciare una mancia decente posso vivere tre mesi! Mark tienila lontana da me!».

«Non vuoi tornare a Roma?», chiede Mark con dolcezza.

«Neanche morta».

«Be', non sarai né la prima né l'ultima ad aver fatto nascere un figlio in suolo statunitense, di padre ignoto, senza un lavoro e con una casa in affitto trovata su Craigslist! Il prossimo libro che scriverai sarà un successone, vedo già il titolo: *Monica, la mia vita è un gioco*».

«Certo! E anche questo me lo faccio pubblicare da Edgar!».

«Meno male che non hai perso il senso dell'umorismo».

«Sì, ne avrà bisogno fra cinque mesi!», ironizza Sandra.

«Eddai, smettila di cazziarla per un attimo, perché non facciamo il Toto-papà invece? Quante possibilità ci sono che sia di Edgar e quante di David? Io spero di David».

«Io non so cosa augurarmi», sospiro.

«Non ce n'è un terzo?».

11

Siamo nella sala d'aspetto del dottor Mc Ewan.

Insieme a noi ci sono due signore dell'Upper East molto eleganti e composte, di quelle che hanno fatto l'inseminazione artificiale e aspettano tre gemelli, e «quando John l'ha saputo è impazzito dalla felicità ed è corso a comprare una Station Wagon».

Sandra è più nervosa di me, io invece continuo ad aspettare di svegliarmi dall'incubo.

Mi guardo intorno, lo studio è sobrio, poltroncine, tavolino con riviste, pianta e una parete intera dedicata alle foto dei bambini che il dottor Mc Ewan ha fatto nascere.

Saranno 60.000.

Perché non mi inteneriscono? Dovrei pensare cose tipo "Diiiio come sono carini", invece mi emozionano quanto le strisce pedonali.

L'infermiera ci viene a chiamare, Sandra scatta in piedi ed entra nell'ambulatorio. Il dottor Mc Ewan la riconosce subito, avverto un impercettibile segno di apprensione sul viso. Sandra deve avergli massacrato le palle.

Dopo lo scambio di convenevoli e di foto di Jazlynn, purtroppo arriva il mio momento.

Guardo Sandra come a dirle «ti prego spiegagli tu» e lei comincia a raccontare la storia evitando di dire quello che pensa davvero di me.

Il dottore appare pensieroso, ma non allarmato più di tanto per il bambino, quanto per il mio stato di salute mentale.

«Bene Monica, adesso stai tranquilla, ora ti visito e poi ti dirò cosa devi fare. Tu cerca di rilassarti. Ehm... Sandra, forse è il caso che tu aspetti di là!».

Sandra protesta debolmente ma poi obbedisce.

Rimaniamo io e il dottor Mc Ewan. Un signore sulla settantina, alto e secco, sembra Don Quichotte, ma con un'aria più rassicurante.

«Sai Monica, non devi sentirti in colpa per quello che è successo. Non starò a dirti che avere un bambino è la più bella esperienza che una donna possa fare nel corso della vita e tutte quelle frasi di circostanza, ma quello che mi interessa adesso è che tu sia serena e che tu non ti senta abbandonata, perciò ci concentreremo su di te, e ti metteremo in condizioni di affrontare questo periodo al meglio».

Gli stringo la mano in maniera quasi disperata.

«Ho paura, dottore».

«Lo so, ma stai tranquilla. Andrà tutto bene».

Comincia a visitarmi, io mi concentro su una macchia di umido del muro.

«Va tutto molto bene, un pochino di infiammazione, ma niente di preoccupante e direi che... sì, siamo intorno al quarto mese, ma lo vedremo meglio con l'ecografia».

Mi scopre la pancia, che a ben guardare è piuttosto gonfia, e mi spalma un gel trasparente.

Ecco, questo è il momento in cui John prende la mano di Mary e lei dice: «Oh caro, ti rendi conto? Avremo un bambino! Dottore non ci dica se è maschio o femmina, vogliamo la sorpresa!».

E poi ascoltano il battito e piangono.

Io invece mi volto dall'altra parte.

Mi faccio schifo lo so, ma non ce la faccio proprio.

Il dottor Mc Ewan non dice niente, alla fine dell'esame mi ripete che è tutto a posto e mi fa rivestire.

«Bene Monica, stai bene nonostante tu abbia trascurato te stessa per parecchio tempo. Ora ti prescrivo una lunga serie di analisi che farai subito in modo da escludere qualunque patologia. Non avendo il padre presente, non sappiamo se nella sua famiglia ci sono precedenti. Ti darò un po' di consigli per evitare i disturbi più comuni, niente di complicato, te lo prometto, io sono un medico vecchia maniera e ai miei tempi i bambini nascevano senza troppi esami, diete e pillole. Comunque un po' di vitamine te le prescrivo, ti vedo un po' pallida e il feto è un po' piccolino, credo che tu abbia qualche carenza di minerali. Mangi abbastanza frutta, verdura, cereali e pesce?»

«La verdura, mi lasci pensare, ho mangiato delle zucchine fritte lunedì e la frutta caramellata dal cinese, i cereali sì, quelli al cioccolato e poi fish and chips».

«Monica, cara, tutto quello che mi hai appena elencato equivale a veleno per una donna nelle tue condizioni. Rischi il diabete, la toxoplasmosi e una quantità di altri disturbi gravi per te e per il bambino, quindi è fondamentale che tu elimini le schifezze e l'alcool dalle tue abitudini, questo me lo devi promettere».

«E... cosa mi resta?»

«Oh, una quantità di cose, non temere, cerca solo di stare lontana dal reparto etnico e punta su quello naturale».

Sarà contento Peter.

«Poi un'altra cosa: vorrei che vedessi una persona, la dottoressa Parson, è una psicoterapeuta, credo che tu abbia bisogno di un po' di sostegno in questo momento, e gli estranei fanno miracoli! Ci vediamo qui appena hai i risultati delle analisi».

Esco con una lista infinita di esami da fare di cui non capisco niente.

Il mio preferito è il Citomegalovirus.

Sandra salta di nuovo sull'attenti e mi travolge con le domande.

«Allora che ti ha detto? Come sta il bambino? Ti ha detto come puoi fare per sapere chi è il padre? Ti ha detto che ti sei comportata come un'incosciente? E di tutti i rischi che hai corso...».

«No Sandra, per favore, non ricominciare, è stato molto gentile, e mi ha spiegato le cose senza intercalare con urla e minacce».

Usciamo. C'è il sole e decidiamo di camminare fino a Washington Square.

«Hai mangiato stamattina?»

«No».

«Perché?»

«Perché non so più cosa mangiare».

«Ti offro un gelato, dai!».

«E a che gusto: aria?»

«Alla soia senza zucchero».

«Preferisco un pugno».

Ci sediamo su una panchina del parco mentre pasticcio svogliatamente con il gelato finto.

Osservo la gente che passa e sento che scambierei il mio posto con chiunque.

Sospiro.

«Hai pensato a come dirlo a Edgar e David?», mi chiede Sandra.

«Ancora? Non avevamo già chiarito l'argomento?»

«Lo avevamo sospeso, non ti mollerò finché non ci avrai parlato».

«Non posso dirglielo e non voglio dirglielo».
«Ma perché? Loro *devono* sapere».
Non ce la faccio più. Adesso sono veramente stufa.
«Non ci riesci proprio a non fare di testa tua, eh? Non riesci a ipotizzare che, per una volta, gli altri potrebbero non avere voglia di fare quello che vuoi tu?».
Mi è uscita una voce più aggressiva del previsto. Saranno gli ormoni.
«Qui non è questione di torto o ragione, è una faccenda legale, tu violi il sacrosanto diritto di ben due uomini di essere messi al corrente della loro paternità, lo vuoi capire?»
«Ah! Tu mi parli di paternità? Tu che hai fatto sparire il padre di tua figlia! Questo secondo te è lecito?»
«Mia figlia era in pericolo, ma lo capirai presto cosa vuol dire: dal momento che metti un figlio al mondo la tua vita sarà per sempre legata alla sua e non potrai fare a meno di preoccuparti per lui per il resto dei tuoi giorni!».
«Quindi fammi capire: far fuori un tizio che non ti va più bene è giusto, invece evitare di fottersi definitivamente la vita informando due perfetti mentecatti (con cui, pensandoci bene, non dividerei l'ultima goccia d'acqua fossimo nel deserto) è sbagliato!».
«Nessuno ti obbliga a vivere con loro, puoi anche fare tutto da sola se te la senti, ma glielo devi dire».
«Cazzo, Sandra, credevo che tu fossi in grado di capirmi, specialmente dopo tutto quello che hai passato con Julius, invece non smetti di farmi la predica, parlarmi di principî e di cosa è giusto, ma che ne sai tu cos'è giusto per me? Che diritto hai di decidere della mia vita e del mio futuro?».
Stiamo cominciando ad alzare la voce e i passanti si girano.
«Ma se hai detto tu di avere paura, e di non sentirti pronta? Sei sola e sprovveduta e rifiuti l'unico aiuto che potresti avere?»

«Aiuto? Aiuto da David o da Edgar? Ma hai capito con chi abbiamo a che fare? Loro non sono un pericolo per la comunità? David è uno stronzo egoista che pur di evitare lo scandalo assolderebbe la mafia cinese per farmi sparire. Edgar, invece, la sera in cui gli chiesi apertamente di fare un figlio andò a dormire sul divano e non mi rivolse la parola per una settimana!».

Ora sto urlando e mi gira la testa, sarà meglio che mi dia una calmata.

«Nessun uomo alla domanda "vuoi un bambino" ti risponde di sì, poi però quando lo vedono diventano pazzi».

«No! IO diventerei pazza all'idea di aver a che fare per tutta la vita con un uomo che odio perché mi ha massacrato il cuore, umiliata e presa a calci, e dovrei discutere con lui l'educazione del bambino, programmare i giorni di visita e andare in causa perché non mi paga gli alimenti?... No, cara mia, forse l'unica cosa che mi resta è un minimo di dignità e ti giuro che me la voglio tenere ben stretta!».

Oddio che caldo che ho.

«Tu esageri, Edgar in fondo è un adulto, un uomo maturo e colto, non ti rifiuterebbe un aiuto, e David è miliardario, tuo figlio potrebbe avere un futuro splendido».

«Allora non vuoi capire! Non sono i soldi il vero problema, il vero problema sono loro, non glielo lascerei prendere in braccio un attimo, non sono uomini che possono essere un modello per qualcuno, tanto meno per un bambino. E poi, smettiamo di girarci intorno, cosa aveva Julius che non andava, eh? Lui adorava Jazlynn, me lo hai scritto tu, era venuto alle Bahamas per starle vicino e forse il fatto di vedere Mark al posto suo gli ha dato fastidio, no? Magari dal suo punto di vista poteva anche aver ragione, ma per te l'opinione degli altri è solo una perdita di tempo!».

«Julius era un perdigiorno».
«Sì, ma era suo padre».
«Era sempre ubriaco».
«Ma comunque suo padre».
«Ha tentato di rapirla».
«Sandra, tu non gliela facevi neanche avvicinare!».
«JULIUS ERA UN FOTTUTO BASTARDO CHE SI SCOPAVA LE ALTRE DONNE!».
La prendo per le spalle: «E ALLORA LO VEDI CHE SIAMO NELLA STESSA BARCA? NEANCH'IO VOGLIO STARE CON UN UOMO CHE NON MI AMA!».
«Ma tu non ce la puoi fare da sola, sei troppo insicura!».
«INSICURA IO? Se intendi dire che non avrei il coraggio di far fuori nessuno, su questo hai ragione da vendere. Sai una cosa? Mi hai proprio rotto, tu non sei un'amica, non lo sei più e mi chiedo se lo sei mai stata!». Poi, rivolta alla mia pancia, proseguo: «Hai sentito, bambino? Ci dicono che siamo incapaci, adesso glielo facciamo vedere noi chi siamo! Vieni, andiamocene!».
Mi allontano a grandi passi, paonazza e con la pressione a 3000.
«Non ho ammazzato Julius», mi grida Sandra, «gli ho solo fatto dare una lezione!».
Faccio appena in tempo a svoltare l'angolo per non darle la soddisfazione di vedermi svenire.

12

Il mio primo capogiro è stato salutato con apprensione da tutto il palazzo.

Joe mi ha obbligato a prendere l'ascensore, Pilar è stata con me tutto il pomeriggio e quando è andata al ristorante a lavorare si è fatta sostituire dall'altra vicina, Maggie, che essendo quasi totalmente sorda si è rivelata la compagna ideale: abbiamo giocato a carte tutta la sera e non mi ha fatto nessuna domanda.

Tyler dev'essere rimasto scioccato dalla notizia e non si è fatto vivo e tutto sommato mi fa piacere.

Fra due giorni scade l'ultimatum di Lilly, ho riflettuto a fondo e qualcosa mi dice che riuscirò a far breccia in quel cuore di pietra.

Penso di aver trovato l'idea per stupirla.

Mi spoglio e mi metto davanti allo specchio.

Come ho fatto a non accorgermene Dio solo lo sa.

Ho due tette gigantesche, i capezzoli di un'aborigena, la pancia infuori attraversata da una spaventosa striscia di peli scuri e le caviglie di un elefante.

Per una che non ha mai avuto un vero rapporto con il proprio corpo, doverci fare i conti in questo modo è quasi comico.

Se non fosse che è tragico.

La mia lista adesso è aggiornata come segue:

Pro:

Sono viva.
Sono a New York.
Sono libera.
Ho tutta la vita davanti.

Contro:

Sono incinta di quattro mesi.

Sandra e Mark ripartono stasera.

Io e lei non abbiamo nient'altro da dirci, le amicizie non sono poi così diverse dalle storie d'amore.

Quando si prendono due strade diverse e si cambia radicalmente modo di pensare, è inutile fingere che tutto sia come prima in ricordo dei bei tempi andati: ci si deve lasciare.

E magari, dopo anni, può accadere di ritrovarsi ad un altro incrocio della vita, reduci da esperienze diverse, da altri dolori e può darsi che si rivedano le proprie posizioni un tempo inflessibili.

Al momento, sebbene a malincuore preferisco non avere Sandra intorno che mi impone le sue regole e gestisce la mia vita.

E comunque non ci credo che abbia "solo" fatto dare una lezione al povero Julius, conosco i miei polli.

La nausea è aumentata vertiginosamente, sono stanca, depressa, e ho sonno sempre alle ore sbagliate. Una parte di me continua a credere che tutto questo sia impossibile e che si tratti di un errore, ma sono proprio i sintomi che mi riportano alla realtà.

Paradossalmente non sono mai stata così sola in vita mia e, nello stesso tempo, così piena di gente intorno che in qualche modo vuole occuparsi di me.

Ho sempre pensato che se rimani incinta dopo i trent'anni

non puoi interrompere la gravidanza solo perché aspetti il tuo uomo ideale, è come dire di non volere più figli: sei una donna e non una quattordicenne sprovveduta, e anche fuori tempo massimo.

Però quando formulavo questa tesi non pensavo certo a me!

Non potrei mai prendere in considerazione l'idea di farlo adottare, non me lo perdonerei mai, ma allo stesso tempo sono consapevole di essere un totale disastro come essere umano.

Devo ancora imparare il 78% delle cose della vita e non mi sento davvero in grado di insegnarle a qualcuno e poi per come sono precoci i bambini oggi, è probabile che fra cinque anni scriverebbe lui il mio curriculum al computer.

«Sono finita!», sospiro gettandomi sul divano.

La mia vita è finita, adesso non potrò più dormire fino a tardi, aspettare di trovare il lavoro perfetto, il fidanzato perfetto, ubriacarmi e abusare di farmaci!

Devo assolutamente mettere la testa a posto.

E non voglio mettere la testa a posto!

Cosa posso fare?

Mi guardo la pancia e istintivamente appoggio le mani ai lati.

Un brivido mi percorre la schiena.

Potrebbe essere figlio di David e potrebbe essere figlio di Edgar.

Un narcisista e un ossessivo compulsivo.

La strana coppia.

Mi appare un flash di noi tre all'ospedale mentre partorisco: uno che parla al Blackberry specchiandosi nel riflesso del vetro e che mi dice di urlare più piano perché non sente, e l'altro che non smette di contare le mattonelle e mi chiama Rebecca (come l'ex moglie).

No, decisamente non posso far pagare a un innocente i miei errori!

Devo uscire di qui.
Fuori piove.
Come solo a New York può piovere: a secchiate gelide e trasversali, ma la gente non sembra preoccuparsene più di tanto, le mamme con stivali di gomma colorati ai piedi spingono carrozzine high tech e anche i cani indossano golfini e impermeabili.
Sarei tentata di mangiarmi un panino cubano con chorizo e salsa piccante, ma qualcosa mi dice che non sia la scelta migliore in questo momento.
Non ricordo più chi è che disse: «Le cose migliori della vita o fanno male, o sono illegali o fanno ingrassare».
Uffa, ma io ho fame, che faccio?
Lo squillo del mio cellulare mi distoglie dai miei futili pensieri.
«Ciao Monica, sono Max, ti ricordi di me?».
Detesto l'uso inappropriato dell'ironia.
«Mi pare di sì».
«Parlavo di te con Lilly ieri, si chiedeva quando saresti tornata a trovarla».
«Ah, presto Max, non temere».
«Con "presto" intendi quest anno?»
«Intendo dire questo pomeriggio!».
«Uh, sono colpito e a un passo dalla commozione, posso sapere, di grazia, quale sarà la sorpresa che ci hai riservato?»
«In quanto sorpresa Max, sarebbe un peccato parlarne, non trovi?».
«È vero, vorrà dire che aspetterò in trepidante attesa che Lilly mi aggiorni più tardi, non chiuderò occhio finché non lo saprò, ti avverto!».
«Okay Max, non ti deluderò».
«Ne sono certo!».

Entro in un grande negozio di alimenti integrali e altre cose strane e me ne esco con un enorme sandwich con tacchino, alghe e rucola e un biscottino con cannella e uvetta (sulla confezione c'è scritto che contiene magnesio e potassio e ne ho molto bisogno!).

Non è poi così male, se si supera il primo istinto a sputare, è un gusto un po' meno goloso della maionese e più vicino al gesso, ma credo di poter sopravvivere.

Peccato costi il doppio di un panino normale.

Seduta a un tavolo del bar mi sento come se stessi guardando me stessa attraverso un vetro.

Vedo una giovane donna che ha corso per più di trent'anni dietro a qualcosa di irraggiungibile che, per qualche attimo, ha creduto di afferrare: qualcosa di indispensabile come l'amore, fragile come l'equilibrio, unica come il sentirsi amati.

Ma tutto è durato solo pochi momenti, poi sono ritornata al punto di partenza e le mie energie adesso stanno cominciando ad esaurirsi, sono stanca di correre a vuoto.

Non ho più voglia di mendicare amore, di cercare di essere all'altezza, di fare del mio meglio per essere la brava bambina che fa sempre i compiti, tanto alla fine non interessa a nessuno.

Sono sempre punto e a capo.

Da sola.

Non mi resta che affrontare Lilly, tanto, peggio di così, cosa mi potrà mai succedere?

13

«E così saresti incinta...».

Suona strano detto da lei, suona come «Allontanarsi dalla linea gialla».

«S-sì».

«Bene...», dice continuando a firmare fogli e sfogliando la sua agenda, «...Quindi?»

«Quindi... tu mi hai detto di fare qualcosa che potesse sorprendermi, e questo, credimi, mi ha sorpreso non poco, è stato davvero un fulmine a ciel sereno, la mia vita è cambiata nel giro di poche ore e io sono sola, insomma non mi sembra una cosa da poco tenere un bambino, e crescerlo senza nessuno accanto, in una giungla come New York! Mi sembra molto... coraggioso e pensavo che potrei tenere una rubrica in cui racconto dell'avanzare della gravidanza, magari un blog...».

Lilly dà un colpo di tosse. Poi fa una lunga pausa a effetto.

«Stai dicendo che la tua idea "sorprendente" sarebbe quella di fare un bambino e di tenere un blog?»

Detta così suona come «Mi controlla il livello dell'olio e dell'acqua, per favore?».

«Sì, sarebbe originale... credo».

Lilly posa la penna e incrocia le dita, ecco, ci siamo, se mi alzo in fretta forse schivo il portacenere che mi sta per lanciare.

«Senti Monica, tu mi sei simpatica, davvero, mi metti di

buon umore con le tue trovate comiche, solo che qui la gente lavora, sai? Non ha tanto tempo da perdere con le gag».

Faccio sì con la testa.

«Tu credi veramente che avere un figlio alla tua età sia qualcosa di sbalorditivo? Guarda che è un evento previsto dalla natura e riguarda tutti i mammiferi, non solo te, anche i miei cani ne hanno. In quanto alla tua idea del blog, non sarebbe un'idea stupida se tu fossi... vediamo... J.Lo, o Angelina o anche Britney, ma tu? Tu chi sei, Monica? Chi ti conosce? A chi interessa se hai le nausee o le voglie? Rispondimi sinceramente», mi guarda con un sorriso beffardo.

«A... a nessuno».

«Risposta esatta, adesso se non ti dispiace, credo che non abbiamo altro da dirci e sono tremendamente impegnata», solleva la cornetta e mi guarda in attesa che io mi alzi.

Le do la mano, ma lei sta già chiedendo alla segretaria che le chiamino la Wintour.

«Anna carissima...», esclama sorridente mentre mi fa cenno di andarmene.

Esco di nuovo nel caos infernale, ma la mia testa è completamente ovattata, mi sento da schifo, e ho il cuore oppresso da mille pensieri.

Era la mia unica speranza, forse era un'idea un po' debole, ma non meritavo di essere umiliata così.

Che stronza. Mi scendono le lacrime. Maledetta Stronza.

Me ne torno a casa, l'unico posto in cui mi sento al sicuro. Apro la posta elettronica e c'è una pioggia di mail.

Comincerò da quelle sgradevoli.

Max:

Ho appena saputo. Sei il mio idolo.
Auguri e figli maschi!

Sandra:

Stiamo partendo, mi dispiace che sia andata così, ma io e te non abbiamo più molto da dirci, spero che questo bambino ti faccia maturare e capire qualcosa in più della vita, o non andrai mai da nessuna parte, ricordati che questa responsabilità è definitiva. Stammi bene.

Quelle neutre...
Mamma:

Ciao tesoro,
stai bene? Qui procede tutto a gonfie vele. Sto uscendo con Mario, il signore di cui ti parlavo l'altro giorno, che mi ha presentato Rita. È molto perbene, è gentile e rispettoso anche se fa un lavoro un po' strano.

Pensa che vende le maniglie per le casse da morto. Non pensavo che esistesse un lavoro del genere, ha addirittura un catalogo!

A parte questo dettaglio ci stiamo vedendo spesso, poi ti farò sapere se mi trasferirò nel castello degli Addams!

Tuo padre da quando gli è nato il bambino è sempre più in forma, beato lui, la mia teoria è quella che per gli uomini la vita sia sempre più facile e non è un retaggio femminista, loro non conoscono menopausa né osteoporosi, non si preoccupano di avere la pancia e di essere calvi, mentre noi donne se ci lasciamo andare appena un po' siamo destinate al cimitero degli elefanti. E anche se ci conserviamo bene, con mille sacrifici, trovare qualcuno disposto a uscire con una donna di 60 anni è raro quasi quanto vedere Mina in televisione.

Adesso ti lascio, devo andare in palestra. E sottolineo devo, perché se potessi scegliere andrei in pasticceria.

Quelle piacevoli...
Peter:

Ciao Monica,
non so come cominciare questa mail. Come potrai immaginare ho saputo da mio fratello che aspetti un bambino. Dio solo sa come mi sento in imbarazzo a ficcare il naso nella tua vita privata senza nemmeno conoscerti, ma mi sembra di capire che non stai tanto bene e se posso esserti d'aiuto in qualunque modo non hai che da dirlo.

Tyler è rimasto frastornato dalla notizia, lui ha una concezione alquanto schematica della vita e non avendoti vista sposata e con un uomo accanto questo ha scombinato le sue già traballanti certezze.

Hai bisogno di aiuto? Vuoi parlarne? Ho una quantità di rimedi naturali per quasi ogni tipo di disturbo (questo lo avrai capito) perciò chiedimi pure quello che vuoi, sono a tua disposizione.

Ho quasi finito il mio corso di cucina e partirò la settimana prossima per la Nuova Zelanda (terra di kiwi e pecore) dove mi occuperò dell'apertura di un Bio-resort, ma troverò tempo per te, non preoccuparti. Avevo un'amica nella tua situazione e un po' credo di capirti.

Intanto ti suggerisco di usare l'olio di mandorle dolci per prevenire le smagliature.

Ora scappo a controllare la quiche.

E quelle inattese...
Morag:

Cara Monica,
avevo deciso che non me ne sarei occupata, ma ho preferito mettere da parte l'orgoglio e tentare una ricerca. Edgar è partito alcuni mesi fa senza lasciare traccia. Nessuno sa più niente di lui, nemmeno il suo ex socio. Chi ci ha parlato per ultimo lo ricorda piuttosto triste e abbattuto, pare che avesse intenzione di fare un lungo viaggio, ma non ha detto dove. India? Africa? Mare aperto? Purtroppo le destinazioni sono infinite.

L'unica che forse ne sa qualcosa di più, ti ripeto, è sua madre, ma mi chiedo se è il caso che tu riapra delle ferite dolorose.

Magari è solo partito per ritrovare se stesso, la classica crisi dei 50 anni! E quando si sarà accorto che non c'è niente da trovare tornerà da te.

Credo che abbia fatto un grande errore a lasciarti andare via, ma era un uomo pieno di problemi e forse se n'è reso conto anche lui.

Non so se ti sono stata di grande aiuto, forse no, ma è tutto quello che sono riuscita a sapere.

Se hai bisogno di altro (magari un aiuto per compilare la dichiarazione dei redditi), chiamami pure.

Bene, sono in un'ottima posizione, più in basso di così non posso cadere.

Mi siedo sul divano, accendo la televisione, ma dopo un secondo devo correre in bagno a vomitare.

Ci mancava anche questa, faccio pipì ogni sette minuti e il resto del tempo lo passo a vomitare o a svenire.

«Già mi odi?», dico rivolta alla mia pancia. «Mi odierei anch'io fossi in te, non sono granché neanche come incubatrice a quanto pare».

Rispondo a Peter:

Caro Peter,
le tue mail come al solito sono una manna dal cielo, anche se non ti conosco, ti sento più vicino di chiunque altro in questo momento.

Il modo in cui Tyler ha scoperto della mia gravidanza non è stato dei più delicati, ma non potevo immaginare che fosse dietro la porta.

Ho scoperto di essere incinta per caso, non l'avrei mai detto, e a peggiorare le cose non so nemmeno chi sia il padre. Detta così sembra che io abbia una vita sessuale più promiscua di Samantha di *Sex and the City*!

In realtà vivevo con l'uomo che amavo, ma lui non mi toccava quasi neanche più perché completamente perso nel ricordo della sua ex moglie morta da sette anni. Durante un viaggio sono stata raggiunta dal mio ex grande amore e... Alla fine uno è nella legione straniera e l'altro se l'è data a gambe.

Adesso il vero problema che mi si pone è quello di trovare un lavoro, ma chi vuoi che assuma una trentenne incinta di quattro mesi?

Non mi sento bene, ho le caviglie gonfie, sbavo come una lumaca, e da ieri ho un prurito insistente in tutto il corpo. Domani mattina devo fare una gran quantità di analisi, forse mi diranno che cos'ho.

Nel frattempo non so nemmeno esattamente cosa mangiare perché tutto quello che ho mangiato finora mi è stato severamente proibito. Mi puoi dare una ricetta da super principiante senza troppi grassi?

Scusa lo sfogo, ma riesco meglio ad aprirmi con uno sconosciuto e vedere le cose nero su bianco mi fa capire meglio fino a che punto sono stata capace di incasinarmi la vita.

Ciao
M

14

Un'altra notte insonne eccetto che fra le 6 e le 7 del mattino dove presumo di aver dormito.

Durante le altre ore ho pensato a una soluzione che non ho trovato, mi sono girata, mi sono grattata e mi sono alzata per fare pipì.

L'unica nota positiva è che non ho pianto.

Non mi serve a niente piangere, ho bisogno di ogni singolo grammo di energia.

Mi preparo per andare a fare le analisi del sangue, anche vestirsi recentemente è diventata un'impresa: i jeans non mi stanno più, devo lasciare aperti i primi due bottoni e anche la camicia tira un po'.

Mi guardo allo specchio: «Ciao Monica, nel caso tu non te lo ricordassi sei incinta. Passa una buona giornata!».

Prima di uscire di casa faccio ancora due puntate al bagno.

Non è possibile, di questo passo andrò in giro col catetere.

«Bambino ti prego, dammi tregua, almeno fino alla clinica, eh? Su da bravo».

Istantaneamente la nausea si placa. Mi fermo un attimo sulla porta e sorrido, poi apro e per terra vedo un sacchettino di carta. Dentro ci sono un flacone di olio di mandorle dolci, dello zenzero in polvere e una tisana alla menta, finocchio e passiflora con un biglietto che spiega le dosi e l'indicazione.

È passato Tyler. Che Dio lo benedica.

Arrivo alla clinica con la mia lista infinita di analisi da fare.

Le infermiere sono molto carine, quella che mi preleva il sangue avrà dodici anni, questo vuol dire "avere le idee chiare".

«È il primo?», mi chiede armeggiando con le provette.

«Il primo controllo?»

«No, il primo figlio».

Figlio, che parola grossa.

«Sì», taglio corto.

«Tuo marito è al lavoro?»

Marito, che parola grossa.

«Sì».

«E tu lavori?».

Lavoro, che parola grossa.

«Sì», rispondo senza entusiasmo, incerta se scappare via.

«Scusa, me lo dicono tutti che faccio troppe domande, ma le donne che vengono qui sono tutte al settimo cielo all'idea di avere un bambino e mi raccontano tutta la loro vita... Io non vedo l'ora di avere un bambino, dev'essere una sensazione unica, finalmente il tuo ruolo di donna è realizzato.

Le donne secondo me dovrebbero avere moltissimi figli e dovrebbero cominciare a farli presto, io ho già 24 anni e col mio compagno vogliamo averne almeno tre. Siamo insieme da cinque anni, abbiamo frequentato la stessa università e quando ci siamo sposati i nostri genitori ci hanno regalato la casa dei nostri sogni, un appartamento a Tribeca, è enorme, perfetto per una famiglia numerosa!...».

Oddio ma come si spenge?

«...Lavorerò fino all'ottavo mese e poi prenderò un anno di congedo maternità per stare col bambino, sai quello è il periodo più importante, poi ci penseranno le nonne e un anno dopo esatto ne faremo un altro e poi l'anno dopo il terzo, anche se ti confesso vorrei tanto avere dei gemelli, mio marito ha un gemello ed è probabile che tocchi anche a noi. Non sarebbe meraviglioso? Hai già pensato al nome? A me piacerebbe tanto David se è un maschio, o Juliette se è femmina. Chissà come siete contenti voi due, eh? Guarda, ti invidio davvero...», sfila l'ago e mi mette un cerotto, sono tentata di appiccicarglielo sulla bocca. «...Ecco premi forte sulla vena... Che dottore avete scelto per assistervi? Noi sceglieremo senza dubbio la Wheeler, è la migliore in assoluto, poi è una vecchia amica di famiglia... Chissà come saranno felici i tuoi di diventare nonni, i nonni italiani sono così simpatici... E poi la scuola, stiamo già pensando a quale materna mandarli, è fondamentale per la loro carriera cominciare da un buon asilo... Sai già se è maschio o femmina? Io non so se vorrò saperlo, ma forse sì, preferisco prepararmi...».

«OOOKAY BARBIE VITA PERFETTA!», esclamo alzandomi di scatto. «...Vuoi che anch'io ti racconti tutta la mia vita? Eccoti accontentata: non sono sposata, non so chi sia il padre del bambino, non ho un lavoro, ho frequentato scuole mediocri, i miei genitori non lo sanno e quando lo sapranno mi toglieranno il saluto, non ho una casa e neppure un amica!».

Esco sbattendo la porta.

Poi rientro: «Ah, e per la cronaca... David è un nome del cazzo!».

D'ora in poi ci penserà meglio prima di fare domande.

Ho appuntamento dalla psicologa, ma mi scappa la pipì e ho di nuovo la nausea. Entro in un pub terribilmente malridotto e senza nessuno a servire.

Chiedo del bagno a due tizi seduti al bancone a bere birra.

Il bagno è occupato, e io non so se vomitare o farmela addosso prima!

Possibile che la gente non abbia altro da fare? Medito sull'idea di correre fuori a cercarne un altro, ma sento che non riuscirei a raggiungere la porta.

Dio, mi sento tutta la bocca acida.

Esce un ciccione enorme con in mano una rivista di pesca.

L'odore che lo segue definisce in un attimo la natura della sua lunga permanenza lì dentro, mi porge il giornale, lo guardo e mi tappo la bocca con tutte e due le mani prima di correre a vomitare tutto nel lavandino.

«Ehi... sarai mica incinta per caso?», ironizza.

«Sì... e voi per caso cercate una cameriera?»

«Veramente sì».

«Allora se non hai niente in contrario ad assumermi a nero per un paio di mesi, ti chiedo solo di lasciarmi libero accesso al bagno».

«Per me va bene, ci metto il cartello "guasto" così non devo nemmeno pulirlo».

«Affare fatto».

Esco per andare all'appuntamento dalla dottoressa Parson, non so quanto mi serva incontrare una psicologa, ma avendo ormai fatto fuori tutti gli amici, perché no?

Devo arrivare nel Bronx e il tragitto in metro è lunghissimo.

So già che non ci tornerò mai più.

Dopo quaranta minuti di viaggio e una lunga camminata, entro in quello che, nella mia mente malata, avevo immaginato uno studio elegante e di classe come quelli che si vedono nei film di Woody Allen, con tanto di poltrone di pelle nera e laurea appesa al muro firmata da Freud in persona, e in realtà non è altro che uno squallido consultorio in un sottoscala male illuminato.

Insieme a me, nella sala d'aspetto, c'è gente di tutte le razze, tutti disperati che hanno bisogno di cure mediche o sostegno psicologico e non hanno un'assicurazione.

Ci sono donne incinte con altri bambini in braccio, un tizio che parla da solo con gli occhi socchiusi, una signora vecchissima che attacca bottone con tutti e mostra le foto dei suoi figli in divisa militare.

Dopo quasi un'ora tocca a me. Questa attesa mi ha depresso ulteriormente.

Forse fa parte della terapia: guarda chi sta peggio di te e sorridi alla vita.

Non ho nessuna voglia di sorridere e ho un sonno spaventoso.

La dottoressa Parson ha l'aria di essere una persona normale, che non cerca di intimidire nessuno con lauree e specializzazioni, ma che è qui per cercare di risolvere i problemi più urgenti nel modo migliore.

Capelli corti, occhiali, e una pelle bianchissima che sembra quasi trasparente.

«Ciao Monica, io sono Louella, ti manda il dottor Mc Ewan, vero?»

«Sì, vista la mia situazione ha ritenuto opportuno che incontrassi uno specialista».

«Sì, mi sembra giusto, vuoi parlarmi un po' di te, o di qualcosa in particolare?».

La guardo e poi mi guardo le mani, mi sembra così tranquilla e serena, così sicura di sé, di quelle persone che fanno tutte le scelte giuste e che non hanno mai avuto dubbi o esitazioni per quanto riguarda il proprio futuro, una di quelle con una famiglia solida alle spalle in cui si cresce nel rispetto delle proprie idee, con una mamma forte e presente e un padre aperto e disponibile che ti indicano la via migliore come fossero fari nel buio e che sono sempre pronti ad ascoltarti e a darti consigli e sostegno. Dove a Natale ci si riunisce nella loro grande casa, bevendo sidro e cantando gli inni, mentre i bambini giocano a palle di neve in giardino...

«Monica? Va tutto bene? Sembri distante».

«Sì, pensavo da dove cominciare».

«Se posso darti un consiglio, credo che la cosa migliore da fare sia soffermarci sul presente, i motivi che ti hanno portata a determinate scelte possiamo anche analizzarli, ma quello che è fondamentale è quello che farai da oggi in poi e come lo farai, io vorrei aiutarti ad affrontare meglio la tua vita più che a farti rimuginare su un passato che non puoi più cambiare».

«Mi sembra sensato... Vede, io ho scoperto di essere incinta da pochi giorni e non riesco a farmene una ragione, non voglio e non mi sento pronta, ma sono al quarto mese e la scelta è ormai obbligata», sento un'ondata di nausea improvvisa che mi assale.

«Non lo avresti tenuto se te ne fossi accorta prima?»

«Non lo so, non ci ho mai pensato, ma non credo di essere il tipo da avere figli, non sono capace di portare a termine le cose, sarei una pessima madre».

«Io non credo che saresti pessima, anzi, solo il fatto che tu ti ponga il problema fa di te una persona responsabile, le donne che preparano il corredino non sono necessariamente le migliori madri».

«Ma io non so nemmeno chi è il padre e comunque anche se lo sapessi, non vorrei passare un momento di più con nessuno di loro. Mi hanno ferita e umiliata e non vorrei imporli a un bambino innocente creandogli altra sofferenza».

«Anche questo è un gesto protettivo che ti rende onore, anche se sarebbe giusto che il padre sapesse, qui nel mio studio vedo situazioni che mi fanno credere che a volte sarebbe meglio non avere affatto un genitore che averne uno crudele e violento. Certe esperienze rimangono come cicatrici indelebili nella propria psiche».

«Quindi lei non mi disapprova».

«Non devo né approvarti né disapprovarti, ti voglio solo aiutare a stare meglio».

«Ho sempre immaginato che una famiglia si dovesse creare solo quando c'è un grande amore fra due persone, non mi ha mai sfiorato l'idea di essere una mamma single, non sono mai stata una che impazzisce per i bambini, ma pensavo che un giorno sarebbe stato naturale farne con l'uomo che amo, così è tutto sbagliato».

«Questo non ti impedirà di fare altri figli con l'uomo giusto quando lo incontrerai. Non sai quante donne ci sono nella tua situazione, e sai una cosa? Si trovano tutte a scoprire una quantità di risorse inaspettate che le fanno diventare più forti e determinate e alla fine non si ricordano nemmeno di avere avuto una situazione tanto difficile alle spalle».

«E cosa dovrei fare secondo lei?»

«Concentrati su di te e fai una cosa alla volta. Intanto occupati della tua salute, che è fondamentale, e non isolarti, ma cerca l'aiuto di quante più persone possibile, ti sorprenderai di quante saranno disponibili a darti una mano. Infine parlane anche con i tuoi, i genitori a volte sono una risorsa preziosa, tutto sommato non vivi con loro, puoi sempre riattaccare se la cosa si fa pesante!».

«Va bene», dico, inaspettatamente rincuorata e con un barlume di speranza nel futuro che sorprende me per prima.

In qualche modo mi sento meglio, in qualche modo sento che forse ce la posso fare.

Mentre esco mi volto a guardarla: «Scusi se glielo chiedo, ma il suo nome non mi è nuovo...».

«Louella Parson?... Era la più grande pettegola di Hollywood, una vera vipera... a proposito di gravidanze indesiderate...».

15

Sono davanti all'armadio da quasi 40 minuti.

È ufficiale: non mi sta più niente.

Mi trovo nella fase in cui non si capisce se sono solo sovrappeso, e all'idea di prendere un'altra decina di chili mi sento morire.

Devo andare a ritirare i risultati delle analisi e poi a lavorare al bar.

Se si trattasse di qualcun altro gli direi: «Ma sei pazza? Nelle tue condizioni? Devi pensare a riposarti, a fare golfini e scegliere nomi», ma trattandosi solo di me, qualunque cosa pur di non pensare a quello che sarà.

Sono gli ultimi mesi di vita da irresponsabile single, dopo di che diventerò una ragazza madre.

Non so se dopo i 30 ci si possa ancora definire una "ragazza" madre, ma "giovane donna ancora piacente e inavvertitamente madre" mi sembra pretenzioso, forse è meglio mamma single.

Mi riprende la nausea.

Strada facendo rimango affascinata dalla serie di lavori che potrei fare per vivere se non fossi incinta: trainare un risciò, camminare sui trampoli, suonare la chitarra in costume e travestirmi da enorme hot dog (forse per questo potrei andare ancora bene).

Non mi prendo nemmeno il disturbo di aprire le analisi, tanto non ci capisco niente, e torno a far provviste di semi al negozio dell'altro giorno, dove anch'io posso mangiare senza farmi venire un attacco d'ansia.

Questa volta opto per una lasagna di farina integrale con ricotta, spinaci, pinoli e germogli di alfa alfa e dei frutti di bosco con yogurt e cannella per dessert.

La mia coscienza è a posto anche se la mia testa è rimasta alle parole "enorme hot dog".

Varcando la soglia del bar, rilevo l'esatto quantitativo della mia imbecillità.

Vengo investita da una nuvola di odori di varia natura, tutti prevalentemente umani.

Ma si può cadere volontariamente così in basso?

Il bar più osceno di tutta New York (e mi riferisco allo Stato) che serve birre, patatine mosce e qualche sandwich alla salmonella.

«Ah già, cominciavi oggi», è l'accoglienza che mi riserva il ciccione dell'altro giorno, una specie di naziskin pentito con una maglietta degli Aerosmiths con le date della tournée del '98.

Mi guarda da capo a piedi cercando di ricordarsi perché mi ha assunta, continuando a sciacquare bicchieri.

Gli do la mano sorridendo, aspettandomi ingenuamente che se l'asciughi prima di stringermela, ma ho decisamente troppe pretese.

Si chiama Bob.

Qualcosa mi dice che deve averci messo parecchio a togliersi di dosso il ricordo dei nomignoli di ogni tipo che gli hanno affibbiato alle medie.

Mi fa un po' tenerezza, ma anche in questo caso do la colpa agli ormoni.

«Se vuoi cominciare a spazzare... poi c'è il cesso da pulire... e poi... apriamo».

«Mm... nessun problema, solo che volevo ricordarti che sono incinta, non posso fare grossi lavori di fatica».

«Ah sì, sei quella incinta, quella del bagno... mm già è vero», sembra pensieroso, adesso mi dice che ha cambiato idea, confesso che ne sarei sollevata.

«Allora tu stai qui al banco, il bagno lo chiudiamo, e di spazzare chi se ne frega, tanto ci si cammina sopra, no?»

«Eh sì...».

Mi mostra dove posso lasciare le mie cose.

Per una volta non mi metto il cellulare in tasca, in attesa di messaggi che mi cambino la vita. Nessuno mi cerca, almeno per il momento.

È un bar per veri nostalgici, involontariamente rétro, o lo ha ereditato da qualcuno, o non si rende minimamente conto di ciò che lo circonda.

La penombra riesce a mascherare molto dello squallore che restituisce la luce.

Le mura ingiallite da anni di fumo libero, le impronte di quadri che qualcuno si è fregato, i giornali di una settimana fa. Anche se il bancone in legno e ottone con gli sgabelli non sarebbe male.

Non sapendo esattamente cosa fare e non volendo disturbare i suoi due neuroni in conflitto, faccio quello che mi indica il buon senso.

Pulisco, metto a posto, provo a spillare una birra, verifico lo stato del bagno per poi capire perché lui lo chiama cesso, rimetto a posto le riviste.

Mezz'ora dopo apriamo ed ecco che entrano quelli che devono considerare questo posto la loro seconda casa o addirittura la prima.

Due tizi si siedono uno da una parte e uno dall'altra del bancone, poi guardano me e per un attimo leggo il panico nei loro occhi, disorientati da una novità nei loro schemi. Immediatamente si voltano verso Bob.

«Ah... sì, quella è Monica, è nuova... fagli due birre doppio malto, in quella per Carl ci metti un dito di whisky».

Eseguo pensando fra me e me che sono solo le cinque e mezzo.

Prendo due sottobicchieri, delle noccioline e delle patatine fresche. I due mi guardano con gratitudine.

«Tu non sei mai così gentile con noi», dicono a Bob.

«Come no, vi do pure i bicchieri!».

Accidenti, una battuta!

La serata è interminabile, per fortuna però non devo far altro che servire grossi boccali di birra e caricare la lavastoviglie.

I clienti non sono più di una decina, un po' beceri, ma tutto sommato innocui.

Un paio anche decisamente simpatici.

Lo stato della cucina è vergognoso. Il frigo è sporco, ci sono pezzi di formaggio ammuffito e grossi wurstel di colore incerto.

Capisco perché nessuno chiede il menu.

Quest uomo è pazzo, non lo sa che si rischia la galera? O i NAS esistono solo in Italia?

Provo a parlargli.

«Scusa Bob, ma non credi che ci sia bisogno di dare una pulita alla cucina? Sarà piena di scarafaggi».

Mi guarda come se gli avessi chiesto di indicare gli Stati africani sulla cartina muta.

«Sì... se hai voglia».

Non mi sembra il momento di fargli una lezione sull'importanza dell'igiene nei luoghi pubblici.

Inutile sperare che ci sia del sapone, ma ho il terrore di fargli troppe domande, sembra faticare molto ad abbandonare i suoi pensieri e tornare alla realtà.

Pulisco come posso e mi riprometto di portare qualcuno dei mille prodotti che ho a casa, comprati da Peter l'ipocondriaco igienista.

Ogni tanto Bob mi guarda, ma sono certa che non mi veda. Sembra che mi passi attraverso.

Ha uno sguardo infinitamente triste.

La cucina ha già un aspetto migliore, anche se mi sono ammazzata di fatica, mi è sembrata una buona causa e poi non ho grandi argomenti di conversazione per stare al banco, non so niente di baseball, tutti mi chiedono le solite tre cose dell'Italia, compreso se Roma sia al Nord, e voglio evitare che dopo troppe birre qualcuno faccia il cretino con me.

All'una passata finalmente mi manda a casa. Sono stanchissima e crollo dal sonno.

Bob mi paga subito la prima serata e insiste perché io prenda un taxi, per cui aggiunge dieci dollari di extra. È il primo gesto umano che fa, forse sotto quella maglietta lercia batte un cuore.

Le mille luci di New York viste da un taxi con gli occhi socchiusi, distrutta dalla stanchezza e con i piedi gonfi per aver lavorato otto ore, non sono affascinanti come quando sei a pezzi per aver ballato tutta la notte.

Adesso faccio parte degli invisibili, di quelli che vengono a New York per fare una vita decisamente peggiore di quella che farebbero in qualunque altro angolo di mondo, che si ammazzano per riuscire a pagare l'affitto abbassandosi a fare qualunque lavoro, ma che alla fine non vivrebbero da nessun altra parte, perché questo è l'unico posto che amano davvero e solo qui si sentono veramente a casa.

Salgo le scale con una fatica inaudita e non posso fare a meno di guardare con invidia la porta di casa di Carrie e me la immagino uscire con le sue Manolo e la sua pochette vintage per salire sorridente sulla limousine di Big.

Pensare che ci ero cascata, credevo veramente che fosse possibile vivere a Manhattan facendo un lavoro part time.

Sulla porta di casa trovo ancora un segno del passaggio di Tyler.

Un piccolo elefantino di legno con la proboscide all'insù.

Chissà per quanto tempo rimarrà nell'ombra.

Pilar mi sente entrare e mette fuori la testa.

«Todo bien?».

Mi stringo nelle spalle in segno di "Faccio quello che posso".

«Vuoi venire un po' aqui?»

«Sono distrutta tesoro, vado a dormire».

«Vedrai che non dormi, io quando estoy troppo estanca non riesco a dormir».

«Ti garantisco che appena tocco il letto perderò i sensi...».

...Alle quattro del mattino sto ancora contando le pecore.

Ho sonno di giorno e non chiudo occhio la notte e poi ho questo prurito insopportabile alle braccia e alle gambe.

Ho la scabbia, lo so, sono le dieci piaghe d'Egitto che incombono su di me perché ho peccato.

Un tempo avrei potuto bere un bicchiere di vino o prendermi un sonnifero, mentre adesso l'unica cosa che posso fare è darmi una botta in testa!

Proverò con latte e biscotti (latte scremato e biscotti ai fiocchi d'avena).

RIVOGLIO LA MIA VITA!

16

Ho appuntamento col dottor Mc Ewan per il controllo delle mie analisi.

Non nascondo una certa preoccupazione, non sono preparata ad eventuali ed ulteriori cattive notizie.

La risposta di Peter è stata puntuale.

Cara Monica,
ho un'amica che è rimasta incinta, ma aveva il dubbio fra cinque uomini, un'altra che ha partorito un bambino di colore ma il marito era giapponese, io stesso sono un frutto del peccato, in questo mondo caotico non ci fa più caso nessuno a queste cose alla Peyton Place, anzi, farai morire d'invidia le tue amiche intrappolate nelle loro vite ordinarie.

Vedrai che un giorno ci riderai sopra.

Quanto a mio fratello, sta cercando di metabolizzare la notizia, dagli tempo e lui capirà e ricomincerà a parlarti, al momento ha un sacco di confusione in testa. Io ho cercato di spiegargli, ma alla fine mi chiede sempre com'è possibile che tu da sola aspetti un bambino... deve pensarti un po' come la santa vergine!

Veniamo ai tuoi sintomi, intanto ricordati di tenere la pelle sempre idratata, vedrai che pizzicherà di meno. Per la salivazione e la nausea conosco un rimedio omeopatico, la Nux vomica, che potrebbe funzionare.

Sicuramente ti aiuterebbero anche alcune tecniche di rilassamento che potrei insegnarti, ma via e-mail è difficile, forse è meglio con Skype, potremmo fare una seduta di training autogeno che ti aiuterebbe a rilassarti e dormirc.

Mangia sempre molti cereali integrali, c'è un sacco di acido folico che è la panacea per la gravidanza e dammi retta: prova a fare il pane da sola, vedrai che ti diverti.

Io la ricetta te la mando lo stesso.

Ricetta base per il pane integrale di Peter Bonelli
Preparazione della pasta madre

Impasta 150 gr di farina integrale con mezza tazza di acqua minerale non gasata, un cucchiaino di zucchero integrale e un cucchiaino di olio d'oliva. L'impasto deve risultare morbido (tipo pastella), mescolabile con un cucchiaio, ma non liquido. Metti l'impasto in un contenitore di ceramica e ricoprilo con un coperchio. Lascia riposare per tre giorni a temperatura di 20-22 gradi, impastandolo energicamente un paio di volte al giorno. L'appartamento è caldo abbastanza, non temere, prima di impastarlo spolveralo sempre con un po' di farina. Dopo tre giorni dovrebbe essersi gonfiato, non ti resta che aggiungere ancora 150 gr di farina e un'altra mezza tazza di acqua, impastare e aspettare un altro giorno. Avrai ottenuto il lievito base per l'impasto che servirà per fare il pane le prossime volte. Ne basteranno un paio di etti. Conservala in frigo in un barattolo di vetro.

Cioè questa è solo la preparazione? Il pane è ancora tutto da fare? Ma secondo lui io non ho nient'altro da fare che preoccuparmi di vedere come lievita l'impasto? E ben due volte al giorno!

E ora facciamo il pane:

1 kg di farina integrale biologica
½ litro di acqua tiepida
1 cucchiaino di sale integrale
2 etti di pasta madre

Impasta accuratamente gli ingredienti insieme alla pasta madre finché l'impasto è morbido ed elastico e non si attacca alle mani (come la pasta della pizza per intendersi). Lascia lievitare per almeno 12 ore finché l'impasto è raddoppiato.

Altre 12 ore?
Mi sta prendendo in giro.

Dividi l'impasto in due e lascia riposare ancora mezz'ora. Scalda il forno a 250 gradi e incidi alcuni tagli sui pani con un coltello non molto profondi, poi bagnali con un pochino d'acqua. Dopo mezz'ora in

forno abbassa la temperatura a 200 gradi. Dopo altri 20 minuti il pane è cotto. Lasciàlo raffreddare e consumalo il giorno dopo.
Ripensandoci non credo che ci riuscirai mai!!

No, non credo proprio e comunque non posso occuparmi per una settimana di un chilo di pane!

Il dottor Mc Ewan mi accoglie col solito grande sorriso. Stavolta ho l'aria un po' più preoccupata e se ne accorge.

«Va tutto bene Monica? Hai qualche dolore, qualche fastidio particolare?»

«Qualche?... Mi guardi, dottore, sono gonfia, sbavo in un modo imbarazzante, ho sempre sonno, ma mai di notte, vede le occhiaie? E vomito, vomito sempre e quando non vomito ho la nausea, poi cos'altro... ah certo, il prurito, costante, alle gambe e la pancia, e non ultimo faccio pipì in continuazione».

Il dottor Mc Ewan sorride. «Diciamo che i sintomi sono arrivati tutti insieme!».

«Non mi fa ridere».

«Lo immagino, il fatto è che molti disturbi non si nominano mai, ma sono i più frequenti, per esempio stitichezza ed emorroidi».

«No, non me lo dica!».

«Le tue analisi vanno abbastanza bene, ti mancano vitamine e minerali, e vedo che il colesterolo è un po' alto, dovremo tenere sotto controllo anche il diabete».

«Come il diabete?»

«Capita anche quello, ma solo in gravidanza, poi sparisce. Stai mangiando in modo regolare?»

«Mangio alghe, semi e cereali: sembro un alce».

«Be', il senso dell'umorismo almeno è alto, ne avrai bisogno».

«Me l'hanno già detto, ma non s'inganni, è solo una reazione isterica che non ha niente a che vedere col buonumore, glielo garantisco».

«Bene, adesso ti visito».

«Ancora? Ma lo ha fatto l'altra volta!». Mi irrita questo continuo espormi a degli estranei.

«Purtroppo questa è la cosa più fastidiosa ma che non si può evitare, sarò rapido, te lo prometto»

Fastidio, fastidio, fastidio, odio questa parte.

«Hai visto la dottoressa Parson?»

«Sì, è carina».

«Bene, ma tornaci, ti sarà di grande aiuto. Ti consiglio di fare un po' di nuoto o dello yoga, ti gioverebbero, l'ostetrica ti potrà fornire diversi indirizzi, e credo che sarebbe opportuno che tu frequentassi un corso preparto, così potrai condividere le tue ansie con altre donne e ti sentiresti meno sola. Mentre per i sintomi che mi hai elencato non c'è molto da fare a parte tenere idratata la pelle per limitare il prurito e per la nausea puoi provare con lo zenzero o qualche preparato omeopatico, per l'insonnia invece oltre alle tisane prova delle tecniche di rilassamento prima di dormire, vedrai che funzionano. I tuoi disturbi sono prevalentemente psicosomatici, data la situazione, se tu fossi tranquilla non accuseresti tutti questi disturbi e comunque li sopporteresti meglio».

Fortuna che mi ha ubriacato di parole, così ho sopportato un po' meglio la visita.

«Va tutto bene, Monica, tutto bene, adesso cerca solo di concentrarti sui cambiamenti che sta avendo il tuo corpo, se li consideri come qualcosa di temporaneo anche la tua mente li accetterà meglio, ora puoi rivestirti, per oggi la tortura è finita, ci rivediamo fra un mese».

«Grazie dottor Bonelli».

«Come?»

«Mc Ewan! Dottor Mc Ewan».

17

Andando verso il bar passo davanti a un negozio prémaman.
L'istinto è quello di tirare dritto ed è accompagnato da un'ondata di nausea media. Quando varco la soglia l'ondata è gigantesca, la commessa mi indica il bagno prima ancora che possa aprir bocca.
«Ci siamo abituate stia tranquilla!».
In bagno mi rinfresco il viso con un po' d'acqua.
Mi sento sopraffatta, impotente e avvilita.
Ce la sto mettendo tutta, ma non ce la faccio più!
Avrei voglia di chiamare Edgar e urlargli contro tutta la mia rabbia e poi David e dirgli che vorrei non averlo mai incontrato e sfogare tutto il mio dolore, ma non posso farlo e, in fondo, non voglio nemmeno farlo.
Hanno ragione Mc Ewan e la Parson, devo pensare al mio benessere per quanto posso, perché nessuno lo farà al posto mio.
Riprendo un minimo di contegno, se non altro qui non si stupisce nessuno.
«Le posso offrire una tisana? Vedrà che le farà bene», mi dice cortesemente la commessa.
«Ah grazie, sì, volentieri».
«E prenda anche un biscottino allo zenzero».
E vada per il biscottino allo zenzero.
Per la cronaca lo zenzero mi fa cagare.
Do un'occhiata ai vestiti, al primo colpo d'occhio non sem-

brano così male, colorati e morbidi, ma ad un attento esame comincio a rendermi conto che somigliano tutti a dei sacchi informi, i pantaloni hanno un elastico sopra la pancia che si espande all'infinito, le maglie ricordano drammaticamente un ombrellone da spiaggia e poi c'è una vasta esposizione di salopette che credevo mettessero solo nelle comiche.

La biancheria intima poi è scandalosa: reggiseni enormi con uno sportello apribile, coordinati con dei mutandoni ascellari che decretano la fine di una qualunque vita sessuale.

«Le posso dare una mano? All'inizio è sempre un po' difficile».

«Ah, no, non credo proprio», rispondo alla commessa, «davo solo un'occhiata».

«Sembra incredibile pensare di doversi mettere abiti così larghi, eppure negli ultimi mesi si diventa davvero gigantesche!».

«Be', non esageriamo, comunque non ne avrò bisogno, mi arrangerò con quello che ho».

«Come vuole, noi siamo qui», mi dice con l'aria che sottintende "tanto tornerai".

Ma io no, non tornerò.

Dovessi vestirmi con le lenzuola.

Camminando davanti alle vetrine, più tardi, faccio l'errore di notare la mia immagine riflessa.

Sembro una che rifiuta di essere incinta, e finge che la sua vita sia uguale a quella di prima, una che crede che non pensandoci, il "problema" si risolverà da sé.

Torno indietro al negozio prémaman.

«Senta, scusi, ripensandoci forse un pantalone e una maglia un po' più larga potrebbero farmi comodo... per stare in casa intendo... e mi raccomando neri!».

Esco con tre pantaloni, una camicia, due maglie e una mutanda contenitiva.

Mi regalano una candela alla lavanda, una marea di opuscoli e un cd di musica new age.

Arrivo al bar e la porta è chiusa.

Mi ricordo di non avere il numero di Bob e non mi resta che aspettare lì davanti.

Dopo circa mezz'ora, che è anche l'ora di apertura, la porta si apre e appare Bob. Indossa una maglietta con la foto di John Belushi con le patatine nel naso.

È stralunato, ha in mano una lattina di Coca.

«Stavi dormendo?»

«Ho chiuso gli occhi solo per un minuto...».

Sembra che non gliene freghi niente, se sapesse quanto importa a me!

Entro in cucina e lo squallore mi colpisce dritto in faccia.

Nonostante il lavoro fatto ieri è davvero uno schifo, sarebbe da buttare giù.

Bob si mette in un angolo del locale a riparare una bambola con la testa rotta.

Decido di non fare domande, se mi paga in contanti e anche il taxi può anche mettersi a fare le bolle di sapone.

I due clienti di ieri tornano puntuali, questa volta li precedo con la frase che ho sempre amato nei film: «Il solito?», e prontamente verso loro due birre di cui una corretta col whisky.

Sono quasi imbarazzati dal mio riguardo nei loro confronti, come se non lo meritassero e mi ringraziano a testa bassa.

Carl si volta verso Bob: «Ehi! Ti sei messo a giocare con le bambole adesso?».

Bob non risponde e continua a cercare un modo per far stare la testa al suo posto.

L'altro, di cui continuo a ignorare il nome, a bassa voce dice: «Dev'essere di sua figlia».

Eccoci, un altro deficiente che si è riprodotto, ma perché non li sterilizzano da piccoli?

«Oggi dev'essere uno dei giorni tristi».

Fingo di non ascoltare, ma in realtà non mi perdo una parola.

«Lei viene a prendere la bambina sempre in anticipo e poi chissà quando gliela riporta».

«Lui sta proprio male, hai visto com'è conciato? Avrà messo su almeno dieci chili!».

«Se n'è andata via così, da un giorno all'altro, e lui non se ne fa una ragione».

Lascio perdere bancone e bicchieri e vado a sedermi al tavolo di Bob.

Lo guardo armeggiare inutilmente con la bambola decapitata, poi gli prendo delicatamente dalle mani il giocattolo.

«Sai, mio nonno aveva un metodo infallibile, prendeva qualcosa che facesse spessore tipo un po' di nastro isolante... così, lo girava intorno un po' di volte e incastrava la testa al suo posto, poi per coprire lo scotch si inventava che la bambola aveva mal di gola e che aveva bisogno di una sciarpina attorno al collo... Ecco fatto».

Gli restituisco la bambola riparata.

Mi guarda con gratitudine e smarrimento.

Gli sorrido e mi alzo (con fatica) per tornare a lavare le montagne di bicchieri accumulati.

Mi accorgo che l'unico rumore qui dentro è quello che fanno Carl e il suo amico riappoggiando i boccali con poca grazia. Oltre alle sirene della polizia.

Noto delle casse appese al muro e decido di seguire il filo che arriva allo stereo che scopro nascosto in un mobile accanto alla porta della cucina.

È pieno di cd di ogni tipo, selezioni di hard rock da intenditori, ma anche molto jazz.

Provo ad armeggiare coi tasti e finalmente ecco le note che scivolano giù a spazzare via tutta questa pesantezza. La musica dà immediatamente un'aria diversa al locale, che, se non fosse lasciato a se stesso, sarebbe davvero carino.

Il buon John Coltrane sa il fatto suo.

Tutti dovremmo avere la nostra colonna sonora di sottofondo come nei film, dovremmo essere costantemente accompagnati da una musica diversa a seconda della situazione.

Da due settimane a questa parte la mia sarebbe sempre quella dei quattro cavalieri dell'Apocalisse.

Intervallata da quella di Benny Hill.

Una seconda pulita alla cucina comincia a renderle giustizia. Il pavimento ha un colore e anche le dispense. Ho buttato via tutto quello che era scaduto e sono rimasti solo i fusti di birra.

Ho scritto una lista di cose da comprare indispensabili se Bob vuole preparare qualche panino con ingredienti diversi da topi e scarafaggi.

Ha promesso che li avrebbe presi, non perderò il sonno per questo.

Comincio ad accusare dei forti mal di schiena in aggiunta alla lunga lista di malesseri e non posso prendere niente.

Non credo che nessuno dei presenti sospetti ancora della gravidanza, in compenso ci pensa Bob a sciogliere ogni dubbio.

«Non è il caso che ti affatichi tanto, non voglio che ti succeda niente, rischio di passare dei guai».

Mi tiro su dal pavimento che sto grattando con la spazzola.

«Non ce la faccio a stare con le mani in mano, Bob. Non voglio mettermi a pensare e questo posto è un porcile, i guai li rischi anche se avveleni qualcuno».

Rimane pensieroso un attimo.

«Allora dividiamoci i compiti, io faccio i lavori pesanti e tu ti occupi della cucina».

«Bene, però dobbiamo pensare a un nuovo menu e farlo stampare e plastificare, poi dovresti ricomprare i piatti e anche dei cestini nuovi per le patatine».

Le mie richieste sono accolte con degli «mmm» che sembrano voler dire «okay», ma anche no.

Non so perché noi donne ogni volta che prendiamo possesso di un posto dobbiamo immediatamente rivoluzionarlo, dev'essere qualche retaggio paleolitico che ha a che fare con la disposizione dei mobili nella caverna.

Certo che spostare un divano di pietra...

La sera mi paga di nuovo il taxi e una volta arrivata sulla porta di casa, vado direttamente a bussare a Pilar che tanto non dorme mai.

Apre completamente nuda con in mano una bottiglia di vino e una sigaretta.

Mi vede e urla sbattendomi la porta in faccia.

«Aspettavi qualcuno?»

«NO!», la sento armeggiare. «Cioè...».

Riapre vestita con un pigiama nero.

«Lasciamo perdere, tanto non viene più esta noche».

«Sei sicura?»

«Sì, son tre settimane che no me chiama, è tornato da sua moglie».

«Storia complicata».

«Andava todo bien finché ci vedevamo poco, poi lui ha lasciato la moglie e ha cominciato a venir aquì. Prima solamente el sabato, poi venerdì y sabato, alla fine andava via el lunedì mattina. Per me era troppa intimità».

«Sì, ma le coppie teoricamente quando stanno insieme... lo fanno full time».

«Ecco, io preferivo part time!».

«Sì, ma un uomo che lascia la moglie spera che la donna per cui la lascia voglia stare con lui, no?»

«Sì ma non puedo vivir con uno todo el tiempo!».

«Ma glielo avevi detto prima che se ne andasse di casa?»

«Pensavo che l'avesse capito».

«E come? Hai fatto mettere la macchinetta per timbrare il cartellino all'ingresso?»

«Ho cominciato a cenare fuori casa cinque giorni su siette».

«E lui qui ad aspettarti».

«Sì».

«Lo credo che è tornato dalla moglie... solo per solo!».

«Sì ma io non volevo smettere de vederlo, non volevo vederlo siempre e l'ho richiamato, abbiamo litigato e non mi parla più!».

«E che ti ha detto?»

«Che devo farmi curare...».

«Ma se è tornato dalla moglie allora è tutto risolto, tutto tornerà come prima e vi vedrete una volta ogni tanto come piace a te!».

Aggrotta la fronte come per risolvere un'equazione con un delta.

«Ma lo sai che hai razòn?».

Mi stringo nelle spalle.

«Monica tu sì che sei un genio!».

«Per così poco... senti, per curiosità, ma in queste tre settimane hai sempre aperto la porta nuda?»

«Sì, una volta a Joe che è diventato viola e poco fa a Tyler che è scappato via».

«Lo credo, stava cominciando ad accettare il fatto che sono incinta e tu ti fai vedere nuda, adesso lo ricoverano!».

Torno a casa mia e mi butto sul letto vestita, improvvisamente mi scende un sonno pesantissimo addosso, sento tutta la stanchezza accumulata da giorni schiacciarmi come un macigno.

Non ho la forza di pensare a niente e a nessuno, non ce la faccio ad andare in bagno, né a lavarmi i denti.

Mi addormento con una mano sulla pancia.

18

Sono appena le 3.30 del mattino quando vengo svegliata da un bussare insistente e da voci concitate.

Non riesco a capire esattamente da dove arrivino, mi sembra la porta di Pilar.

Oddio, vuoi vedere che è arrivato l'ex fidanzato dopo tre settimane e si stanno già prendendo a mazzate?

Che faccio, mi alzo o lascio che la natura faccia il suo corso?

Sono tentata di far finta di niente, ma le urla disperate che seguono non mi danno scelta, e mi precipito fuori.

Ci metto un po' a capire quello che sta succedendo.

Non è l'appartamento di Pilar, ma quello di Maggie la sorda, in fondo al corridoio.

La porta è aperta e da dentro giungono grida così strazianti che fanno accapponare la pelle.

I cani abbaiano impazziti.

Anche Pilar esce sul pianerottolo svegliata dalle urla, ci guardiamo interrogative, ma rimaniamo ferme dove siamo, paralizzate dal sospetto che sia successo qualcosa di tremendo.

Un pompiere con la ricetrasmittente esce dall'appartamento di Maggie e chiama i soccorsi, istintivamente ci dirigiamo verso di lui, ma ci blocca pregandoci di rientrare nelle nostre abitazioni.

«Cos'è successo? Chi è che grida, sta male qualcuno?»

«Una signora... Maggie... Dupont, si è impiccata, è stata la sorella ad avvertirci perché non la sentiva da diversi giorni».

Io e Pilar diventiamo bianche come spettri.

Mi gira la testa, devo sedermi.

La sorella di Maggie continua a urlare in tono lacerante, cerco di tapparmi le orecchie, ma la sento lo stesso.

Scoppio a piangere. La nausea di colpo è diventata insopportabile.

È arrivato Joe e tutti i vicini adesso sono nel corridoio e si fanno tutti la stessa domanda: «Cosa avrei potuto fare io per evitare questo?».

Rientro in casa e mi siedo sul divano, ho la pressione a mille.

«Perché... Perché... Perché... Perché», sento ripetere senza sosta dal fondo di un dolore nero, infinito, allucinato.

L'ambulanza porta via il corpo di Maggie su una barella, coperto da un lenzuolo e stretto con le cinghie di cuoio. Portano via anche la sorella sorreggendola per le braccia, delicatamente, come una bambola.

Ci dicono di rimanere a disposizione perché apriranno un'inchiesta per escludere eventuali responsabilità.

Il corpo di Maggie passa davanti ad un corteo muto. La morte ci passa accanto e noi rimaniamo immobili come statue di sale, impotenti e increduli.

Nessuno si muove, nessuno ha il coraggio di parlare per primo, ci sentiamo tutti in qualche modo responsabili, chiusi nei nostri egoismi, nelle nostre ipocrisie, nei nostri piccoli mondi esclusivi.

Joe è sconvolto, piange, dice che le aveva portato la spesa tre giorni prima, che le sembrava sempre la stessa, non si dà pace, si tormenta le mani, si asciuga la fronte con un fazzoletto.

Cerchiamo tutti di portargli conforto in modo da darne un po' anche a noi stessi, ma siamo completamente sotto shock.

Quando il poliziotto ci fa le domande di rito, ci accorgiamo di non essere in grado di rispondere, né io che sono qui da poco, né gli altri inquilini che sono qui da anni.

Chi frequentava, cosa faceva, aveva degli amici? Un compagno? Qualcuno che le stesse vicino?

Le risposte vagano da un imbarazzato «non so» a un laconico «no». Perché è ovvio che, se avesse avuto degli amici, oltre ai suoi cani, non avrebbe fatto quello che ha fatto.

Burocrazia e psicologia sono totalmente incompatibili.

Più tardi, dopo che la polizia ha messo i sigilli alla porta, portato via i cani ed espletato le procedure di rito, ce ne andiamo tutti, impacciati e a testa bassa, evitando di guardare in direzione della porta maledetta.

«Pilar, per favore resti a dormire da me? Non voglio stare sola».

«Claro que sì, anche se è quasi giorno».

Entriamo in casa mia e Pilar scalda l'acqua per il caffè. A me prepara una tisana.

L'idea che la morte ci abbia visitati così da vicino è sinistra.

Come se dietro alla barella con il corpo di Maggie, seguisse il tristo mietitore incappucciato, mimetizzato fra noi vivi.

Fa freddo, d'un tratto, sarà la tensione, ma anche Pilar lo avverte tutto insieme.

Ci mettiamo una coperta addosso e ci sistemiamo sul divano con le nostre tazze.

«Non ha lasciato nemmeno un biglietto, niente... Secondo te perché?»

«Porqué non aveva niente da dire».

«Ma andarsene così... non pensi che per chi rimane sia un peso pazzesco da sopportare in termini di sensi di colpa?»

«Que colpa! La vida è troppo preziosa e ne abbiamo solamente una, e nessuno ha el diritto de buttarla via. Me siembra una dimostrazione, un modo spectacular de uscire di scena e lasciare agli altri la responsabilità de comprendere el motivo del gesto estremo. Todo el mundo ha una buona ragione para suicidarse almeno una volta nella vida! Guarda te, estás incinta, sola e sin trabajo, eppure non ti suicidi... vero?»

«Non mi ha mai sfiorato il pensiero, insomma quando dico "voglio morire" non intendo davvero!».

«Porqué sai che la vida cambia continuamente, un giorno fa schifo e il giorno dopo è bellissima, e l'unica cosa segura è che un giorno finisce, quindi porqué anticipare gli eventi».

«Forse era depressa e non dimenticare che era anche sorda, si dev'essere sentita ancora più isolata».

«Senti, ho conosciuto un sacco de gente con tante più ragioni para morir, mia mamma por esempio, quando mia sorella è morta de leucemia. Perdere un figlio è la cosa più atroce che possa succedere a una persona, però lei ha continuato a viver anche se con questo dolore tremendo dentro, para mi e mio padre».

Guardo Pilar con un misto di emozione e compassione.

«Non sapevo che avessi perso una sorella... mi dispiace». Le accarezzo il braccio.

«Sì, vedi el tatuagio? I numeri sui dadi sono la sua data de nascita y la sua età quando è andata via... 22 anni. La vita è siempre un lancio de dadi».

«È vero... lo dico sempre anch'io».

Un brivido più forte degli altri mi scuote.

Non avevo ancora mai pensato al bambino come a mio figlio, come a una parte di me così importante da annullare qualunque altra cosa. Anche me stessa.

Pilar appoggia una mano sulla mia pancia. È la prima volta che lo lascio fare a qualcuno.

«Entiende, bambino? La vida è difficile, ma piena di soddisfazioni, devi andare sempre avanti, stringere i denti e rialzarti quando cadi... tanto ci sarà la tua mamma con te».

Appoggia la testa sulle mie gambe e io mi sento un po' come in un quadro del Botticelli, una specie di Madonna col bambino, solo che non so dove mettere le mani, così ne adagio una sulla sua testa e quella che mi avanza l'appoggio anch'io sulla mia pancia.

È tutto così strano, ma in un certo senso comincio ad abituarmi.

La capacità di adattamento degli esseri umani è straordinaria: crediamo impossibile sopportare certe tragedie che la vita ci riserva, ma poi attingiamo a risorse inaspettate e ci scopriamo incredibilmente forti, e così impariamo a sopravvivere.

Ed ecco che, nonostante la morte ci sia passata accanto, la vita bussa per farsi sentire.

Un calcetto piccolo ma deciso mi colpisce la mano appoggiata.

«Oddio... hai sentito? Era un calcio o è la mia immaginazione?»

«Sì sì! Un calcio bello forte!».

Pilar appoggia l'orecchio alla pancia e poi sussurra qualcosa vicino vicino, e, hop, ecco un altro calcio.

Mi metto a ridere.

«Cosa gli hai detto?»

«Es un segreto».

Sorrido e rilasso la testa contro lo schienale del divano. La nausea è passata e Pilar dorme e respira profondamente.

Il bambino non scalcia più, forse si è addormentato anche lui.

Penso alla sottile linea di confine che separa l'esserci dal non esserci più.

È un attimo: un soffio di vento, un libro che si chiude, un bicchiere che si rompe, e di quello che eri rimane solo un'immagine sempre più sbiadita ogni giorno che passa, fino a diventare una manciata di frasi di circostanza.

È quasi l'alba, New York si risveglia: le sirene, il traffico, i clacson, e se la povera Maggie avesse sentito tutto questo, sono sicura che non avrebbe voluto lasciarlo tanto presto.

Se avesse resistito giusto il tempo di lasciare passare quell'onda, quella che ti fa dire «ma chi me lo fa fare», adesso sarebbe ancora qui con noi, fiera di non aver fatto sciocchezze.

Forse, fino alla fine, non si pensa di avere il coraggio di farlo veramente, magari si spera che sia reversibile, che si possa vedere com'è per poi tornare indietro, forse ci si vede seduti in chiesa come un invitato qualunque e non sdraiati al posto d'onore.

Oppure il peso della vita un giorno diventa così insopportabile da rendere più invitante l'idea della morte.

Certo è che la consapevolezza del disastro che Maggie ha lasciato dietro di sé non è bastata a farla desistere: la condanna per chi è rimasto a vivere con il senso di colpa di non aver fatto abbastanza, unita alla vergogna che si rinnoverà ogni volta che si parlerà di lei.

E oltre al danno la beffa, perché, che ti piaccia o no, la vita continuerà anche senza di te, cara Maggie.

Mi alzo con cautela per andare in bagno, attenta a non svegliare Pilar.

«Sai che ti dico, bambino? Tutto sommato sono contenta che ci sei».

TUMP!

Un calcetto.

19

Ho preso appuntamento in mattinata con la dottoressa Parson.

La tragedia di ieri mi ha sconvolta profondamente.

Il viaggio fino al suo studio è molto più faticoso dell'altra volta, sono sempre più gonfia e stanca.

Ho le caviglie così grosse che temo che un cane possa scambiarle per pali della luce.

La dottoressa si accorge che non sono nella mia forma migliore, lo capisco dalla sua faccia sgomenta, tanto che mi giro per vedere se c'è qualcuno dietro di me con un coltello in mano.

«Ma hai avuto un incidente? Se ti hanno aggredita devi dirmelo, ti faccio accompagnare in ospedale e facciamo la denuncia!».

Qualcosa mi dice che devo avere davvero una brutta cera! La prossima volta mi metto la salopette, magari la faccio ridere.

«Sto lavorando tanto, mangio poco, non dormo, vomito sempre e ieri si è suicidata la mia vicina di casa, ma a parte questo va tutto a gonfie vele».

La seduta con la Parson mi tira un po' su il morale, parliamo della morte, della vita, delle scelte, dei miei genitori, e sorprendentemente del futuro.

Si accorge che sono più rilassata nei confronti della mia pancia, e mi invita a provare a parlarci, magari quando mi metto la crema per le smagliature, giusto per stabilire un contatto.

Non le ho detto che non mi sono mai messa nessuna crema e che mi spoglio alla velocità della luce, badando a guardare in tutte le direzioni tranne che verso il basso.

E per finire mi obbliga a fare un pasto decente a costo di cucinarmelo lei e mi sembra più una minaccia che altro.

Mi chiede anche se ho chiamato i miei o uno dei presunti padri, ma non insiste quando le dico: «Mi sembra che di tragedie per questa settimana io ne abbia vissute abbastanza!».

Quando arrivo al bar, Bob mi accoglie con un sorriso e mi annuncia che ha comprato tutto quello che gli ho chiesto.

Mi mostra bicchieri colorati, cestini, coppette, posate nuove e tovagliette, è eccitato come un bambino!

Ha preso degli affettati, sempre fosforescenti ma almeno freschi, pane in cassetta, maionese, pomodori, tonno, patate, formaggio, uova...

Dio ho una fame che mi mangerei un pacchetto di wurstel con tutta la plastica.

Bob nota il mio lieve mancamento.

«Tutto bene?»

«Benissimo, sono davvero contenta, mettiamoci al lavoro».

Scrivo sulla lavagna il menu del giorno.

Il primo è il *Bob's Sandwich*: tre strati di pan carré, maionese, insalata, tonno e pomodori con contorno di patate fritte e cetrioli, proseguo con *My Dad's Mozzarella*, l'immortale mozzarella in carrozza che cucinava mio padre quando avevo quattro anni, e *My Mum's Eggs*, le uova al pomodoro specialità di mia madre, il classico hamburger e un'insalata di tonno.

Un menu decisamente anni '80, come il locale.

Per ora può bastare, stasera mi farò dare delle ricette da Peter.

Il mio modesto menu va a ruba nel giro di un paio d'ore grazie a qualche gruppo di impiegati in pausa pranzo, tanto che Bob è costretto ad andare a comprare altro pane.

Sono molto fiera di me e Bob me lo dimostra con una doppia mancia e un bel sorriso pieno di gratitudine.

Quando torno a casa sono così stanca che non so più neanche come mi chiamo.

Devo scrivere a Peter, anzi no, lo chiamo con Skype.

«Ciao Peter, sono Monica».

«Ma che sorpresa? Come stai? Sono contento di sentire una voce amica, ma non è notte lì da te?»

«Sì, è tardi, sono appena tornata dal lavoro, senti... Purtroppo ho una brutta notizia da darti, vorrei tanto non dartela io, ma non ho scelta».

«Cos'è successo?», chiede allarmato.

«Purtroppo la tua vicina di casa, Maggie, si è suicidata ieri sera».

«Come? No, dimmi che non è vero».

«Mi dispiace tanto, Peter, l'ha trovata sua sorella».

«Ma com'è possibile? No, Maggie era mia amica...», comincia a singhiozzare, «com'è potuto succedere?»

«Nessuno lo sa... non ha lasciato nemmeno un biglietto, siamo rimasti tutti sconvolti».

«Oddio mio, se avessi saputo che stava male, avrei cercato di fare qualcosa, possibile che nessuno si sia accorto che fosse tanto disperata?»

«Chi l'ha vista per ultimo dice che era la stessa di sempre, non ci sono state avvisaglie a quanto pare».

«Ma forse parlandole, standole vicino...».

«Io credo che avesse già deciso».

Silenzio.

«Avrei voluto poter fare qualcosa».

«Lo so, ci sentiamo tutti nello stesso modo».

«Tu some stai?»

«Me la cavo... credo».

«Hai visto mio fratello?»

«No, è scappato quando ha visto Pilar nuda».

«Oddio, non credo di voler sentire questa storia».

«Te ne sono grata!».

«Ma tu come stai? Intendo, la gravidanza, non ci voleva anche questo shock nelle tue condizioni».

«Ecco... il mio umore non è dei peggiori, ma a quanto pare ho un aspetto orribile, il fatto è che non mangio a sufficienza, ma sono nel panico e nessuno mi capisce, non posso mangiare gli insaccati e il pesce crudo per la toxoplasmosi, il formaggio per il colesterolo, e le schifezze per il diabete, odio l'insalata e qui a New York, che è la patria dell'OGM, ho sempre paura di imbottirmi di ormoni e antibiotici solo bevendo l'acqua del rubinetto».

«Hai ragione da vendere, però è fondamentale che tu mangi bene, non farmi preoccupare, ti prego.

C'è la pasta, il riso integrale, miglio, farro, le verdure (cotte mi raccomando), tutti i legumi, lo yogurt, il tofu, la frutta. Se fai la spesa nei posti specializzati e leggi bene le etichette vedrai che potrai mangiare un sacco di cose, devi solo stare attenta a non prendere niente che contenga conservanti e grassi di origine animale, sono veleno».

«Ho capito, questo bambino nascerà con la voglia dell'hot dog sulla fronte».

«Credimi, se comincerai a mangiare in maniera più sana, ti sentirai un'altra. Non abbiamo bisogno di nutrirci di carcasse di animali morti sotto tortura, non dobbiamo più cacciare i mammuth per resistere alla glaciazione».

«Ma io non posso vivere senza il prosciutto, fa parte della mia cultura».

«Lo capisco, ma gli allevamenti di oggi non sono più quelli di cinquanta anni fa, dove il contadino dava da mangiare al maiale le stesse cose che mangiava lui, non puoi nemmeno immaginare cosa diano agli animali oggi e in che condizioni tragiche li allevino, dammi retta, approfitta di questo momento per prendere in considerazione un'alimentazione alternativa».

Che palle quando comincia....

«E che dovrei fare?»

«Consulta i libri che sono lì in giro, ce ne saranno un'ottantina, comincia con qualcosa di semplice, un primo... un cus cus per esempio, poi passa a qualcosa di più complesso, potresti fare degli sformati, o se proprio ti manca la carne prova col seitan e... sempre se hai voglia, comincia ad impastare!»

«Ho l'impressione che tu sopravvaluti le mie capacità culinarie! Lo sai che una volta ho fatto esplodere delle uova nel microonde? E ho usato il dentifricio per decorare una torta? E una volta ho cucinato un pesce al cartoccio senza pulirlo!».

«Guarda che è una cosa che noi americani facciamo abitualmente!»

«Andiamo bene... Senti... già che hai una risposta a tutto... qualche rimedio per la stitichezza?»

«Semi di lino, li metti nell'acqua la sera e li bevi la mattina... Emorroidi?»

«Come noci».

«Una tisana di malva, ippocastano e tiglio e una pomata all'hamamelis».

«Mi chiedo perché pago un medico quando ho te a portata di mano».

«Ho ancora una mezz'ora prima di attaccare a lavorare, infilati il pigiama e poi sdraiati sul divano, proviamo una seduta di rilassamento».

«Rilassamento?».

«Sì, vedrai che dormirai come un sasso, chiamami quando sei pronta».

Non finisce mai di stupirmi quest'uomo.

«Okay, mi preparo e ti richiamo».

È quasi l'una di notte, mi spoglio e dopo tanto tempo e tanti cambiamenti mi analizzo davanti allo specchio.

Pancia con striscia di peli, capezzoli grandi come sottobicchieri, caviglie da elefante, gonfiore generalizzato.

Il meraviglioso periodo della gravidanza...

Tiro fuori l'olio di germe di grano che mi ha portato Tyler e me lo spalmo generosamente su pancia, seno e cosce.

La sensazione è strana, come se non fosse il mio corpo, ma quando passo la mano sulla pancia provo un'immediata sensazione di benessere, lo stomaco si calma e la nausea si attenua.

Sento la pelle diventare immediatamente più elastica e lucida.

Erano mesi che non mi prendevo cura di me e Dio sa se ne ho bisogno in questo momento.

Metto su il cd di musica new age, accendo la candela alla lavanda e già che ci sono preparo la maschera al miele per il viso.

Mi sdraio sul divano con le gambe sollevate da un cuscino per aiutare la circolazione e infilo le cuffie.

Dopo uno squillo risponde.

«Sei pronta?»

«Sì ma mi sento scema».

«L'ho fatto centinaia di volte, stai tranquilla, adesso respira profondamente e chiudi gli occhi, libera la mente e non pensare più a nulla, segui solo le mie parole...».

Ha una voce molto rassicurante anche se leggermente effeminata. Mi fa venire voglia di fargli il verso.

«Il tuo corpo è completamente abbandonato, sei nel pieno relax, ma la tua mente è vigile... Adesso immagina di essere vicino ad un lago... è una splendida giornata di sole... un leggero vento soffia su di te, sei sdraiata sull'erba verde e ascolti il rumore dell'acqua e gli uccelli che cantano, ti senti perfettamente a tuo agio, sicura e serena...».

Mi viene da ridere, come faccio a dirgli che odio i laghi? È il posto che mi mette più ansia in assoluto, non ci si può nuotare, ci sono le pompe che ti aspirano e il fondo è un miscuglio di merda e alghe!

«...Porta la tua attenzione sulla parte sinistra del tuo corpo e comincia a rilassare il piede... rilassa... rilassa la caviglia...».

Mamma mia siamo solo alla caviglia, il tempo di arrivare agli occhi e sarà già mattina!

«...Dopo la caviglia passiamo al ginocchio, senti le articolazioni che si abbandonano completamente... porta la tua attenzione alla coscia... e all'anca sinistra... adesso passiamo alla parte destra... il piede è il primo a rilassarsi, si rilassa... poi la caviglia... sei ancora perfettamente vigile... segui attentamente la mia voce... tutto il tuo corpo è pervaso da una sensazione di benessere, di calma e di pace, ma in qualunque momento ti puoi svegliare... Monica... Monica?».

20

Che dormita spaziale!

Mi sento come nuova, l'ultima parola di Peter che ricordo è «caviglia».

Ho sognato che avevo 16 anni, ero vestita come Madonna in *Like a Virgin* e baciavo Jon Bon Jovi con la lingua.

Mi alzo di scatto come se dovessi andare a scuola, ma improvvisamente mi ricordo della pancia, anzi la pancia si fa ricordare con un sonoro calcio.

Mi risiedo all'istante, okay, non ho più 16 anni, e sono molto incinta, okay, bambino, ma che modi! Chi te l'ha insegnata l'educazione?

Mi devo ancora sciacquare il viso dalla maschera al miele che si è appiccicata ai cuscini del divano. Devo ammettere che ho una pelle morbidissima, le occhiaie sono sparite, mi è tornato il sorriso, sono più rilassata e direi che, tutto sommato, mi sento meglio.

Mi giro e vomito.

Come non detto.

Mi preparo una colazione sana e comincio a sfogliare i libri di cucina di Peter. In effetti ce n'è per tutti i gusti (tutti i gusti di una renna), ci sono ricette a base di germogli, alghe, semi, e cereali dai nomi stranissimi, però garantiscono un apporto completo di qualsiasi nutriente, senza dover ricorrere ad additivi e conservanti industriali.

Mi viene un'idea. Lilly la considererebbe certamente un'idea stupida, ma tanto vale tentare.

Faccio una lista di ingredienti da comprare per preparare alcune ricette catalogate come "semplici".

Non voglio immaginare quelle complesse.

Vieni, bambino, dobbiamo uscire di qui, dobbiamo reagire, dobbiamo vivere, altrimenti finiamo come la povera Maggie.

Attraversare il corridoio con le lampade a neon mi mette a disagio, sembra davvero un obitorio.

Sono troppo fifona per aspettare l'ascensore, prendo le scale di servizio.

Scendo di corsa le rampe a due a due e appena apro la porta che immette al secondo piano, ecco che appare una gigantesca ombra nera davanti a me.

Grido con tutto il fiato che ho in corpo. Il cuore mi salta in gola, terrorizzata, comincio a sudare da tutte le parti.

«TYLER, CHE CAZZO TI VIENE IN MENTE, STAVO PER MORIRE DI PAURA!».

Ma mi pento all'istante di averlo aggredito così, visto che dopo la notizia della gravidanza, Pilar nuda e la morte di Maggie, è al limite della sopportazione.

Come pretendere che un bambino di due anni capisca l'economia italiana.

O la politica.

Infatti è più scosso di me, rimane impalato con la fronte aggrottata senza sapere se scappare o restare lì.

«Tyler, scusa, scusa tanto, ho avuto tanta paura, non è niente, ora mi passa», gli metto le mani sulle spalle.

«Ma hai paura di me?»

«No! Non di te, non ti ho vista, credevo che fosse qualcun altro».

«Sei arrabbiata con me?»

«Io no e tu?»
«Non lo so».
«Venivi a trovare me o Pilar?»
«Venivo a trovare Maggie».
«Maggie non c'è più, lo sai vero?», dico con dolcezza.
«Me l'ha spiegato Peter».
«Lei non c'è più, non puoi andarla a trovare».
«Ma magari...».
«No, Tyler, non possiamo andare a casa sua, ma ci facciamo dire dove la seppelliranno e così le porteremo i fiori, va bene?»
«E i cani?»
«I cani stanno bene, li tiene la sorella».
«Ma perché è andata via?»
«Perché era tanto malata, tanto tanto malata».
«Ma allora tutti se ne andranno? Anche mia mamma se ne andrà e io rimarrò solo?»
«Non sarai mai solo Tyler, ci sarà sempre qualcuno che veglierà su di te, ci sarà sempre Peter, stai tranquillo», gli accarezzo la guancia, «su non pensare alle cose tristi e accompagnami al supermercato che ho bisogno del tuo aiuto».
Fa sì con la testa come un bravo bambino.
Sembra rincuorato e insieme partiamo in direzione del negozio di alimentazione naturale preferito da Peter, dall'altra parte della città.
Mi perdo letteralmente nell'infinita varietà di cereali, marmellate, conserve e tipi di pane diversi.
Mi piace molto questa idea di natura e di prodotti semplici, come quando invidiavo Heidi che beveva il latte di capra appena munto in quelle belle tazze di legno.
Mi faccio aiutare da Tyler per trovare la quinoa, il bulgur, e il kamut, si diverte molto e ne capisce molto più di me.
Bella forza con un fratello salutista-integralista!

Faccio scorta anche di verdure e legumi e anche qui mi serve un dizionario a parte per trovare gli azuki rossi, la soia verde e quella gialla, impazzisco per capire la differenza fra le alghe wakame, dulse e hiziki, sto per arrendermi di fronte al tofu, il tempeh e il seitan, ma il colpo di grazia me lo danno i condimenti: shoiu, gomasio e umeboshi.

SEMPLICE, c'era scritto SEMPLICE!!!

E pensare che era tanto facile comprare un bel trancio di pizza con doppio formaggio, salame piccante e peperoni.

A casa disponiamo tutto sul tavolo, ce n'è per un reggimento, ho la sensazione di avere esagerato e adesso non so da che parte cominciare.

Se mi metto d'impegno e sperimento un po' di piatti per il bar, con la mania salutista che dilaga di questi tempi sarà un vero successo. Il problema è che non sono per niente pratica di ingredienti così strani.

Tyler invece sa tutto in fatto di tempi di ammollo, cottura e abbinamenti vari. Si rivela un compagno ideale per cominciare la mia avventura.

Passiamo il pomeriggio a preparare insalate, salse, zuppe, minestre e sandwich alternativi e anche il mio primo impasto per il pane integrale.

Tyler mi mostra come maneggiare la pasta, lo fa con grande cura e attenzione con gesti ampi e precisi e mi spiega l'importanza di tenere la pasta al caldo lontano da sbalzi di temperature durante le ore di lievitazione.

Sono ammirata dalla sua abilità.

«Come mai sei così bravo a cucinare?»

«Mi ha insegnato Peter. Da bambini stavamo sempre soli in casa e lui mi faceva giocare così».

«Stavate spesso soli?»

«A volte papà tornava, e lui e la mamma litigavano in salotto, allora Peter mi portava in cucina e ci mettevamo sotto il tavolo e mi diceva che eravamo dei cuochi nella stiva di una nave e dovevamo pelare le patate durante una tempesta pazzesca, e facevamo come se fossimo davvero in alto mare, ci spruzzavamo l'acqua e tutto. Poi quando non litigavano più allora la mamma veniva a sgridarci perché avevamo bagnato per terra, e ci metteva in punizione, ma a me non importava, perché c'era Peter che mi proteggeva».

«E tuo padre se n'è andato?»

«Sì, un giorno è andato via e non è tornato più... come Maggie».

Mi guarda triste, sempre impastando il pane.

«Però pensa che fortuna, hai conosciuto me e puoi insegnarmi a cucinare!».

Sorride.

«E poi le persone mica se ne vanno sempre via così, a volte ritornano anche, Peter per esempio torna sempre».

«Sì, è vero».

«E anche tu a volte te ne vai, però poi ritorni, ognuno è libero di scegliere di stare dove si sente meglio».

«Allora il mio papà non stava bene dov'era».

«Il tuo papà non stava bene con la tua mamma e invece di litigare sempre ha preferito andare via, ma questo non ha niente a che fare con te».

So che è molto più dura di così, ma sono obbligata a semplificargli il percorso o non ne uscirà più.

«E adesso dobbiamo lessare i ceci e affettare le zucchine».

Il pane deve rimanere a lievitare almeno tre giorni durante i quali dovrò impastarlo un paio di volte al giorno.

Ma sì, ho fatto di peggio.

Decisamente!

Porto al bar tutto quello che ho preparato in una grande cesta da pic nic, così Bob potrà assaggiare e dirmi se la mia idea gli piace.

In effetti rimane sorpreso e si mostra pessimista circa la mia idea, ma non vuole offendermi, quindi accetta di provare.

È un'altra delle sue giornate no, fortuna che Carl e il suo amico mi danno man forte.

Dispongo sul tavolo i sandwich, e le insalate che Bob guarda con un certo sospetto.

Allunga la mano, titubante, incoraggiato da noi tre, verso un panino ai semi di girasole con crema di azuki, tofu speziato, pomodorini secchi, che dopo un iniziale diffidenza divora in un paio di bocconi. Poi passa a quello con melanzane, uvetta, peperoni grigliati e germogli di soia, infine sembra apprezzare molto anche quello con lo tzatziki. Non si ferma neanche davanti al cus cus di verdure e curry, i pomodori ripieni, i piselli alla menta e infine anche dei biscottini al farro e mandorle.

Siamo senza parole, non tanto per la velocità con cui ha spazzolato tutto il cestino, ma perché in vita mia nessuno mai mi aveva dato così tanta soddisfazione per la mia cucina.

«Allora...? Che ne pensi?»

«Buonissimo Monica, davvero buonissimo!».

«Pensi che potremmo tentare un menu del genere? Potrei cambiarlo ogni settimana».

«No, meglio di no, credo che sia meglio lasciare le cose come stanno, cambiare è sempre un rischio».

«È la tua filosofia di vita?», chiedo infastidita.

«Chi me lo fa fare di incasinarmi in una cosa che non conosco».

«Hai ragione, chi te lo fa fare di migliorare le cose, lascia che tutto ti crolli addosso, resta fermo lì, chi se ne frega, tanto prima o poi la tua vita finirà, quindi perché darti da fare per realizzare qualcosa per te stesso e per tua figlia, anzi ti do un consiglio: vendi tutto, comprati delle birre e una pistola, e falla finita, perché non c'è niente di peggio che vedere un uomo grande e grosso che piagnucola sulla sua triste situazione».

Scende il silenzio. Non so che mi abbia preso, ma non sopporto più i vittimisti.

Carl dà un colpo di tosse imbarazzato, poi annuncia di dover andare in bagno.

Io e Bob gridiamo in coro: «È guasto!».

E scoppiamo a ridere.

«Ma costerà una follia!».

«No, credimi, perché sono quasi tutti legumi e verdura e al mercato di Brooklyn li paghi la metà, alle dosi ci penso io».

In realtà ci penseranno i fratelli Bonelli.

«Ma... non so, non l'ho mai fatto, e se non funziona?»

«Se non funziona ritorni a darci pane muffito e salame verde», ribatte Carl.

«Allora... proviamo».

«Dai, non abbiamo niente da perdere e in questa zona piena di uffici basterà un minimo di passaparola e vedrai che gli affari triplicheranno».

Ma come parlo? Sembro Donald Trump.

Anche Bob non vede l'ora di scorgere la luce alla fine del tunnel, come tutti noi, il problema è quando si comincia a crogiolarsi nell'autocommiserazione.

Le ore passano tranquille, è una serata calma.

Asciugo senza fretta i boccali con uno straccio, pulisco il bancone e guardo fuori, le luci di New York.

Sì, stasera mi sento anch'io a casa.

21

Bob mi ha dato un giorno libero.

Il primo da due settimane, a dire la verità io non glielo avevo mai chiesto e lui non è un grande organizzatore.

Ne approfitto per studiare manuali di cucina alternativa, ovviamente insieme a Tyler, che non si muove più di qui.

Deve avermi scambiato per Nonna Papera.

Ogni tanto vado a controllare il pane, e mi incanto come se fossi sopra una culla a vedere i progressi della lievitazione, il profumo, il colore, la forma, poi faccio attenzione a che non prenda freddo e lo ricopro per bene.

Tyler guarda la televisione tutto il giorno, in particolare i talk show dove la gente si tira le sedie e parla solo con dei «biiip», mostrando il dito medio (oscurato) alla telecamera.

Fino a un mese fa anch'io non facevo altro, ma ora se posso evitare...

Tyler è diventato una compagnia molto discreta, a differenza dei primi tempi, è un po' come un gattone. Non parla quasi mai se non è interpellato, ma ho come la sensazione che pensi di continuo al perché delle cose.

Tipo: Come nascono i bambini?.

Ah no! Non sarò io a spiegarglielo.

Nel pomeriggio ci sarà una funzione per Maggie, ma non mi sento di andarci, ho chiesto a Pilar di scusarmi ma non sono in vena di emozioni di questo genere.

Ho messo dei fiori davanti alla porta come ha fatto la maggior parte degli inquilini.

In vita nessuno ci ha mai scambiato più di due parole, per quanto riguarda me si è trattato di un unico pomeriggio a giocare a carte, adesso trovo ipocrita enfatizzare il dolore e fare a gara a chi le era più amico.

«Come lo chiamerai?», mi chiede di punto in bianco Tyler.

«Chi?»

«Il bambino».

«Che bambino?».

Tump! Un calcio.

«Ma il tuo!», mi sgrida.

«Aaaaah, il mio! Certo, avevo capito».

Che figura di merda, ma è possibile che non riesca a farmene minimamente una ragione?

«Non lo so, non so ancora se è maschio o femmina».

«Perché non lo chiami Ramon? o Petunia».

«Sono nomi da cartoni animati?»

«Erano i miei criceti».

«Ah ecco...».

Visto che è il mio giorno libero vado a farmi una pedicure all'angolo dove, per pochi dollari, mi fanno anche un massaggio approssimativo al collo.

Mentre mi faccio strapazzare da una cinese che continua a ripetermi «collo duro, collo duro», squilla il mio cellulare.

Non riesco a vedere chi è perché ho la faccia incastrata nel buco imbottito della sedia ergonomica, dove mi hanno messa a causa della pancia.

La voce è disturbata, è una donna, ma non riesco a capire chi sia.

Nel salone tutte parlano cantonese stretto a volume altissimo e non posso urlare «fate silenzio» anche se vorrei.

Faccio cenno alla mia torturatrice di smettere e lei mi fa presente che dovrò comunque pagarla per i 20 minuti.

«Sono la mamma di Edgar», dice una voce asciutta e lontana.

Nella mia testa si sovrappongono immagini confuse e un'onda di paura mi sale in gola.

Nonostante io cerchi di riorganizzare la mia vita, non posso dimenticare che forse Edgar è il padre del bambino.

O forse no.

«S... salve, signora... come va?», dico cercando di controllare l'emozione.

Fa una pausa.

«Non mi chiami più per nome adesso?»

«C... certo Margareth, ho perso l'abitudine, come sta?»

«Non c'è male, non c'è male, alla mia età poi...».

«Mi fa piacere di saperla in salute».

E allora perché cazzo mi chiami, vecchia strega? Lo sento, lo sento, sta per arrivarmi un'altra dannata tegola sulla testa, altrimenti non mi chiamerebbe. Ora mi dice che Edgar è morto, o è diventato un predicatore o si droga o tutte e tre le cose insieme.

«Non so se sai che Edgar è partito parecchio tempo fa».

«È da tanto che non ho più sue notizie signora...».

Tengo la mano sulla pancia per avere un po' di conforto.

«Nessuno ne aveva avute fino ad oggi, ma ho ricevuto una lettera e ho pensato che ti avrebbe fatto piacere sapere come sta».

«Ma... dal momento che non mi ha più chiamata, forse *lui* non ha voglia di farmelo sapere».

O forse ha scritto anche a me chiedendomi di tornare da lui, ma la lettera non è mai arrivata.

Niente di più facile, succede tutti i giorni.

«Edgar mi scrive da Palau».

«Ah, è andato in Sardegna!».

«No... la Repubblica di Palau, nell'Oceano Pacifico...».

Sempre stata una schiappa in geografia.

«Accidenti se ne ha messa di distanza fra noi», non riesco a trattenermi dal dire.

«C'è anche una foto, è un posto incantevole, sembra un paradiso...».

«Lo immagino».

«Dice che sta benissimo, che fa pesca subacquea e si è comprato per pochi soldi una casetta coloniale a Koror».

«Accidenti, non credevo neanche che sapesse nuotare», ma perché sono così acida?

«È tutto abbronzato con i capelli lunghi, sembra anche più giovane».

Come a dire che io lo facevo invecchiare...

«Quindi non pensa di tornare in Scozia».

«Direi di no, poi adesso che si è sposato...».

Lascia galleggiare la notizia con premeditata pausa, in attesa della mia reazione e lo fa con una tale perfidia che mi sembra di sentire il rumore di un sorriso maligno.

Rimango in silenzio.

Un altro colpo, un altro affondo al cuore, un'altra ferita.

Mi sforzo di nascondere la voce strozzata dalle lacrime che mi salgono in gola.

«Sono tanto felice per lui, Margareth, gli auguri ogni felicità da parte mia quando lo sente, se lo merita!».

In preda a un dolore atroce, di fronte alla definitiva conclusione degli eventi e nella più completa impotenza e frustrazione scappo fuori dal salone e mi metto a correre e singhiozzare e urlare, mentre le lacrime mi scorrono giù senza più controllo.

E questa sarebbe tua nonna? E questo sarebbe tuo padre?

Maledetto bastardo figlio di una gran puttana. Maledetto

stronzo bugiardo, tu con le tue poesie di merda, con tutte le tue balle sul passato da superare, che non eri pronto e che mai lo saresti stato perché nessuna poteva eguagliare Rebecca, maledetto... maledetto... maledetto stronzo!

Arrivo a casa, ho i crampi, sto male, ho dei dolori tremendi, non ce la faccio più a camminare e ho delle perdite di sangue.

Chiamo Tyler e gli chiedo di portarmi al Pronto Soccorso.

Tyler arriva dopo 10 minuti.

Sono sdraiata sul divano, in preda a una crisi di nervi, piango e tremo.

Tyler non sa cosa fare, ma fa di tutto per capire e aiutarmi.

Ho delle continue fitte all'utero, non so cosa mi stia succedendo e ho tanta paura.

Ho paura di perdere il bambino.

Tyler mi tiene la mano e mi asciuga gli occhi, senza dire niente mi solleva con cautela e mi porta giù dove ferma il primo taxi.

Corriamo in ospedale.

Durante il tragitto mi tiene la mano e non dice niente, ma incita il tassista a fare il più presto possibile, mentre l'uomo si dimostra preoccupato per il suo sedile.

Una volta all'accettazione vengo subito presa in consegna da due infermieri che chiedono a Tyler di compilare una quantità di moduli.

Mi guarda smarrito mentre mi portano dentro su una sedia a rotelle, gli faccio cenno di lasciar perdere, che ci penserò io.

Ed eccomi lì, sul lettino, con un camice di plastica aperto dietro, ancora con la stramaledetta luce al neon sopra di me e tutto dentro di me che muore eccetto una cosa piccolissima che vuole vivere a tutti i costi.

L'ostetrica mi visita subito riempiendomi di domande a cui, questa volta, rispondo con il massimo della chiarezza.

Ad un primo esame, sembrano solo perdite relative a uno sbalzo ormonale, ma mi fa subito un'ecografia per stare tranquilli.
Voglio vederlo anch'io, questa volta voglio il monitor ben piantato sulla faccia, non mi voglio perdere niente.
Mi lascio spalmare il gel sulla pancia e le metto fretta perché sono troppo preoccupata.
Passa delicatamente la sonda sulla pelle e dopo pochi secondi sento un battito, piccolo ma deciso.
L'ostetrica alza il volume per farmi sentire meglio.
Non sono mai stata così emozionata in vita mia, credo di impazzire.
E nel grigio confuso delle immagini, in un triangolo in bianco e nero, finalmente vedo questo piccolino, questo gomitolo di vita, questo cucciolo di uomo, senza il quale non vorrei più vivere un momento.
«È una femmina...».
«Come?»
«Sì, è una femmina, è sana, è piccolina, ma sta bene, il cuore è un orologio».
Tocco lo schermo con le mani che mi tremano.
Si sente bussare alla porta, un'infermiera fa entrare Tyler.
«Pensavo che forse il padre volesse vedere».
«Ma lui non è il padre».
«Ma lui dice di sì».
Io e l'ostetrica ci guardiamo e sorridiamo, ma sì, in fondo fino ad ora lui mi è stato più vicino di tutti.
Tyler è rapito, chiede se può farlo lui e l'ostetrica gli fa appoggiare la mano sulla sua, mentre muove la sonda sulla mia pancia.
È la cosa più straordinaria a cui abbia mai assistito, il miracolo più incredibile del mondo, la mia bambina su quel monitor.

Scoppio a piangere per il sollievo, la gioia e il dolore ancora cocente della notizia di Edgar.

L'ostetrica spegne la macchina e mi fa rivestire, mentre Tyler torna fuori ad aspettarmi.

«Devi riposarti, questa non è una minaccia d'aborto, ma sicuramente una minaccia di grosso stress psicofisico e non te lo puoi permettere. Devi riposarti, stare più tranquilla che puoi, non fare sforzi per almeno una settimana, non correre rischi inutili».

Annuisco.

Ho la responsabilità più grande della vita adesso.

Non posso più fare cazzate.

22

Sono catatonica.

Sdraiata sul divano, guardo nel vuoto con le mani sulla pancia da 4 giorni.

Bob è dispiaciutissimo, mi ha ripetuto «te l'avevo detto» (frase che odio) almeno 6 volte e mi ha obbligata a stare a casa tutta la settimana, ma non ha nascosto una certa ansia per l'andamento del locale, dato che da solo non è in grado di fare altro che uova sode e ketchup.

Non so descrivere come mi sento.

Non è la solita depressione da "storia finita in maniera truculenta" per cui posso devastarmi con alcool e antidepressivi e dormire tutto il giorno fino a che il dolore diventa sopportabile. Una parte di me sa che, qualunque sia il mio umore, ho una responsabilità immensa a cui dovrò rispondere per sempre.

Non sono più sola, siamo in due.

E uno dei due è del tutto non autosufficiente, anche se non è chiaro chi...

Tyler e Pilar si danno il cambio, coordinati da Peter che li dirige come Bejart in una coreografia.

Non mi lasciano mai sola, mi fanno mangiare cibi sani a orari regolari, e mi coccolano come una bimba.

Forse temono un'epidemia di suicidi.

Non penso ad altro che a quello stronzo di Edgar, a quanto

mi ha presa per i fondelli, a come ha fatto presto a rifarsi una vita, alle bugie, alla sua superficialità e a quanto sono stata cretina a credergli.

Ma potevo non credergli?

Voglio dire: si può umanamente dubitare delle parole della persona che ami? O mentre ti confessa il suo amore devi comunque pensare che quelle parole hanno una data di scadenza? «Ti amo. Da consumarsi preferibilmente entro il 2010».

Allora l'amore è una truffa?

Una trovata pubblicitaria? Un modo per tenerci occupati mentre la vita passa?

Che cazzo c'è andato a fare in Oceania? C'era bisogno di mettere tutta quest'acqua fra noi?

Ma allora io non ho mai contato niente? E la bambina?

Pilar mi scuote dai miei pensieri ossessivi.

«Smetti de pensar a quel estronzo».

«Come sai che pensavo a lui?»

«Hai la fronte agrotatta, i pugni chiusi, e grigni i denti».

La guardo e sospiro.

«Sono così triste, e così impotente... lui è laggiù ed è felice, si è rifatto una vita, e io sono qua sola e nella merda fino al collo»

«SOLA?». Urla strabuzzando gli occhi. «Como puoi dire che sei sola? Io y *el fulmine* non contiamo niente? Estiamo siempre aqui! Non sei sola proprio per niente! Adesso me fai arrabbiare! Me spieghi come una donna intelligente como tu deve disperarse por un hombre così? Ma cosa deve succedere perché tu smetta de sentirte male? Devi recominciare a viver, nessuno deve avere el potere de farti stare così!

Si non te amava era un problema suo, e poi era un tizio con un pacco de problemi e tu lo sapevi bien, non mentire, le donne sanno siempre quando uno è estrano, però fanno finta che va todo bien y un giorno crolla todo el castello de carte e se domandano come è stato possibile!».

«Parli bene tu che non sei incinta».

«Guarda che è una cosa bellissima quella che te sta succedendo, io te envidio, adoro i bambini, è l'unica cosa intelligente che hai fatto de quando te conosco».

«Sì, ma lui mi ha fatto perdere un sacco di tempo! Capisci che sono stata tre mesi in Scozia in una landa desolata a sopportare le sue manie, la sua solitudine, la sua dipendenza dal lavoro, sua mamma che entrava quando voleva, il ricordo ossessivo della perfetta Rebecca che lui adorava, la mancanza di un futuro, il non voler formare una famiglia, la...».

«ALT! STOP! FERMATI! Non te basta todo questo? Sei de quelle donne che anche se el marito prova ad ammazzarle lo perdonano dicendo che en fondo era por troppo amor? Ma che tiene nella testa? Tequila? Donde sta il tuo limite?».

Sto zitta.

«La vida es una sola, y devi fare el possibile per stare bien, si una persona te fa soffrire te ne vai».

«Ma perché è più facile dirlo che farlo?»

«Allora pensa che lui sta molto bene laggiù nell'Oceano y non è giusto che tu stai male per colpa de uno che neanche te pensa più».

«Grazie della franchezza».

«Es la verità anche si è dura».

Suona il campanello e Pilar va ad aprire.

Entra Tyler con in mano una specie di baule di legno.

«Che es? Una cassettiera?»

«No... è una culla!».

Appoggia per terra lo strano aggeggio che si mette a dondolare. È una di quelle vecchie culle che ricordano una mangiatoia, ma è bella, ed è fatta a mano.

«E dove l'hai comprata questa, da un rigattiere?»

«No, l'ho fatta io».

«Sono sola, oddio sono sola y triste», piagnucola Pilar guardandomi storto. «Y questo me lo chiami estar sola? Adesso vado a trabajar, si me licenziano por colpa tua vengo a viver aqui».

Pilar esce, mentre Tyler rimane fermo e un po' impacciato sulla porta.

«Ma davvero l'hai fatta tu?».

Fa sì con la testa.

«Sei davvero bravo, hai un talento incredibile».

Alza le spalle.

«Pensavo che ne avresti avuto bisogno, sennò dove la metti la bambina, in un cassetto?»

«Giusto... senti, adesso io e te dobbiamo lavorare, perché non posso stare a guardare il soffitto un minuto di più. Bob ha bisogno di qualcuno che cucini, perciò adesso noi prepareremo tutto e tu glielo porterai».

«Va bene».

Ed ecco che in un attimo ci mettiamo all'opera armati di grembiuli, cucchiai di legno, terrine e taglieri e nel giro di poche ore realizziamo un menu da leccarsi i baffi, tutto a base di ingredienti naturali, molto appetitoso e originale.

Io me la cavo egregiamente, se mi sento stanca mi siedo e lascio continuare Tyler che è infaticabile come una macchina da guerra.

Il pane, dopo tutti questi giorni è finalmente pronto da cuocere, ha raddoppiato il suo volume, non resta che inciderlo e spennellarlo con un po' d'olio prima di infornarlo.

Ho superato me stessa e ho preparato una quantità di sandwich con le verdure, il tofu, salse allo yogurt, alle melanzane, alle olive, e ancora: paté di lenticchie, di carote e di piselli, orzo agli spinaci, zuppa di crescione e pinoli, insalata di caprino e vinaigrette e il tutto accompagnato da pane caldo appena sfornato.

E adesso i nomi: quello con la salsa all'arrabbiata lo chiamerò *Sandra,* mentre quello delicato alla salsa rosa *Mark,* quello acido col formaggio di capra lo chiamerò *Miss V*, mentre quello alla zucca sarà *Miss H.*

Adesso i miei preferiti: quello integrale con crema di funghi, lattuga e avocado *Peter*, quello al pesto di pistacchi (duri dal cuore tenero) lo chiamerò *Pilar*, lo sformato di patate morbidone *Tyler*, mentre quello che non digerisco al peperone *Margareth*, quello con le cipolle *David* e quello con i fagioli (per ovvie ragioni) *Edgar.*

E per finire... la bruschetta al pomodoro e basilico, semplice e genuina, ma che non ti tradisce mai... non può che chiamarsi Monica.

Scrivo una lista al computer e ne stampo alcune copie, perché sono sicura che Bob non troverebbe nemmeno i gessetti e preparo il cestino da pic nic che Tyler porterà al bar.

Certo che in questo momento il paragone con l'orso Yoghi è inevitabile.

Alla fine anche questa giornata ha preso una piega inaspettata ma sorprendentemente positiva, in alternativa a guardare il muro, mentre la vita va avanti senza di me.

Devo trovare il coraggio di chiamare mia madre e dirglielo, e se proprio si mette male posso sempre riattaccare, come dice la Parson, e lasciarle il piacere di provocare l'effetto domino grazie al quale tutta l'Italia sarà al corrente della mia gravidanza da single.

«Ciao mamma».

«Ciao tesoro, come stai?»

«Bene, e tu?»

«Molto bene, stavo per uscire».

«Esci col cassamortaro?», perché l'ho detto?

«Ma lo sai che sei veramente ignorante?»

«Scusa, mi è scappato».

«Quando avrai la mia età ti renderai conto che non potrai andare tanto per il sottile e ti accontenterai anche dei cavalli zoppi!», ribatte stizzita.

«Non lo so, sono più il tipo "meglio soli che male accompagnati"».

«Lo dicevo anch'io a trent'anni, ma guarda che la solitudine è una brutta cosa, te ne accorgerai un giorno stai tranquilla».

«Sì, ma non era quello che volevo dire».

«Tanto sei sempre acida nei miei confronti».

«Guarda che io non ho telefonato per litigare».

«Con te si finisce sempre a litigare».

«Uffa, che palle mamma, mi fai sempre pentire di chiamarti, quando uno cerca un minimo di calore materno fa meglio a farselo passare».

«Certo, facile per te che te ne vai sempre, se un giorno smetterai di scappare dalle tue responsabilità capirai anche tu com'è la vita».

«Ah, e così io starei scappando? E chi me lo insegna come funziona la vita, tu forse?»

«Quando avrai fatto la metà di quello che ho fatto io vedremo se farai tanto la furba!».

«E che cosa avresti fatto di così speciale, sentiamo, per meritare il premio "donna del secolo"?»

«Intanto io portavo rispetto a mia madre».

«Tu a tua madre davi del voi, ti ricordo, e quello non era rispetto ma ipocrisia, e ti sei sposata per uscire di casa!».

«Almeno io ci ho provato a far funzionare le cose, mica come te che cambi vita come ti cambi le mutande!».

«Ah è così che la pensi? Perfetto, sai che ti dico, che aveva ragione mio padre a lasciarti, sei una tale rompicoglioni!».

«Così ti ha detto tuo padre? Non ti rispondo nemmeno perché sono una signora, anzi credo che vi meritiate l'un l'altra, siete veramente uguali, ora vorrai scusarmi, ma sta per venirmi a prendere il cassamortaro con la sua Mercedes Station Wagon e, capirai, non voglio farlo aspettare».

Clic.

23

Pro:

Sono incinta.

Sto imparando a cucinare.

Ho 3 persone (reali!) che mi stanno accanto.

Contro:

Sono incinta.

Edgar mi odia.

Mia madre mi odia.

Lilly Horowitz mi disprezza a tal punto che non spreca nemmeno tempo ad odiarmi.

Sandra mi odia.

Margareth mi odia.

Perché tutti mi odiano?

Non ho nessuno a cui dire che sono incinta nella speranza che sia un po' contento per me.

Qualcuno che non debba pagare, insomma.

Come vorrei farlo sapere a Edgar in certi momenti, ma solo per provocargli un infarto al miocardio e distruggere il suo splendido quadretto paradisiaco.

Lo tsunami colpisce da quelle parti? Un'onda piccola giusto su casa sua.

Che rabbia.

Forse è meglio se esco un po' di casa.

Quando passeggio per New York, ho la sensazione che qualunque cosa si possa risolvere, ma credo che sia tutta colpa della televisione.

Come sarebbe bello se adesso stessi solo recitando la parte di Monica in una fiction e alla fine delle riprese me ne tornassi nella mia splendida casa (di proprietà) dove mi aspettano i miei meravigliosi amici che mi adorano e cucinano per me.

Ci siederemmo tutti sui miei preziosi divani in alcantara (che nessuno macchierebbe con il prezioso Chateau Lafitte) e mi chiederebbero com'è il personaggio che sto interpretando, al che io risponderei con nonchalanche (sfoderando il mio abbagliante sorriso, mentre faccio ondeggiare i miei lucidissimi capelli): «Sto interpretando il ruolo di una povera sfigata che è rimasta incinta e non sa di chi, non vedo l'ora di aver finito» e qualcuno risponderebbe: «Che sceneggiatura demodé, figurati se nel 2008 c'è ancora qualcuno che rimane incinta senza sapere di chi...».

Mi hanno dato un indirizzo per un corso di nuoto, dovrebbe farmi bene e, almeno, farmi rilassare un po', anche se temo di mettermi a galleggiare su un fianco come una balena arenata.

È abbastanza vicino a casa, per fortuna, e ci posso andare a piedi.

Una volta lì prendo possesso di un armadietto e mi cambio vicino a quattro minorenni miliardarie con dei corpi incredibilmente perfetti, che mi ignorano completamente.

«Guarda che culo enorme», dice la più alta che peserà 30 chili.

Istintivamente mi giro pensando che parli di me.

«Ma stai ancora mangiando carboidrati?», chiede l'altra che sta facendo entrare le tette in due francobolli.

«Scherzi? Sto facendo la dieta dell'acqua».

«Io ho perso 3 chili con le pillole di mia madre, se vuoi te le porto».

«Magari... che palle voglio arrivare alla festa di Sarah con il mio nuovo Pucci, voglio farla schiattare quella stronza».

«Ho sentito dire che viene anche Mike Barlow», squittisce la terza, che si sta passando sulle gambe una crema della Prairie che deve costare sui 500 dollari!

«NON È POSSIBILE!», urla la quarta, «Mike Barlow? Che palle, non mi dà tregua e tutto per un pompino!».

«HAI FATTO UN POMPINO A MIKE BARLOW????», grida quella delle pillole. «Che troia!», e tutte ridacchiano.

«Troia io per avergli fatto un pompino? E tu allora con Kevin Simmons?»

«Ma noi stavamo insieme!».

«Stavi anche con Gina Johnson, era il tuo periodo lesbo-chic!».

«Che dite, chiedo a mio padre di regalarmi una lipo per il diploma?»

«Io mi faccio regalare le tette nuove».

Mi sono chiusa in bagno per ascoltare meglio, ma sono qui da più di 20 minuti e devo proprio uscire.

Sono sconvolta! Ma quando è arrivato questo mondo?

Sono scesi degli alieni e non me ne sono accorta? Io non ho mai parlato così, il mio ideale di teenager era Laura della *Casa nella prateria*!

Non posso fare a meno di pensare che fra pochi anni mia figlia potrebbe frequentare ragazze così, e per poter assomigliare a loro e farsi accettare potrebbe cominciare a rispondermi male e a trattarmi con arroganza.

Come faccio io con mia madre...

E io la odierei...

Come fa mia madre con me...

Ma è possibile che non ci sia un modo per spezzare la catena? Eppure non ricordo di aver mai avuto una conversazione come quella quando avevo 16 anni con le mie amiche, nemmeno dopo tre gin tonic!

Ma queste ragazze non hanno qualcuno che le protegga dal mondo? Hanno veramente così fretta di crescere?

Glielo devo chiedere.

«Scusate», dico rientrando nello spogliatoio con un sorriso.

«Ragazze, usciamo che la signora deve fare le pulizie».

«No, non sono la donna delle pulizie, è solo che vi stavo ascoltando e mi chiedevo se... sì insomma, non credete che sia un po' presto fare... tutto quello che fate?».

Si guardano interrogative senza capire che cosa stia dicendo. In effetti neanch'io ho tanto chiaro dove voglio andare a parare.

«Sei una testimone di Geova?»

«No, no, sono solo un po' più grande di voi e insomma, siete così giovani e non credo che sia giusto aver fretta di bruciare le tappe».

«Ma cosa sta dicendo? Dev'essere matta», sussurrano due di loro.

«Avete tutta la vita per vivere come in un episodio di *Sex and the city*, e vi garantisco che dopo un po' non è affatto divertente uscire tutte le sere per bere e rimorchiare qualche cretino che l'indomani non vedrete più».

«Parli per esperienza?»

«Eh sì. Vedete, tutto quello che succede fino a 20 anni è veramente unico perché è il periodo delle prime volte: la prima vera amicizia, la prima cotta, il primo bacio, la patente, la prima volta che si dorme fuori, la prima sbronza... ed è tutto così meravigliosamente eccitante! Poi negli anni, la magia della novità svanisce e non ci si emoziona più per niente, perciò credo che dovreste vivere l'innocenza della vostra età più a lungo possibile, senza la fretta di provare esperienze da adulti perché dopo la vita è lunga e spesso... lastricata di merda».

Le ragazze restano in silenzio, poi si allontanano tutte insieme.
Quella della dieta dell'acqua dice all'amica: «Secondo me è fatta di crack... hai visto com'è grassa?».
Ridacchiano ed escono.
Rimango malissimo, ma ora che mi ricordo quando mia madre aveva la mia età mi sembrava una vecchia e tutto quello che diceva non aveva senso per me.
Decido di tornarmene a casa, in fondo le piscine mi hanno sempre fatto schifo. Il cloro mi dà la nausea e poi magari è anche cancerogeno, forse è meglio che io tenti con qualche forma di rilassamento alternativa.
L'ultima lezione di yoga che ho fatto risale a un anno fa e fu tragicomica, ma forse questa volta potrebbe andarmi meglio.
Una delle ragazze di prima rientra nello spogliatoio.
Avrà scordato il Motorola.
Mi volto verso il muro per l'imbarazzo.
«Scusa?», mi dice.
La guardo, è bella e innaturalmente disinvolta. Avrà 13 anni e ne dimostra 21.
«Secondo me hai ragione, ma vedi, non puoi stare fuori dal gruppo. Se sei fuori sei finita, non ti invitano più alle feste, ti snobbano, vanno in giro a dire che puzzi o che porti sfortuna, quindi devi stare al gioco anche se non ti diverti. Forse ai tuoi tempi era diverso, ma ora è così, non c'è nessuno che ti difenda. Io sono vergine, ma ho raccontato di averlo fatto al mare con due diversi, altrimenti non mi avrebbero dato tregua e Jessica è una vera stronza, una volta ha costretto una di noi a dire che prendeva ecstasy al posto suo».
«Capisco, ma ti dico una cosa, il gruppo alla fine non è così importante, perché nella vita ognuno corre una gara per conto proprio e se non si è ben saldi ed equilibrati, si perde la

propria identità nel cercare di compiacere gli altri e si finisce in analisi... Credo che si debba restare il più fedeli possibile alla propria natura perché, ti assicuro, per tutta la vita uno non fa altro che ricercare quel bambino che era prima di venire contaminato dai desideri degli altri».

«Non credo di capire».

«Sì, lo so, è difficile da spiegare, ma per fartela breve, cerca di goderti al massimo la tua età così come è, senza avere fretta di crescere. Fregatene delle Jessica, ce ne saranno sempre dovunque, è più importante come sei dentro di come appari fuori, anche se questo, ora come ora, ti può sembrare un concetto assurdo.»

«Non c'è niente che sia più importante di come appari, nella nostra scuola».

«Ma non puoi stravolgere la tua vera natura, se non te ne frega niente dei vestiti, delle scarpe, del trucco e della dieta, non puoi farteli piacere per stare dietro a un gruppo di fanatiche stronze... Scusa, non volevo offendere le tue amiche».

«Be', tanto è la verità, sono stronze e troie, ma tutti le ammirano».

«Sai cosa ti dico? Ti dovresti ispirare alle grandi donne che si sono fatte da sole credendo in se stesse e lottando senza paura contro i pregiudizi e grazie alla loro tenacia e alla loro forza hanno reso questo mondo migliore. Nessuna cretinetta figlia di papà è passata alla storia solo per essersi scopata tutto il liceo».

Mi guarda sorridendo.

«Lo sai che sei forte? I tuoi figli devono essere contenti di avere una mamma come te».

«I miei...? Oh... Be'... sì abbastanza».

24

Bob mi ha fatto avere, tramite Tyler, 130 dollari per un giorno di lavoro, cifra che mi è sembrata sproporzionata (ma mi sono ben guardata dal fargliela notare).

In effetti ogni cosa che richiede tempo e cura ha un suo prezzo e non vedo perché non dovrei ottenere la mia dovuta ricompensa.

Mi conviene molto di più lavorare da casa.

I disturbi della gravidanza aumentano anziché diminuire, comincio a pensare di donare il mio corpo alla scienza.

Il mal di schiena è costante, ho il gusto alterato e non sopporto nessun profumo chimico, sbavo ancora, anche se vomito un po' meno, ma ho delle macchie scure sul viso e ho sempre voglia di schifezze che non esistono più, tipo la Girella, il Tegolino e il Ciocorì.

In mancanza di meglio anche un torrone morbido al pistacchio ricoperto di cioccolata andrebbe bene.

Scommetto che se chiedessi ad Angelina Jolie o Jennifer Lopez come hanno passato la loro gravidanza gemellare risponderebbero: «Mai stata meglio!».

Ho come il sospetto che tutti questi sintomi abbiano a che fare con "la mancanza di qualcuno che mi ami e che condivida con me questo momento che è il più importante della mia vita", ma è solo un sospetto...

Cos'altro mi devo aspettare?

Di perdere improvvisamente tutti i capelli?

Di cominciare a parlare una lingua che non conosco?

Mi chiama Peter con Skype.

«Allora? Come stai? Ho avuto ottime notizie da mio fratello, stai diventando una grande cuoca a quanto pare!».

«Tyler esagera, come al solito, però è vero che mi sono impegnata moltissimo, devo ancora imparare molto, ma come prima volta non era davvero male», dico dandomi pacche sulla spalla in segno di incoraggiamento!

«Senti Monica, vorrei ringraziarti per quello che stai facendo con Tyler, fa progressi, sta imparando a vivere e fa delle cose che non aveva mai fatto prima. Mi ha raccontato che ha visto la bambina, e che ti aiuta a cucinare e che quando hai bisogno lo chiami. Insomma lo tratti come una persona normale e non come un ritardato, come lo hanno considerato sempre tutti a cominciare dai professori a scuola».

Sento che si commuove.

«Io mi sento così in colpa per non essere lì, ma come faccio a cambiare tutta la mia vita? È sempre stato il mio cruccio più grande, ho rinunciato a un sacco di lavori importanti per stare lì con lui, ma se rinuncio a quello che mi piace fare mi sento così frustrato e fallito e non credo di essergli di maggior aiuto e poi se non lavoro io chi lo mantiene? Tu sei davvero preziosa in questo momento ecco, volevo che lo sapessi».

«Ti ringrazio, comunque Tyler è davvero un ragazzo in gamba, non lo considero un ritardato ed è molto meglio della maggior parte delle persone che conosco, mi sta vicino come un vero amico ed è molto sensibile e in questo momento ne ho davvero bisogno».

Ride. «Mi ha detto che hai fatto il pane».

«Sì! Non credevo che ci sarei mai riuscita invece è stato bello, mi è sembrato di prendermi cura di qualcuno».

«Preparare il pane ti insegna la pazienza, la calma e la concentrazione, è una vera e propria forma di meditazione oltre che un'arte e tu sei in un momento della tua vita così delicato che hai veramente bisogno di entrare in contatto con te stessa il più possibile. Mi sembra di capire che non hai molto appoggio intorno a te eccetto per quella coppia sgangherata formata da mio fratello e Pilar!».

«Meno male che almeno ho loro!».

«Prenditi cura di te Monica, fallo con tutto il cuore, ricorda che non esiste persona al mondo più importante di te, pensa a te e alla bambina, e cerca di vivere questi mesi al meglio anche se sei in una situazione difficile. A volte nella vita le cose arrivano in altri momenti rispetto a quando ne abbiamo bisogno. È come se i desideri passassero attraverso molta burocrazia prima di venire esauditi, ma prima o poi si realizzano».

«Sei sempre così ottimista...».

«Lo sono diventato a forza di sbagliare, mi sono sempre fidato troppo e ho sempre creduto poco in me, un binomio che può diventare drammatico».

«Ma... scusa se te lo chiedo... i tuoi?»

«Mia madre vive a Brooklyn con Tyler ed è una donna meschina ed egoista che tende sempre a farmi sentire in colpa, cosa fin troppo facile per una madre con i figli maschi. Dopo aver provato per anni a far funzionare le cose ho scoperto che meno la vedo meglio sto».

«Mmm... sì anch'io la penso così, bisogna essere in due per far funzionare le cose in qualunque tipo di relazione. Mia madre passa la vita a lamentarsi e io non la sopporto».

«Oh! La mia non la batte nessuno, qualunque cosa io abbia fatto non è andata mai bene, né i miei studi, né le mie scelte sentimentali, niente, gli altri erano sempre migliori di me!».

«Allora credo che si dovrebbero conoscere, mia madre passa il tempo a snocciolare i nomi di quelle che hanno fatto un buon matrimonio e ha sempre voluto che anch'io mi sistemassi, quando saprà come mi sono sistemata farà una tragedia!».

«E tuo padre?»

«Mio padre non è mai stato troppo presente perciò è come se non ci fosse».

«Il mio se n'è andato quando avevo 7 anni e da allora non l'ho mai più rivisto».

«E non l'hai cercato?»

«Bisogna essere in due per far funzionare una relazione, no?»

«Giusto... Adesso mi devo rimettere al lavoro o il mio capo non mi paga stasera».

«Grazie ancora Monica... di cuore».

Mi tolgo le cuffie e passo le mani sulla tastiera.

Un tempo volevo fare la scrittrice, e a dire la verità un libro l'ho anche scritto, ma poi quelle 1000 copie sono finite al macero da qualche parte in Scozia.

Credevo di aver dato una svolta, ma poi qualcosa è andato storto. Tutto è andato storto.

E ora del mio libro non c'è traccia, di Edgar non c'è traccia e io aspetto una bambina che potrebbe anche essere sua.

Come vorrei che non lo fosse, ho paura che possa ereditare le sue fobie e le sue paure, e la somiglianza finirebbe per ricordarmelo tutta la vita.

Ma se è di David, ci sono molte più probabilità che venga su come le tipe della piscina.

Di certo se la educasse lui diventerebbe una stronza egoista.

Mentre se la educasse Edgar comincerebbe a ruotare il biberon in senso orario tre volte prima di metterlo in bocca!

Non sarò la migliore persona del mondo, ma quanto meno non sono una psicopatica e in qualche modo ce la devo fare.

Comincio a preparare il menu per il bar e impasto altro pane, prestando attenzione, come dice Peter, alla concentrazione e alla calma, e in effetti mi rilassa molto, potrei andare avanti per ore.

Decido anche di dare un tema ai miei menu, oggi ne farò uno messicano a base di gazpacho e guacamole, zuppa di mais con panna acida e fagioli neri con chili.

Ogni nuova ricetta che preparo la salvo nel computer in modo da creare un database pronto per ogni occasione.

Chiamo Tyler che arriva in pochi istanti essendo al piano di sotto a cambiare lampadine.

Quando ritorna circa un'ora dopo porta i soldi di Bob, e questa volta sono 200 dollari tondi.

Non ho la più pallida idea di quanto si paghi per un "catering" a New York, ma se questo è il prezzo in nero, vuol dire che deve costare molto, ma molto di più!

Passo il resto della giornata a studiare e a creare nuove ricette, in realtà la spesa iniziale di legumi, cereali e spezie è stata quasi irrisoria e l'ho ammortizzata ampiamente, mentre per quanto riguarda le verdure fresche e i formaggi mi farò dare indirizzi da Peter dove potrò comprare a buon mercato.

Mi cimento anche nella preparazione di dolci senza zucchero che, sono sicura, andranno a ruba fra i fissati della linea e voglio provare anche delle centrifughe di frutta e verdura.

Non so come la prenderà quando si renderà conto che il suo bar per ex rocchettari rintronati sta diventando un trendy bar super salutista, in pieno stile newyorchese.

Verso l'ora di cena sento rientrare Pilar e mi affaccio per invitarla a testare i nuovi piatti avanzati.

Mi guarda con un'aria un po' preoccupata, come se avesse paura che qualcuno l'ascoltasse.

Niente di cui stupirsi, trattandosi di lei.

«Me ha chiamato el tipo che è tornato dalla moglie, te ricordi?»

«Come no».
«Ha detto che viene qui per cena».
«Bene, invita anche lui».
«Non è tanto una buena idea, ha bisogno de parlarmi e quando un hombre vuole parlare te obbliga a ascoltarlo tutta la noche finché dici sì per disperazion».
«Vuole ricominciare la storia con te, non è quello che volevi?»
«No, adesso non ho più voglia de lui, me gusta un altro».
«Ah ho capito, allora ceni con lui?»
«No, vengo da te e se arriva lui non gli apro».
«Ma una relazione normale, no eh?»
«L'amore non fa per me, cara Monica, preferisco el pericolo!».
«Sì... lo dicevo anch'io un tempo».
Ci mettiamo a sedere e riempio la tavola con una tale quantità di cose che sembra la diretta de *La prova del cuoco*.
Pilar che non si spertica mai in complimenti, e tende anzi a fregarsene di tutto, si lancia in una serie di grugniti in spagnolo che non capisco, ma data la velocità con cui spazzola i piatti devo dedurre che il cibo le piace.
Il mio giudizio sulle mie capacità è sempre così rigido che finirei per buttare via tutto.
Riprende tre volte i fagioli e due la zuppa, mezzo filone di pane sparisce col sugo e la torta fa compagnia a tutto il resto.
Però, che soddisfazione!
Mi chiedo dove metta tutto quello che mangia, dato che è scheletrica.
«Sei bravissima, chi te ha insegnato a cucinar?»
«L'idea me l'ha data Peter che mi ha dato le dritte giuste sui prodotti da comprare, e Tyler mi ha aiutato a cominciare e poi...», indico le decine di libri di cucina in giro per la casa.
«Complimenti, devi assolutamente abrir un ristorante».

«Come no, è proprio l'ultima cosa che manca a New York».

«Fidate, se la gente mangia quella mierda che cucinano dove lavoro io, tu meriti di diventare chef».

In quel momento sentiamo suonare alla porta di Pilar.

«Oddio è lui, non aprire quella porta».

«Come vuoi».

Suona il campanello in modo troppo insistente, come se non credesse che non c'è nessuno.

«Pilaaaar! Pilaaaaar! Aprimi! Lo so che ci sei!».

«Se urla così ci penserà la polizia a fargli passare la voglia di svegliare tutto il palazzo».

Ci guardiamo in silenzio con una certa tensione che ci fa scappare la pipì, come se stessimo giocando a nascondino.

Il cuore mi batte forte, il tono dell'uomo è alterato e non mi piace per niente.

Continua a bussare insistentemente e a chiamare a voce bassa ma ferma e decisa, come se fosse sicuro che lei prima o poi aprirà.

«Ti ho detto di aprirmi subito, non me ne vado di qui se non ho parlato con te e sai che non sto scherzando».

Pilar fa un risolino isterico e le do una gomitata fra le costole.

Sembriamo due teenager che si nascondono in soffitta dopo averla combinata grossa.

«Senti, ma questo tizio è un po' aggressivo o sbaglio?»

«Nooo, alza un poco la voce, ma poi lo calmo siempre».

Dopo mezz'ora l'amante rifiutato di Pilar non ha ancora smesso di bussare, mi chiedo se le nocche non gli si siano consumate.

«È instancabile, ma non è che aveva preso il Viagra prima di venire da te?»

«Probabile...».

«Ma dai! E quanti anni ha?»

«La verdad?»
«Sì».
«Sessantatré».
«COSA?»
«Zitta si no te siente».
«Ma è un vecchio!».
«È maturo».
«Bleah! Non so come fai!».
«Me gustan vecchi».
«Faresti furore in una casa di riposo».
«Posso rimanere a dormire qui esta noche?»
«Certo, siamo braccate, finché non finisce l'effetto della pastiglia non si darà pace».
Dopo un'altra ora di attesa ci sistemiamo silenziosamente nel letto.
Mi giro sul fianco e dopo un po' la sento avvicinarsi e stringersi a me.
«Pilar?... Non è che sei lesbica, vero?»
«No, adesso non più!».

25

L'indomani mattina sentiamo Joe che "accompagna" qualcuno di forza nell'ascensore e lo minaccia di percosse per aver dormito tutta la notte sul pianerottolo.

A nulla sono valse le sue scuse e dire che Pilar lo aveva invitato, è diventato un individuo sgradito e non potrà più entrare nel palazzo.

Pericolo scampato.

Stamani però voglio andare da Bob per parlargli seriamente di questo progetto, diventerebbe per me una valida alternativa di lavoro e, cosa da non sottovalutare, non dovrei rendere conto a nessuno.

Per la prima volta nella mia vita farei qualcosa con le mie mani nel vero senso della parola.

Al bar, Bob mi accoglie con euforia inaspettata (tipica dei bipolari!). Indossa una maglietta con la foto dei Chips.

Mi ricopre di complimenti per i menu che ho creato durante la settimana, e mi dice che ha avuto un sacco di clienti nuovi che sono venuti tramite passaparola, cosa che non gli capitava da anni.

Siccome sono quasi tutti impiegati di uffici e negozi e sono tutti vestiti bene, si è vergognato del locale così vecchia maniera e ora avrebbe intenzione di rifarlo tutto.

«Vita nuova! Lasciamo entrare un po' di energie positive, dipingiamo i muri di arancione, anzi ogni muro diverso dall'altro, uno giallo, uno verde e uno rosso, potrei mettere una fontana nell'angolo, l'acqua che cade è rilassante, e ricreare un ambiente termale, addirittura potrei mettere della sabbia per terra e far finta che sia Long Island...».

«Ehm... Bob, io sono felicissima di sentirti così lanciato, solo che credo sia meglio fare una cosa alla volta, sono anni che hai il bar e improvvisamente vuoi aprire una beauty farm tibetana, facciamo un progetto e poi lavoriamoci sopra, io sono disposta a cucinare per te, ma non ai ritmi di un ristorante, non nelle mie condizioni almeno».

«In effetti a questo non avevo pensato...».

«Per ora continuiamo così, ti faccio un menu al giorno con dei panini e dei piatti pronti, tu mi comunichi di volta in volta le quantità e mi rimborsi le spese, e poi ci sarebbe la mia... paga».

«Giusto, quanto vuoi?».

Mi ha presa alla sprovvista, che ne so quanto vale il mio lavoro?

«Al giorno?»

«Sì, considerate le ore di lavoro e tutto»

Non è il momento per farsi vedere titubanti (come descritto in tutti i manuali di comunicazione efficace)...

«100 al giorno».

«Solo per cucinare?»

«Sì».

«Okay».

Ha risposto troppo in fretta, potevo senz'altro salire, non imparerò mai, mannaggia!

«Tyler ti porterà tutto qui, e... pensavo, che visto che lui è senza lavoro, potresti fargli fare le consegne agli uffici: chi non ha tempo per scendere potrebbe chiamarti e prenotare il pranzo per una determinata ora e lui li andrebbe a distribuire».

Adesso mi dà un pugno in faccia o un bacio in bocca, preferisco il pugno.

Mi afferra per le spalle e mi solleva: «Ma lo sai che sei un fottuto genio? Ma come ti vengono queste idee, ti sei laureata ad Harvard?»

«Ho solo la maturità classica...».

«Sei sprecata, sei nata per il marketing, a proposito che ne pensi di cambiare nome al locale? Old Grinch suona così... vecchio!».

«Mai cambiare il nome di un locale, prima regola, dagli una mano di vernice e cambia i mobili se vuoi, ma non cambiargli il nome finché ci sei ancora tu, è come cambiare il nome al proprio cane, come vuoi che ti risponda?»

«Giusto, hai ragione come sempre».

«Bene, allora vado a lavorare e ti faccio consegnare tutto fra un paio d'ore».

Esco con la sensazione meravigliosa che si prova per aver ottenuto quello che si vuole, sarà bene anche informare Tyler che gli ho trovato un lavoro, potrebbe anche non essere d'accordo.

Comincio a portare la mia pancia con una certa disinvoltura, ne vado fiera e non la nascondo, anche perché comincia ad essere difficile nasconderla.

Mi specchio nelle vetrine e non mi riconosco più, però ho un'aria diversa, più responsabile, e un po' meno in balia del mondo intero.

La gravidanza deve conferirmi una certa autorevolezza, a giudicare dal fatto che tutti mi portano molto più rispetto, si offrono di portarmi i pacchi e mi tengono aperte le porte dell'ascensore.

Rientrando in casa incrocio Joe per le scale, non è tranquillo dopo gli ultimi avvenimenti e si preoccupa della reputazione dello stabile.

Se cominciassero a dire in giro che il palazzo è stregato il prezzo degli affitti triplicherebbe!

Mi vede con le buste del supermercato biologico e non perde occasione per prendermi in giro: «Non mi dire che Peter ha contagiato anche te con la mania salutista!», dice mentre con due morsi finisce un hot dog con maionese grande come il mio avambraccio.

«Dovresti provare anche tu», rispondo con aria volutamente saccente.

«No no, a me non interessa la linea, io sono bello anche così, anzi il mio fascino sta tutto negli addominali!», e si afferra con le mani il rotolo sulla pancia.

«Per essere sexy sei sexy, ma mi chiedo se preferisci vedere i tuoi nipoti da vivo quando tua figlia si sposerà o vederli da dentro un'urna sistemata sul suo caminetto».

Bofonchia qualcosa e se ne torna a sedere al suo posto, molto faticosamente.

È come se fosse incinto da 30 anni!

In casa cerco subito una ricetta per sostituire un hamburger in maniera sana e nutriente e lo trovo: hamburger di ceci e fagioli speziati con cardamomo e cumino, pane ai cinque cereali e maionese senza uova. Facilissimo da preparare, lo incarto nella carta velina e scendo a portarglielo trionfante.

«Cos'è?»

«Assaggia», gli dico con tono di sfida.

Apre l'involucro con sospetto.

«Mmmm... non mi fido».

«Guarda che è organico, vuoi che lo assaggi io per prima?»

Aggrotta la fronte.

«Mi brucia lo stomaco, ti dispiace se lo mangio dopo?»

«E come mai ti brucia lo stomaco?»

«Non lo so, sono giorni e giorni che ho questi dolori qui».

Si tasta il fegato con una smorfia.

«Be', io non sono un medico, ma da quando ti conosco ti ho visto sempre e solo mangiare cheeseburger, roba cinese, milk shake, ali di pollo fritte, patatine, salsa rosa e Coca alla ciliegia a qualunque ora del giorno e della notte, quindi probabilmente stai solo... morendo».

«Ma che dici?»

«È solo questione di tempo, poi il colesterolo ti chiuderà le arterie e ti verrà un infarto e probabilmente ti troverò io. A quel punto chiuderanno lo stabile e chiameranno un esorcista, ma io dirò che te la sei cercata e che ti avevo avvertito e tutti saranno d'accordo con me nel dire che avevi delle abitudini alimentari disgustose e andrai a far parte delle statistiche di mortalità fra i grandi obesi a cui il governo sta facendo la guerra, quindi in un certo senso sarai considerato un nemico pubblico».

«Davvero potrebbe venirmi un infarto?»

«Se sei fortunato sì, almeno non te ne accorgeresti nemmeno, ma è molto probabile che ti venga un tumore al fegato, o al pancreas in aggiunta a tutte le altre complicazioni che impedirebbero qualunque cura perché con la tua mole non reggeresti l'anestesia!». Grazie, tivù via cavo!

«Non sei carina con me».

«Nemmeno tu lo sei con te stesso. Anch'io io fino a poche settimane fa mangiavo queste schifezze, ma ti garantisco che adesso sono come nuova, ho energia, non mi sento mai stanca e ho una bellissima pelle».

«E che cos'è che mi avresti portato?»

«Assaggialo, non ci sono alghe, giuro».

Addenta il panino e lo mastica a lungo, poi inghiotte a fatica, mi guarda e fa una smorfia.

«Non sa di niente»

«Per forza, le tue papille gustative sono annientate da anni di grassi idrogenati e zuccheri, è come quando smetti di fumare, ci metti un po' a sentire di nuovo gli odori».

«E questo non mi fa morire?»

«No davvero, sempre se non lo guarnisci con doppio formaggio e maionese».

Scuote la testa, poi apre un cassetto chinandosi con fatica e mi porge un foglio e una penna.

«Scriveresti la ricetta per mia moglie? Dice sempre che vuol farmi dimagrire ma io ho paura di dover mangiare insalata scondita per sempre».

«Ma no, basta che tu mangi sano e vedrai quanti chili perdi, se elimini gli zuccheri raffinati, la carne e i formaggi, il resto non può farti che bene».

«Ma non rimane niente!».

«Lo credevo anch'io prima ma mi sono ricreduta».

«Dici davvero?»

«Scrivo qualche ricetta che tua moglie possa prepararti per pranzo, oppure te lo preparo io dietro compenso, come preferisci».

«Per ora approfitto di mia moglie, almeno sarà contenta di me per una volta».

«Okay», dico allontanandomi. «Ah, e bevi molta acqua, niente bevande gassate».

«Sì, dottore».

«E niente roba fritta, okay?»

«Okay».

«...E ricordati di fare le scale, d'ora in avanti».

«Nel senso di pulirle?»

«No, nel senso di usarle!».

26

«Pronto, mamma?»
«Dimmi».
«Scusa per l'altro giorno».
Silenzio.
«Va bene, non ci pensare», risponde un po' tristemente.
«Senti... devo dirti una cosa importante, ma non ti devi arrabbiare». Ma che dico, sono impazzita? Non ho mica rotto un vaso!
«Ti ascolto».
«Io... Sono... in...».
«In... difficoltà?»
«No in...».
«In imbarazzo?»
«...».
«In America?»
«Incinta»
Silenzio.
Silenzio.
Ancora silenzio.
«Mamma? Hai riattaccato?»
«Hai detto proprio "sono incinta"?»
«Sì».
«E di chi?»
«Non ha importanza».

«Come non ha importanza?», ribatte allarmata.
«È l'unica cosa che ti interessa?»
«Mi sembra importante».
«Non è più importante sapere come sto io? Se ho dei problemi, se sta andando tutto bene, per esempio?», perdo subito la pazienza.
«Devi sempre essere aggressiva?»
«E tu devi sempre fare domande inutili?»
«Senti, Monica, tu mi metti in continua difficoltà, non so mai come parlarti, fraintendi sempre quello che ti dico, si direbbe che lo fai apposta!».
«Non fraintendo, ma neanche tu mi dici mai quello che vorrei sentirmi dire, non dici mai quello che una mamma dovrebbe dire».
«Be', mi dispiace se non sono la madre che avresti voluto avere».
«Ecco, ero certa che avresti recitato la parte della vittima, quella a cui tutti hanno fatto del male! Ti è mai venuto in mente che ci sono comportamenti alternativi agli unici due che conosci: aggredire gli altri e sentirti perseguitata? Per esempio si può scegliere di farsi carico di qualche responsabilità e provare a cambiare atteggiamento verso gli altri, per vedere che effetto fa!».
«Allora vuol dire che ho sbagliato tutto e non sono capace nemmeno di prendermi le mie responsabilità», conclude con tono sarcastico.
«Perfetto, come al solito hai capito tutto, ti faccio i miei complimenti, io e te non andremo mai d'accordo, ma non puoi accusarmi di non averci provato».
«Allora sei incinta o no?»
«No mamma, volevo farti uno scherzo per vedere come reagivi. CERTO CHE LO SONO!».

«E cosa pensi di fare?»

«Cosa penso di fare? Ma ti stai ascoltando? Non c'è frase che fa sentire più sola la persona che ha un problema. Cosa penso di fare... ho passato il quinto mese, mamma, penso a come chiamarla!».

«Al quinto mese? E cosa aspettavi a dirmelo?»

«Aspettavo che la distanza ti facesse cambiare, aspettavo che tu diventassi dolce e comprensiva e che mi dessi buoni consigli, e che smettessi di pensare a te. E come vedi sono un'illusa, ma non ti preoccupare, ce la farò da sola, come sempre!».

Riattacco incazzata come una iena.

La bimba si è agitata e si muove. Appoggio le mani sulla pancia e l'accarezzo dolcemente.

«Piccola, questa era la tua nonnina, sei contenta? Di' la verità che non vedi l'ora di conoscerla».

TUMP!

Ahia!

«Sai che facciamo? Andiamo a provare il corso di yoga per gestanti, così diventiamo zen e nessuno ci farà più incazz... Arrabbiare, tesoro, la mamma a volte dice parole che non devi ripetere, okay?».

Il centro di yoga è un posto esageratamente fico.

Alla reception sono tutte modelle dell'agenzia Elite e l'ambiente è sofisticato e fintamente spirituale. La boutique è fornitissima e, a prezzi esorbitanti, vendono oli profumati, t-shirts con il logo del centro made in Cambogia, libri e dvd che ti insegnano come cambiare vita in tre mosse.

Entro nella sala che mi sembra esattamente quella dove hanno girato *Flashdance*.

Una stanza immensa con il parquet tirato a lucido, incensi che bruciano in ogni lato sotto poster di Shiva e Visnu ed enormi finestre luminosissime che danno su Washington Square.

Ci sono altre sei ragazze incinte e i rispettivi compagni, superfluo aggiungere che io sono l'unica da sola. L'insegnante, una certa Julie, emana luce propria, è piccolina con i capelli sciolti biondo miele, pantaloni larghi, un top viola e al collo una catenina col suo nome, come quella che perde Carrie quando va a Parigi a vivere con Michail Barishnikov.

Mi chiede se c'è il mio partner, ma le rispondo che è al lavoro, cosa che potrebbe essere vera.

Immagino come sarebbe se entrassi accompagnata da Edgar e David e alla domanda «Chi è il padre?» rispondessimo in coro: «Non lo sappiamo, stiamo aspettando ancora il test del DNA!».

Ci fa sdraiare su un tappetino di gomma per un rilassamento di circa cinque minuti, poi cominciamo una serie di posizioni semplificate e mi accorgo della mia scarsa forma fisica dal fatto che non riesco a toccarmi neanche le ginocchia, mentre le altre nonostante la pancia si toccano agilmente i piedi.

Julie ci fa cantare inni in sanscrito, cosa che mi fa ridere, ma che sembra rilassare la bambina che smette di dare calci, e ci spiega l'importanza del lavoro da fare sul perineo per facilitare l'espulsione al momento del parto.

Ovviamente alla boutique vendono un olio specifico.

Continuo a dimenticarmi che un giorno o l'altro dovrò partorire con dolore. Meglio non pensarci, è già tanto se riesco più o meno ad accettare tutta questa cosa!

Infine passiamo alla respirazione Pranayama: sedute a gambe incrociate respiriamo con il diaframma a narici alternate.

È un po' strano, ma sarà l'atmosfera, i canti o il massaggio finale con l'olio che Julie ci fa sulla fronte, fatto sta che mi sento veramente meglio, più leggera e tranquilla.

Me la devo ricordare la prossima volta che telefono a mia madre.

Torno a casa e preparo un po' di sformati di zucca, porri e miglio, ormai non conosco più limiti, sono in grado di cucinare qualunque ricetta al mondo.

Una volta preparato il cestino chiamo Tyler, ma mi risponde sua madre.

Rimango un attimo imbarazzata, non avevo mai parlato con lei prima.

Mi sembra gentile, ma con gli estranei lo sono sempre.

Anche la mia ha sempre avuto un effetto straordinario sui miei amici, solo con me si trasforma in Crudelia Demon.

Io sarò una mamma simpaticissima e tutti diranno a mia figlia che è troppo fortunata ad avere una mamma così giovane, moderna e alla mano.

Parleremo la stessa lingua, l'ascolterò sempre, ci sarò sempre per lei e non avrà bisogno di tenere un diario segreto che dovrò scassinare come faceva mia madre per sapere se mi drogavo.

Una volta scrissi anche un messaggio per lei dentro il diario: «So che stai leggendo, dovresti vergognarti!».

Questo non le ha impedito di continuare a leggere.

Non è che tutti i genitori partono con dei buoni propositi e poi l'impresa di allevare un figlio risulta talmente ardua che uno finisce per accontentarsi del proprio meglio e il proprio meglio è un mezzo disastro?

È davvero così difficile fare i genitori? Si smette mai di preoccuparsi per un figlio?

Se mia figlia un giorno mi dicesse che vuole farsi un tatuaggio o la beccassi a fumare in bagno o a baciare un ragazzo, che farei?

La prenderei a sberle e poi le toglierei il motorino, ecco cosa!

Perfetto...

Esattamente come facevano i miei con me...

Ma non c'è un libretto delle istruzioni? Vabbè, ogni cosa a suo tempo.

Ho come la sensazione che questa bambina aiuterà me e mia madre a riunirci. Anche se adesso lei non lo vuole ammettere, sono convinta che vorrebbe fare di tutto per darmi una mano, ma siccome è orgogliosa e notoriamente sbaglia sempre nella scelta delle parole, ha detto tutto quello che non voleva dire e adesso starà chiamando Rita per raccontarle quello che è successo, poi Rita chiamerà me per pregarmi di richiamare mia madre e farle credere che mi scuso.

È così da sempre.

La madre di Tyler mi dice che lui non è in casa, è stato trattenuto in uno stabile dove fa dei piccoli lavori e non tornerà che in tarda serata.

Questo scombina un po' i miei piani perché non avevo voglia di uscire, c'è il vento e la strada è lunga con la cesta e la pancia, e il taxi costa troppo.

Ma sì, che cavolo, me lo faccio rimborsare, è ora di cominciare a chiedere. Del resto di cosa ho paura? Al massimo mi dirà di no.

Arrivo al bar e Bob è sorpreso di vedermi ed è di ottimo umore, lo capisco dalla scritta sulla maglietta: "Belle gambe!... A che ora aprono?".

Ne approfitta subito per mettermi al corrente delle novità.

Abbiamo rubato i clienti a due bar vicini e passano in continuazione proprietari di altri locali per fare dello spionaggio industriale...

«Che ridere, fingono di passare di qui per caso con un taccuino e scrivono i nomi dei piatti, poi guardano dentro per cercare di capire cos'ha di speciale il locale e io esco e li invito ad entrare e loro imbarazzati scappano via. Non possono immaginare che il mio ingrediente segreto sei tu, se lo sapessero ti pagherebbero a peso d'oro!».

Lo sapevo che avevo chiesto poco...

«Allora comincia a darmi un aumento prima che me ne vada dalla concorrenza!».

«Se ingraniamo veramente bene, diventerai milionaria».

«Non me lo dire che finisco per crederci!».

Sistemo sul bancone le teglie, le ciotole e i panini, adocchio una macchina misteriosa, una specie di enorme tritacarne.

«È la centrifuga, come mi hai chiesto tu, e ogni tuo desiderio è un ordine».

«Bob, è strepitoso, sai quanti succhi possiamo fare? Avrai presto bisogno di un aiuto, da solo non ce la farai, non è semplice come spillare le birre, ma te li puoi fare pagare il doppio!».

«Lo so, ho già visto i prezzi, anche sette dollari per un succo di carote, arance e ginseng».

«Allora anche tu fai spionaggio industriale!».

«Sto imparando a fare affari, cosa che mia moglie Paula mi ha sempre rinfacciato di non saper fare».

«Non mi avevi mai parlato di tua moglie».

«Mi ha lasciato da sei mesi, è piuttosto dura e mi manca la piccola, ma ora mi sento meglio, sto riprendendo gusto per la vita, grazie a te».

«Mi sa che dovremmo riparlare di quell'aumento...».

Mentre sto per uscire, un gruppetto di ragazzi incredibilmente effeminati, con sopracciglia perfette, visi levigati e corpi scolpiti entra nel bar.

E rimango paralizzata quando mi accorgo che uno dei tre, quello alto, che ride in maniera più sguaiata di tutti ed è vestito come Beckham è...

27

...DAVID.

Non ci posso credere.

Non ci voglio credere.

«Moooonicaaaaa?! Ma... non è posssssibileeee!», esclama con le mani giunte.

«No... non lo è», dico scuotendo lentamente la testa, con le sopracciglia alzate.

Continuo a osservarlo, impietrita.

Dove cazzo ha preso questa voce stridula, perché usa tutti questi punti esclamativi e perché continua a muovere le mani così tanto?

«Ragazzi, questa è Monica... una mia amica, Monica lui è Nathan e lui è Chris».

«Piacere».

Stringo la mano ai ragazzi e non so davvero più cosa dire.

«Monica, che ci fai qui? Non eri a Roma? Potevi avvertirmi che eri in città, dopo quella volta che non sei venuta all'appuntamento ho capito che non volevi più vedermi e ho rinunciato anche se avevo veramente bisogno di parlarti».

Continua con questo tono enfatico che non riconosco e nemmeno il taglio di capelli è più il suo e i vestiti, okay è sempre un gran fico, ma c'è qualcosa di diverso in lui.

D'improvviso ha una folgorazione, e unisce le mani davanti alla bocca spalancata: «Aspetta... Mattusseiinciiiintaaaaa!».

Non ho ancora cambiato faccia né posizione dall'inizio del nostro incontro, continuo a sperare di stare sognando e che fra poco suonerà la sveglia.

«Eh sì... sono incinta!».

«Ma noooo, è pazzesco, e di chi?».

Senza pensarci un istante e senza voltarmi indico col pollice dietro alle mie spalle: «Di Bob».

«Questa poi... È incredibile! Non pensavo proprio che tu fossi la tipa da metter su famiglia, credevo che i bambini non ti piacessero, oddio neanche a me piacciono», abbassa la voce, «a dirti la verità non li sopporto proprio... brrrrr, non mi ci fare nemmeno pensare. Però, insomma, hai deciso in fretta... dev'essere davvero un grande amore il vostro».

Bob non ha aperto bocca, grazie al cielo, ma ha capito che c'è qualcosa che non va, devo aver cambiato colore.

«Eh sì, un grande amore, vero Bob?». Gli tendo la mano mentre sta lavando i bicchieri, lui impacciato si asciuga frettolosamente e poi prende la mia mano fra le sue come se afferrasse un pesce morto.

Guardo David dritto negli occhi: «Non credi di dovermi qualche spiegazione?».

David si rivolge agli amici: «Vi dispiace ordinare il solito per me? Devo parlare un momento a Monica».

Ci allontaniamo.

«Prendi il panino *David*, per caso? Quello con l'insalata greca?»

«Lo adoro... anche se ci sono un po' troppe cipolle...».

Ci avrei giurato.

«Monica, senti, per quanto riguarda quello che è successo fra noi... ho capito che tutto questo atteggiamento aggressivo che ho sempre avuto nei confronti delle donne era dato dal fatto che in realtà sono omosessuale...».

Me lo dice candidamente come se mi stesse confessando di essere diventato romanista.

«Ah, sei omosessuale... e quando te ne saresti accorto? Hai ricevuto la visita di un angelo che ti annunciava la tua prossima maternità o hai avuto un impellente desiderio di indossare un push up?»

«Non è stato facile, credimi, ho sempre odiato i gay, li ho sempre presi in giro, mi facevano schifo, poi ho capito... o meglio, mi hanno fatto capire che questa omofobia nasceva da una forte attrazione nei confronti degli uomini. Rendermene conto è stato uno shock».

«Questo spiega perché la tua ex moglie ricordasse tanto Matt Damon».

«Sì, in effetti ora che mi ci fai pensare...».

«...E che dopo quasi dieci anni di fidanzamento non ti fossi accorto che era lesbica».

«Sì, ho pensato anche a quello... una vita intera a far finta di niente per non deludere la famiglia».

«E così hai avuto l'illuminazione...».

«Ho condotto per un po' una sorta di doppia vita che mi faceva sentire uno schifo, dovevo fingere coi vecchi amici che mi piacessero le donne e la sera andare a rimorchiare nei gay bar, finché ho conosciuto Chris che mi ha aperto gli occhi...».

«E la famiglia come l'ha presa?»

«Io e Chris stiamo progettando di andare a vivere in Spagna».

«Capisco, mentalità aperta...».

«Uno scandalo hanno potuto reggerlo, ma due...».

«Quindi adesso ti senti bene».

«Guarda, Monica, è stata dura accettarlo e durissima fare outing, ma Chris mi ha aiutato tantissimo e con grande delicatezza mi ha fatto capire quale fosse la mia vera natura e adesso, non puoi immaginare come mi senta. Sono libero, sono finalmente io e ora non voglio fare altro che vivere la mia nuova vita pienamente, senza vincoli, e recuperare tutto il tempo perduto».

Ha gli occhi che brillano e queste mani sempre in movimento!

«Bene... se adesso sei felice...».

«Sono felice da morire, Monica, scusa se ti ho trattata male, ma insomma... non ero io, capisci, vero?»

«Non ho scelta. Spero che tu ti sia scusato anche con tutte le altre che hai preso in giro».

«Veramente sei la prima con cui mi scuso, ma sai, non è una cosa che ho fatto volontariamente, è stata piuttosto una forma di difesa», dichiara stringendosi nelle spalle.

«Piuttosto premeditata, direi», ribatto più irritata di quanto vorrei, «mi hai tempestata di chiamate, e mi hai raggiunta in Costa Azzurra per poi scoparmi e mollarmi lì da sola il mattino dopo».

«Ma ti ho lasciato gli orecchini!», risponde con espressione offesa.

«Gli orecchini? Ma cosa credi, che bastino a ripagare un'umiliazione simile? Nemmeno fossi una puttana!».

«Adesso esageri, avresti voluto qualcos'altro? Un orologio, forse? Non conoscevo bene i tuoi gusti e non potevo sapere...».

«Un orologio?», lo afferro per il colletto della camicia, gesto che lo fa inorridire e indietreggiare sconvolto. «Brutto stronzo pezzo di merda, sei l'essere più egoista che esista sulla faccia della terra, il disonore di qualunque categoria, sia come uomo sia come gay, come marito, figlio o amico, sei un vigliacco egocentrico a cui non frega un cazzo di nessuno, che non ha cuore né sentimenti. Mi hai offesa, umiliata e ferita solo per il gusto di farlo, solo per sentirti ancora uomo», comincio a singhiozzare.

Bob interviene e mi prende delicatamente per le spalle.

«Stai calma, Monica, il dottore ha detto che ti devi riposare... Scusala sai, sono gli ormoni».

«Ormoni un cazzo, Bob», sbotto, «non darmi della psicolabile, non sai cos'ha fatto lui a me e a chissà quante altre donne, ma è talmente stronzo dentro che sono certa che il suo atteggiamento non cambierà neanche nei confronti degli uomini», poi rivolta a David, «tu eri uno stronzo da etero e resterai stronzo anche da gay!».

David sta per ribattere, ma si rende conto che ho ragione e fortunatamente tace.

«Vabbè, Monica, è stato un piacere rivederti, stammi bene e auguri per il...», indica la mia pancia, «sì, insomma... voi... Andiamo, ragazzi?».

I ragazzi salutano imbarazzati e lo seguono.

«Mi sa che abbiamo appena perso tre clienti», mormoro asciugandomi le lacrime.

«Ma cos'è successo, mi vuoi spiegare? Perché te la sei presa con quel tipo?»

«Perché?... Perché è possibile che sia il padre della bambina».

A Bob cade la mascella.

«Quella checca isterica?»

«Già... ma cinque mesi fa non lo era ancora».

Bob si siede allibito e si passa le mani sulla faccia.

«Ma non mi dire... e io che credevo di essere il più sfigato del mondo perché mia moglie se n'è andata».

«Quando si dice che c'è sempre chi sta peggio».

«E gli hai detto che il bambino è suo?»

«No, perché non è sicuro che lo sia e perché non voglio un idiota del genere intorno a mia figlia. Hai sentito che discorsi? Odia i bambini e vuole trasferirsi in Spagna a recuperare il tempo perduto, bell'atteggiamento costruttivo. Mi dispiace tanto per Chris, ma... a ognuno il suo, io ho già dato».

«Non so darti torto». Bob mi sorride comprensivo, poi si alza e mi prepara un succo d'arancia.

«Sai che prima mi ha fatto piacere che tu mi abbia fatto passare per tuo marito?»

«Eri il primo maschio a portata di mano».

«No, dico davvero, tu sei una ragazza in gamba, dolce, e sei nella merda, io sono solo e sono un po' nella merda anch'io, così pensavo che se per te andava bene, potevamo... non so... metterci insieme?».

Mi metto a ridere: «Mi stai offrendo di sposarti per avere una green card?»

«È un'idea stupida?»

«No, non lo è, non lo è affatto, un sacco di donne lo accetterebbero, ma io, prendimi per pazza, io credo ancora all'amore e finché non lo trovo non voglio più accettare compromessi».

Bob si guarda le mani pensieroso, «Sì, in effetti quello che dici è molto bello, però, sai, l'amore comunque passa, prima o poi, perciò sì può anche cominciare dal fondo e risalire!».

«È una teoria interessante la tua, ma noi non ci amiamo per niente, sarebbe troppo triste».

«Non ci amiamo adesso, ma ci rispettiamo, e un giorno potremmo imparare a volerci bene».

«È troppo poco per me, Bob, ho bisogno di un uomo di cui possa fidarmi ciecamente, che ami me e la mia bambina, che mi protegga, che non mi tradisca, che sia onesto, pazienza se è brutto e non naviga nei soldi, purché sia un uomo equilibrato e stabile».

«Tutto qui?»

«E che rida alle mie battute!».

«Non so se esista uno così».

«Continuo a sperare di sì, anche se ancora non l'ho incontrato. Il mio errore fino ad adesso è stato quello di farmi bastare delle briciole d'amore per paura di rimanere sola, ma adesso che ho visto che riesco benissimo a farcela da sola, nonostante le peggiori umiliazioni, non mi accontenterò più di un "cavallo zoppo"! Comunque grazie dell'offerta, se un giorno sarò disperata ti verrò a cercare».

«Magari quel giorno avrò trovato la donna della mia vita».

«Io te lo auguro».

Esco dal bar nella luce del tardo pomeriggio che colora gli edifici di rosso. È una splendida sera di primavera inoltrata, l'aria profuma di mare e a tratti di kebab, la gente esce dagli uffici e si riversa nei locali a piccoli gruppi, i turisti fanno la fila davanti ai teatri, i taxi sfrecciano, le coppie portano i cani a passeggio insieme ai bambini, limousine dai vetri oscurati attraversano silenziosamente gli incroci mentre un tizio travestito da aragosta pubblicizza un ristorante.

Questa è New York e io la amo per questo.

Sono ancora un po' frastornata, ma con una strana sensazione di ritrovata stabilità, come se avessi messo a posto un pezzo importante del puzzle.

So che sto facendo le cose giuste per me e per la bambina, d'ora in poi ci sarà solo il meglio per noi.

Accarezzo la pancia.

«Piccola, forse quello era il tuo papà, o forse no... Un colpo se lo vuoi rivedere e due se non lo vuoi più vedere»

TUMP!

...

TUMP!

28

Sono di nuovo dalla dottoressa Parson.

Voglio metterla al corrente degli ultimi sviluppi.

Ho la sensazione che quando arrivo io, lei si aspetti nuove elettrizzanti rivelazioni, come se guardasse la sua soap preferita.

Mi deve considerare come una specie di "pausa caffè"!

Le racconto dell'incontro assurdo con David.

«Non riesco a realizzare come, da un giorno all'altro, l'uomo più eterosessuale dell'universo, il primo che io abbia mai veramente amato, sia diventato gay da un giorno all'altro, capisce? E potrebbe anche essere il padre della bambina!».

TUMP!

«Ahia!... o forse no».

«Sei sicura di averlo amato davvero?».

Ci rifletto un attimo.

«Nella mia scala dell'amore, sì... ma... ora non ne sono più tanto certa».

«Com'era la vostra storia?»

«Mmm... lui era fidanzato con un'altra, poi l'ha sposata ma si è separato subito, io ci sono uscita forse tre o quattro volte e più o meno sempre di nascosto».

«Speravi che lasciasse la fidanzata?»

«Sì, lo speravo».

«E se l'avesse lasciata, pensi che sarebbe stato con te? Te l'aveva promesso? Era una storia basata su delle solide fondamenta? Voglio dire, avevate affinità elettive, gli parlavi dei tuoi problemi, c'era quando avevi bisogno di lui? Sognavate di vivere insieme? Lo conoscevi bene? Conoscevi la sua famiglia, il posto dove lavorava...».

«No, niente di tutto questo...».

«Bene, almeno abbiamo appurato che la vostra non era una storia d'amore, anzi, che la vostra non era affatto una storia. Adesso possiamo passare a considerare la faccenda dell'omosessualità».

Aggrotto un attimo la fronte.

Mi sento davvero come Cappuccetto rosso che incontra il lupo travestito da nonna.

Ma davvero credevo che quello fosse amore? Sono così cieca da non rendermi conto di quando uno mi sta sfruttando o mi prende in giro?

«A cosa pensi, Monica? Tutto bene?»

«Sì, è solo che mi chiedevo come mai, nonostante io sogni un uomo con determinate caratteristiche, vada sempre a cercarmi quelli che mi prendono a calci».

«Tu quale pensi che sia la ragione?»

«Ma... non so, forse perché noi donne siamo tendenzialmente portate a comprendere e a sopportare, forse perché siamo tutte delle potenziali madri e abbiamo una pazienza infinita e tendiamo a considerare gli uomini che scegliamo come dei figli da accudire e perdonare?»

«C'è molta verità in quello che dici, ma ti ricordi quando sei venuta qui la prima volta? Eri una donna spaventata che non si voleva bene, adesso invece ti stai dando da fare, hai avviato un locale, ti sei inventata una carriera e stai facendo tutto da sola in una città che non è la tua e che è molto dura da vivere. Sei a 10.000 miglia da quella Monica che eri, sono veramente tanto orgogliosa di te».

Arrossisco come se la professoressa mi avesse fatto un complimento davanti a tutti.

«Davvero?»

«Assolutamente sì, ti sei organizzata al meglio e ce la stai facendo. Il fatto che David si sia scoperto gay non deve turbarti più di tanto, tu non lo ami e il suo orientamento sessuale non ti riguarda più. Invece dobbiamo affrontare il fatto che potrebbe essere il padre di tua figlia».

TUMP!

Ahia.

«Glielo vuoi dire?»

«Neanche morta!»

«Ci hai riflettuto bene?»

«Certo che sì, mi ha anche detto che detesta i bambini, si rende conto? Mi vede incinta e mi dice che detesta i bambini e forse quello che porto in grembo è suo».

TUMP!

Ahia.

«Ti ha proprio detto così?»

«Con molta più enfasi, ma il senso era quello. Se ne va in Spagna a divertirsi "senza legami seri"», mimo le virgolette, «e spero che non torni mai più, è un pericolo pubblico».

«Senti, Monica, non dovrei dirlo per etica professionale, ma... se fossi nei tuoi panni farei anch'io quello che stai facendo tu».

«Davvero?»

Questa è come se la professoressa mi avesse dato un 10!

«Non hai pensato neanche un minuto al denaro che potresti ottenere provando che il padre è lui, imbarcandoti in cause legali senza fine! Tu dimostri una grandissima dignità che raramente vedo nelle mie pazienti, che si accaniscono contro gli ex mariti dai quali pretendono gli alimenti e perdono totalmente di vista le loro vite e quelle dei loro figli, tanto sono ossessionate dal rancore e dall'odio».

La mia autostima ha avuto un'impennata inattesa.

«Continua così, Monica, stai andando benissimo, prendi un appuntamento quando ne senti il bisogno».

Mi alzo e le stringo la mano.

«Grazie infinite, Louella».

«Grazie a te, Monica».

Esco rinfrancata dalle sue parole come non lo ero stata mai.

Mi ha chiamata «donna» e non ragazza o giovane o incosciente come mi considero io da buona parte della vita.

Ha detto che sto diventando responsabile e che ho dignità.

Ripeto mentalmente la parola «di-gni-tà», che suona come musica nelle mie orecchie.

Non ho mai amato David, quello non era amore, non gli somigliava neanche lontanamente. In effetti se la nostra storia fosse stata un film, avrei continuato a ripetere all'ingenua protagonista: «Sveglia, cretina, non lo vedi che ti sta prendendo in giro? Ma hai gli occhi foderati di salame o cosa? Ti meriti molto di più! Lascia quello stronzo traditore!».

Per festeggiare mi regalerò una bella tuta di ciniglia rosa firmata Juicy Couture da Bloomingdale's.

Costa quanto un paio di giorni di lavoro, ma... me lo merito.

Più tardi, col mio sacchetto di carta marrone «Big Size», vado a fare dello spionaggio industriale da Whole Food Market per copiare nuovi panini per Bob.

Sicuramente ripeterò quello con crema di arachidi e banane, molto americano, e poi quello con asparagi, funghi e patate al rosmarino.

Se questi fossero stati i compiti a casa sarei stata la prima della classe.

Rientrando a casa Joe mi ferma sulle scale un po' imbarazzato.

«Ciao, Monica, senti... ti ricordi dell'altro giorno, quando mi hai dato quel panino?»

«Sì? C'è stato qualche problema?», rispondo allarmata.

«No... cioè, la ricetta, l'ho data a mia moglie, ma è... venuta uno schifo, solo che non gliel'ho potuto dire o si sarebbe offesa, allora volevo chiederti se ti va di prepararmi il pranzo, io ti pagherei ovviamente, e quello che prepara mia moglie lo diamo al gatto di Pilar».

«Sarà un grande piacere per me, Joe, ti preparerò il pranzo tutti i giorni e anche qualcosa che potrai sgranocchiare durante le lunghe ore di lavoro, e ti giuro che sarai come nuovo e tua moglie sarà così felice per averti fatto dimagrire che dovrai portarla in seconda luna di miele».

Come se ci avesse sentiti ecco il mostruoso gatto seduto davanti alla porta di casa mia.

Ha un che di sinistro che mi mette a disagio. Poverino, non è colpa sua, ma senza neanche un pelo e con quelle orecchie...

Appena mi vede arrivare corre davanti alla sua porta e si mette a grattare con tutte e due le zampe come un invasato.

Evidentemente Pilar è uscita in ritardo come sempre e lui è rimasto fuori e adesso il poverino miagola a squarciagola.

Lo capisco, anch'io sarei incazzata come una iena se non potessi entrare in casa e non fosse colpa mia.

Mi avvicino alla porta per bussare, ma qualcosa mi fa capire che non è il momento: gemiti, insulti in spagnolo, rumore di schiaffi (o di fruste), suppliche di sottomissione, piagnucolii...

«Caro gatto, fossi in te non avrei tanta fretta di entrare, rischi di essere usato come oggetto sadomaso e non voglio pensare a come potrebbero impiegarti! E se il Viagra dura quanto dicono, faresti bene a metterti l'animo in pace!».

Siccome questo palazzo sembra il porto di Genova, ecco che vedo sbucare Tyler.

«Sono venuto ad aggiustare il lavandino di Pilar, dovevo venire ieri, ma non ce l'ho fatta».

«Ecco, allora, fai una cosa, vieni ad aggiustare il mio che perde sicuramente di più e poi aiutami a preparare il menu che sono in ritardo pazzesco».

«Sì, vengo dopo da te, ma ora devo andare da Pilar che ha il lavandino intasato».

«Ti garantisco che il suo lavandino non è affatto intasato», insisto, indietreggiando per impedirgli di avvicinarsi troppo alla porta e farsi venire un colpo proprio adesso che comincia a farsi una ragione sulla mia maternità mistica.

Ma quando Tyler si mette in testa qualcosa non gli fai cambiare idea neanche con le cannonate, allora comincio a tossire fortissimo.

«Ti senti bene?»

«Nooo... è l'allergia al gatto, potresti prendermi un bicchier d'acqua? Aspetta che cerco le chiavi di casa».

Ma mentre mi metto a frugare nella borsa lui tenta di superarmi. Quando fa così mi viene voglia di prenderlo a sberle, ma perché è così duro?

Lo agguanto per la maglietta e lo trascino lontano dalla porta della stanza delle torture: non sopravviverebbe alla vista di Pilar in tuta di lurex con una candela in mano e i morsetti per caricare le batterie nell'altra!

«Ehi, conosci quella canzone di Mika che fa: *Relax take it eaaaaaasy... cause there's nothing that we can do...* Dai, cantala con me... *take it eeeeeeaaaaasyyyy na na na na na na na na na na...*».

Improvviso un balletto nel corridoio in cui do il meglio di me esibendomi nel famoso moonwalker, che viene benissimo sulla moquette, e nella danza di Snoopy che, con la pancia, è tutto un programma.

Tyler non capisce cosa io stia facendo, ma ride e sento che la bambina fa le capriole, Dio che fatica fare la mamma!

«Il ridicolo non ha mai ucciso nessuno», diceva sempre mio nonno, e meno male, perché altrimenti sarei già morta da un pezzo.

Finalmente trovo le chiavi e approfitto della sua distrazione per trascinarlo dentro casa e risparmiargli l'ennesimo trauma.

Ovviamente il gatto si infila in casa insieme a noi e ora non so come tenerlo lontano da me perché, come sempre, l'unico modo per richiamare l'attenzione di un gatto è ignorarlo.

Dopo una mezz'ora passata a saltare da un divano a una sedia, sento la voce di Viagra che saluta Sado-Pilar.

Mi chiedo come farà a eludere la sorveglianza di Joe, e infatti, dopo una manciata di secondi, le urla del poverino mi fanno capire che non c'è riuscito.

Lo sapevo che con un'alimentazione adeguata sarebbe stato più scattante e pronto!

Ci affacciamo nel corridoio per sentire meglio e vediamo Pilar sulla porta di casa sua, in vestaglia, intenta a limarsi un'unghia.

«No ve preocupate, gli piace farse picchiare!».

29

Non sento Peter da alcuni giorni e mi manca.

È un po' il fratello maggiore che avrei voluto avere, che mi protegge e mi perdona quando ne combino una grossa.

Pare che sia incredibilmente occupato con l'organizzazione della Bio Farm.... Mi chiedo come si organizzi una Bio Farm in Nuova Zelanda!

Gli voglio raccontare della nuova vita di David, ma ho paura che gli piaccia il tipo e poi, quando torna, si mettano insieme, non sopporterei la vista di loro due che si baciano sul divano.

Brrr... che pensiero orribile, no, non su questo divano, non sono moderna fino a questo punto.

Joe ha apprezzato molto le polpette gratinate al forno con fagioli, capperi e fiocchi d'avena, gli ho anche fornito un quantitativo di carote e sedani degni di un coniglio bulimico, in modo che nel pomeriggio non si faccia prendere da un raptus e corra al *deli* all'angolo a farsi il solito panino cubano con salsicce, fagioli e doppio formaggio.

Anche mia mamma tace, come volevasi dimostrare, e, tacendo anche mio padre, suppongo che non glielo abbia detto o, se lo ha fatto, gli ha chiesto di far finta di nulla e aspettare che glielo dica io.

Che palle i genitori separati, costano molto di più ai figli in termini di telefonate, oltre che in regali e spostamenti.

Il giudice dovrebbe prevedere un risarcimento ai figli in caso di divorzio, che prenda in considerazione sia il danno morale permanente – sfiducia nei rapporti umani, elevata percentuale di relazioni sbagliate, senso di colpa durante le feste comandate – sia quello meramente pratico di dover fare tutto doppio.

Ma ora ho altro a cui pensare, come cominciare a pianificare la nascita della piccola.

Al momento possiedo solo una culla modello San Giuseppe e non ho nemmeno un pigiamino o delle scarpine di lana rosa.

Ma soprattutto quello che mi manca è un nome.

Me ne vengono in mente un sacco, ma nessuno che mi piaccia veramente.

Ci vuole un nome vincente, facile da capire in tutte le lingue, tipo Monica (anche se questo non ha fatto di me una persona veramente vincente, credo).

Un nome come Hillary, Oprah, Angela o Barbara, che ispiri fiducia e stima, niente di esotico o complicato, ma neanche troppo banale.

Attaccherò un foglio giù all'ingresso dove gli inquilini potranno scrivere i loro nomi preferiti, tanto per fare un sondaggio.

Nel frattempo chiamo Peter velocemente con Skype.

Squilla a vuoto e non mi risponde, dev'essere veramente super impegnato, allora gli manderò una mail.

Caro Peter,
sono riuscita non so come a mettere a dieta Joe e adesso sono addetta alla preparazione della sua colazione, pranzo e merenda. Eh eh, lo so, ti starai chiedendo come ci sia riuscita, e ti posso dire solo che ho usato metodi di persuasione per niente ortodossi!

Avrei bisogno che tu mi dessi qualche dritta in più sui dolcificanti alternativi allo zucchero e su come fare i germogli in casa.

E se una di queste sere puoi chiamarmi per riprovare il rilassamento profondo te ne sarei grata!

Le ultime novità accadute mi fanno dormire un po' agitata.
Niente di grave, non ti preoccupare, cioè niente di grave per te, per me è un po' sconvolgente. Insomma, lascia perdere, quando mi chiami te lo spiego a voce.

Allora ciao.

Ciao, ciao!

M

P.S. Che nome daresti alla bambina?

Mentre annaffio i 9 cactus (vabbé, 8, perché uno non ha retto alla mia indifferenza), squilla il mio cellulare.

Quasi non riconosco più la suoneria.

Rispondo spavalda con un «Pronto» in italiano, non so nemmeno perché.

La linea è disturbatissima, devono essere mia madre o mio padre.

«Pronto?», continuo in italiano, magari è mia nonna.

«Monica?».

Mi sento travolta da un'onda gigantesca, un lungo brivido mi corre lungo la schiena, la bambina si muove bruscamente, forse spinta dalla mia emozione, comincio a sudare freddo.

«E... Edgar?»

«Sì, Monica, sono io».

Segue un lungo silenzio.

Non ho le parole pronte, ho desiderato questo momento da così tanto tempo che adesso sono totalmente impreparata, lo stomaco si stringe dall'agitazione e il cuore sta per scoppiarmi nel petto.

Non riesco nemmeno a respirare.

I fruscii di sottofondo rendono difficile capire quello che mi dice e non voglio perdere nemmeno una parola.

«Mi sei mancato», mi precipito a dirgli.

Silenzio, ancora.

«Mi senti, Edgar? Mi sei mancato tanto».

Dimentico volontariamente il suo matrimonio frettoloso, chiunque può commettere uno sbaglio, mi sta chiamando, sta cercando me, lo sapevo che non poteva avermi dimenticato così velocemente.

«Monica... mia madre mi ha detto che mi hai cercato».

«No, veramente io non ti ho cercato, cioè, volevo sapere dov'eri, ma è stata lei a chiamarmi».

«Lei mi ha detto che la stai tempestando di telefonate e che l'hai obbligata a dirti dove sono», il suo tono è freddo e ostile.

«Ma... Edgar non è andata affatto così...», mio Dio, sono impotente, non posso urlare la mia rabbia perché se riattacca non lo sentirò più, «...è stata lei a chiamarmi, te lo giuro».

«Sì, come vuoi, ascoltami bene, perché questa è la prima e ultima telefonata che ti faccio. Voglio che mi dimentichi, come io ho dimenticato te. La nostra storia è stato un enorme sbaglio. Quella non era la mia vita, quello non ero io, e voglio dimenticare tutto quel periodo, anzi voglio rimuovere tutta la mia vita fino a prima di venire qui. Quell'Edgar non esiste più, è morto e sepolto, quindi neanche tu esisti per me. Non azzardarti più ad importunare mia madre o me o chiunque altro, ti è chiaro? Fai quello che vuoi della tua vita, non mi interessa, con te ho chiuso».

Click.

Dio, Dio, Dio... No.

Mi sento morire.

Non può essere successo davvero. Non è possibile. Chi era quello? Non può essere lui.

Con quella voce carica di odio e di rancore.

Piango disperatamente dondolando avanti e indietro, ripetendo «No... No... No... No».

Il dolore che sento dentro è indescrivibile, è folle, è disumano, non riesco a sopportarlo. Ho paura che questa mia sofferenza feroce possa far del male alla bambina.

Mi tengo la pancia con le mani mentre singhiozzo senza sosta, come fosse una sfera di cristallo che potrebbe rompersi da un momento all'altro.

Mi alzo e spalanco la finestra lasciandomi investire dal vento.

Respiro a pieni polmoni, lunghi, profondi respiri.

Vorrei urlare a squarciagola, prendermi tre Xanax e una bottiglia di vino, fumarmi due canne e un pacchetto di sigarette e dormire per giorni, ma no, adesso non lo posso fare, non lo potrò più fare, devo stare ferma, calma.

Immobile.

Se sto immobile il dolore se ne andrà, come quando uno squalo ti gira intorno, o un lupo ti vuole sbranare: se non ti muovi non ti attacca.

Perché... Che cosa gli ho fatto? COSA CAZZO POSSO AVERGLI FATTO DI COSÌ GRAVE?

Lui e quella maledetta stronza di Margareth.

È tutto un malinteso, un fottuto malinteso, e io non glielo posso spiegare.

E se la bambina fosse sua?

TUMP!

Stavolta il calcio è fortissimo e mi lascia senza fiato.

«Mi dispiace, tesoro, mi dispiace, non hai un papà, non ce l'hai, mi dispiace», le parlo come se la vedessi, «avrei voluto che almeno uno dei due valesse la pena, ma non è così, mi dispiace, è tutta colpa mia, tutta colpa mia... sono una stupida, stupida, stupida....».

Il mio cellulare squilla di nuovo, rispondo senza riflettere, quasi sperando che sia ancora lui, che sia tornato in sé, che si scusi per essere stato così spietato.

«Monica?»

«Mamma...».

«Tesoro, che è successo, perché piangi?»

«Mamma...», ricomincio a piangere in un modo incontrollabile.

«Amore mio, ti prego, non fare così, mi fai preoccupare, dimmi cos'hai, parlami, ti prego».

«Mi ha chiamato Edgar e mi ha detto che non lo devo cercare mai più, che mi ha cancellata dalla sua vita, che l'Edgar che ho conosciuto è morto...».

«Oh, santo cielo, ma... per caso è lui il padre del bambino?»

«...Sì», inutile raccontarle tutta la storia, è già abbastanza umiliante così.

Sospira.

«Tesoro mio, calmati, c'è la tua mamma qui, andrà tutto bene, credimi, andrà tutto bene, vedrai che tornerà».

«No, mamma, non tornerà mai più, mai più, e io non so neanche dov'è».

«Ma gliel'hai detto che sei incinta?»

«No, non me ne ha dato il tempo...».

«Chiama qualcuno alle informazioni, ci saranno dei tabulati, no? Uno mica può sparire così, al giorno d'oggi siamo tutti intercettati, si sa!».

«No, mamma, no... non posso... e sai cosa ti dico? Non voglio e va bene così», comincio a sentire una forza inaspettata farsi strada dentro di me, «non voglio che lo sappia. Non voglio mai più avere a che fare con lui o con uomini come lui. Non voglio mai più essere umiliata, mamma, basta. Ho subito a sufficienza in vita mia e ti assicuro che sono forte abbastanza da andare avanti da sola!».

Sono stupita io stessa dalla forza delle mie parole.

«Tesoro mio, tu sei la migliore di tutte, l'ho sempre saputo, e tutto andrà a posto, vedrai, io sono con te. Vuoi che venga lì? Posso andare in agenzia a prenotare il volo».

«No, mamma, no, stai tranquilla, mi hai aiutato più di quanto tu possa immaginare, credimi», mi soffio il naso.

«Ma stai bene? La gravidanza procede bene? Hai fatto le analisi? Mangi abbastanza? Sono in ansia per te».

«Sì, mamma, tutto bene. Ora vado a letto, ho bisogno di riposarmi, domani ti chiamo, promesso».

Mi guardo allo specchio del bagno.

Anche quella Monica è morta e sepolta.

L'ingenua, illusa, maldestra, sognatrice, insicura Monica riposa in pace, al suo posto c'è una donna con le palle che farà nascere una splendida bambina da sola e che la amerà con tutte le sue forze senza mai farle mancare niente.

«Un calcio se sei contenta così e due se vuoi conoscere uno dei tuoi papà», le dico asciugandomi gli occhi.

TUMP!

«Brava, amore della mamma».

Mi metto il pigiama, vado a letto e spengo la luce.

Poco dopo mi rialzo.

C'è una cosa che devo fare prima di dormire.

Apro il computer, clicco sul file "Edgar".

E lo cancello.

30

Oggi è il primo giorno della mia nuova vita.

Non permetterò più a tutto il dolore di impossessarsi di me, non permetterò a nessuno di farmi così tanto male da pensare di morire, nessuno ha il diritto di ferirmi, nessuno mai più.

Nessun David, nessuna Lilly, nessun Edgar, nessuna Margareth, nessun cosiddetto "amico".

D'ora in poi le persone più importanti del mondo saremo io e la piccola: noi contro il resto del mondo.

Non mi farò mai più umiliare, prenderò quello che mi spetta, risponderò a tono a chi tenta di svilirmi, mi difenderò da sola senza aspettare che lo faccia qualcun altro.

Adesso so quanto valgo e non sarò più carne da macello per lupi affamati in cerca di autoaffermazione.

Da oggi in poi sarà tutto diverso.

Accendo il computer e scrivo subito una mail a Sandra.

Cara Sandra,
immagino che sapevi che ti avrei scritto facendo le carte, dato che il tuo orgoglio non ti permette di farmi una stupida telefonata.

Nonostante la tua bruttissima ultima mail ho deciso comunque di scriverti per raccontarti come vanno le cose... perché immagino che te lo starai chiedendo.

Sto bene, anzi, stiamo bene, io e la bambina. Sì, perché anche lei è una femmina. Ho accettato la gravidanza e la sto portando avanti egregiamente da sola, dato che i due presunti padri, che non ho informato, mi hanno fatto capire senza mezzi termini che non sono interessati a me:

David è diventato gay (per la gioia di Mark) e Edgar mi ha telefonato per intimarmi di non cercarlo mai più (si è risposato e vive in Oceania).

Belle novità, vero?

Questo per dirti che, nonostante tu pensi il contrario, sono una persona matura, responsabile e anche molto forte.

Spero che stiate bene e che ci rivedremo prima o poi.

Nessun rancore da parte mia.

Con immutato affetto

Monica

Tiè, beccati questa!

Mentre sto per scollegarmi mi chiama Peter.

«Monica, ho letto il tuo messaggio, purtroppo sono così incasinato! Non c'è niente che vada come dovrebbe andare».

«Già».

«Tutto bene? Hai la voce strana».

Come ha fatto a capirlo? Gli ho detto solo una parola!

«No, Peter, non va tutto bene, ma prima o poi andrà. Ora non mi sento di parlarne, è tutto troppo doloroso ma quando sarò in grado di gestire tutta questa frustrazione senza piangere sarai il primo con cui mi confiderò».

«Oddio, Monica, ma è così grave? Posso fare qualcosa per te?»

«È grave, ma non puoi fare niente per me, per guarire le ferite, a quello ci penserà il tempo, ma puoi fare qualcos'altro... ho un progetto in mente e solo tu puoi aiutarmi».

«Dimmi!».

«Voglio che raccogliamo tutte le ricette e i consigli utili che conosci in un libro di alimentazione naturale per chi è in gravidanza e, più in generale, per chi vuole avvicinarsi a un tipo di cucina sana.

Ho già cucinato più di una sessantina di ricette veloci fra piatti vegetariani, macrobiotici e bio e ti garantisco che piacciono molto... Allora pensavo che potremmo unire la mia fantasia nell'abbinare i cibi con la tua esperienza nel prepararli, con un particolare riguardo agli accostamenti giusti per avere sempre un corretto apporto di nutrienti e uno spazio con i tuoi rimedi naturali per prevenire i vari disturbi. Che ne dici? Ti sembra una stronzata?...».

Silenzio

«Peter? Ci sei sempre?»

«Sì, Monica, stavo riflettendo, e... no, non mi sembra affatto una stronzata».

«No?»

«No, è... bello, invece, è una vita che penso di scrivere un libro, ma non so neanche da che parte cominciare».

«Ah! Per quello ci sono io, fidati, ho una certa esperienza».

Pessima, ma pur sempre un'esperienza!

«Io conoscerei anche un editore che pubblica questo genere di cose, così se vuoi quando è pronto glielo possiamo mandare».

«Sì, infatti quello era l'unico vero problema a cui non trovavo soluzione... al momento sono sprovvista di editori».

«Sai, anche se ci sono una quantità di libri sull'argomento, c'è sempre posto per qualcosa di nuovo».

«"In salute con Peter e Monica". Suona bene, no?»

«Suona benissimo! Un tocco di "italianità" in America funziona sempre, è sinonimo di buon gusto».

«Ti impedirò di fare il pesto con olive e mandorle!».

«Spodesteremo Lidia Bastianich!».

«La tipa che si vede ovunque in televisione? Quella che è diventata una multinazionale con le sue ricette finto italiane?»

«Già, faremo dimagrire quelli che sono ingrassati seguendo le sue trasmissioni».

«E il nostro testimonial sarà Joe!».

«Già... prima e dopo!».

«Okay, Monica, io ci sto, purtroppo non ho tanto tempo a disposizione, ma giuro che farò il possibile per raccogliere il materiale».

«Benissimo, non c'è fretta, per il momento, comunque sono contenta che l'idea ti sia piaciuta».

Lo saluto.

D'ora in poi il mio motto sarà:

Alzarsi sempre con un programma e un sogno da realizzare.

Il resto della giornata lo passo a cucinare freneticamente, ho un'altra missione estremamente importante da compiere e mi assenterò per un paio di giorni.

Invito a cena Pilar e Tyler.

Non racconterò niente di quello che è successo, non ho più voglia di ricordare quelle parole, voglio rimuoverle anch'io.

Ogni volta che mi torna in mente la sua voce, sento la tensione salire e divento un fascio di nervi, sono subito in preda ad una tremenda angoscia e non me lo posso permettere, ho bisogno di tutta la lucidità possibile.

Devo ringraziare Edgar per essere stato così spietato. Se fosse stato mellifluo e sdolcinato come sempre, probabilmente avrei ceduto, ma ora non posso rischiare di compromettere la gravidanza per colpa di un... non so come definirlo, le parolacce non bastano e odiarlo non mi dà nessun sollievo

Quando l'ansia sale e le lacrime pizzicano, provo con la respirazione Pranayama che mi calma un po' e mi aiuta a riportare la concentrazione sul respiro invece che sui diversi sistemi di tortura a cui vorrei sottoporlo.

Se da bambina me lo avessero detto che da grande mi sarei infilata in un casino del genere...

Ma mi servirà, mi renderà una persona migliore, una donna forte e una buona madre.

Dio, questi ormoni della gravidanza sono FANTASTICI! Mi sembra di essere sotto psicofarmaci!

Arrivano Tyler e Pilar.

Tyler ha portato un cavallo a dondolo che ha costruito lui, è adorabile.

Non so dove metterlo e mi chiedo se sia un giocattolo conforme alle norme CEE, ma è davvero stupendo.

«Geppetto te ha portato un'altra delle sue opere!», lo prende in giro Pilar.

Tyler diventa rosso.

«Ma no, guarda che è bellissimo, e poi se l'hai fatto tu è ancora più bello».

Ci mettiamo a tavola e con mia grande soddisfazione, ancora una volta, mangiano tutto.

Stasera ho preparato una cena americana rivisitata: insalata di avocado con noci e uvetta, pannocchie, jacked potatoes con fagioli piccanti, bagel e banana bread.

«Allora, Pilar, come sta Viagra?»

«Ah, lui bien, adesso che è tornato dalla moglie non ha più problemi, la doppia vida piace molto a molti uomini».

«Cos'è la doppia vita?», chiede Tyler candidamente.

Eh... adesso vaglielo a spiegare!

«Quando te scopi due donne insieme».

«Pilar! Ci sono dei minori qui, bada a come parli!».

«Quando ti sco...? Ma come?»

«Pilar non parla bene la tua lingua, quindi non la devi ascoltare e, quando non la capisci, lascia perdere, tanto non lo sa nemmeno lei», gli dico dolcemente tenendogli le mani.

Pilar mi fa una linguaccia.

«Ah, meno male, credevo che volesse dire fare l'amore con la moglie e anche con la cameriera come faceva mio padre», conclude Tyler sgranocchiando la sua pannocchia.

Io e Pilar sputiamo le patate nel piatto e cominciamo a tossire.
«Come?»
«Sì, la mamma non l'ha mai saputo, ma lui si attaccava alla cameriera e anche alla sorella della mamma, una volta. Io lo vedevo dal buco della serratura, Peter una volta mi ha visto e mi ha dato uno schiaffo».
Ce lo dice sorridendo come se fosse la cosa più naturale del mondo.
«Senti, Tyler, non tutti gli uomini sono così, sai? Cioè, non tutti si attaccano a tutte le donne», dico.
Pilar mi dà un calcio sotto il tavolo, io la guardo e scoppio a ridere.
«Ah no?», mi domanda sputacchiando il mais.
«Dai, almeno uno ci sarà, non credi?», continuo a ridere.
Tyler ci guarda e ride anche lui senza capire.
«Sì, ce l'hai davanti, credo!».
«Pilar, dai, ma sei matta?»
«E perché? Non ti piace?»
«Ma finiscila, deficiente», continuiamo a ridere come matte. «Di figlia me ne basta una».
«Ma parlate di me?», domanda Tyler un po' perplesso.
Smettiamo di ridere all'istante.
«No... noi... no».
«Perché io ce l'ho già la fidanzata, e non potrei mai tradirla con un'altra».
«Tu hai la fidanzata?», chiediamo in coro con gli occhi sgranati.
«Certo! Da quando andavo a scuola, si chiama Susan, ma ora vive in Francia, ci scriviamo da cinque anni».
«Hai visto?», fa Pilar mettendomi una mano sulla spalla. «Sono sempre i migliori quelli che se ne vanno!».

31

Sono in treno, destinazione Cornish. New Hampshire.

Edgar mi ci aveva portato l'anno scorso per farmi una sorpresa, perché vedere lo scrittore che amavo di più era il mio desiderio più grande.

Mi era venuto a prendere in macchina alle 5 del mattino e mi aveva portato lassù, lungo una strada lunghissima e complicata che aveva percorso da solo il giorno prima per essere sicuro di non sbagliare.

E lo avevamo visto. Ci eravamo cagati sotto per essere entrati nella sua proprietà, ma era l'unico modo per mettere nella cassetta della posta un bigliettino che avevo scritto per lui, e lui a un certo punto era uscito e mi aveva sorriso.

Eravamo così eccitati che ci sembrava di impazzire dalla felicità, volevamo raccontarlo a tutto il mondo, correvamo giù per quella collina come due adolescenti che hanno rubato le mele e poi ci eravamo baciati per la prima volta.

Si era fatto in quattro per farmi felice, per realizzare i miei sogni, e io mi domando:

MA CHI CAZZO GLIEL'AVEVA CHIESTO?

Perché uno deve fare i salti mortali per farti innamorare se poi ti sputa in faccia e ti cancella?

E ora io sto tornando a Cornish da sola, anche se non so come ci potrò arrivare, confidando nella pena che può fare una donna incinta.

Il viaggio in treno dura più di 6 ore, anche se saranno sì e no 300 chilometri, ma noleggiare una macchina era fuori discussione.

Sonnecchio quasi per tutto il tragitto o butto giù appunti per il libro.

Arrivata a Claremont devo prendere un autobus fino a Cornish e poi... e poi non ne ho proprio idea.

Fa un freddo cane quassù, anche se l'aria è meravigliosa e il verde sembra ritoccato con Photoshop da com'è vivido.

È come un immenso giardino disseminato di laghi e case coloniali.

Anch'io verrei a vivere qui se fossi braccata dai giornalisti.

Arrivo a Cornish nel primo pomeriggio sbagliando un paio di volte la fermata.

E piove.

Entro in un bar per bere qualcosa di caldo e tutti sono gentilissimi con me.

Per un attimo mi torna in mente quando abitavo a Culross con Edgar: erano tutti carini i primi 10 minuti, poi appena sapevano che ero lì per vivere da lui... «Ma come? E Rebecca?».

Rebecca era morta 6 anni prima...

Ricordo a grandi linee dov'è la casa di Salinger, ma è lontano e io sono a piedi e con questo tempo poi. Credevo che sarei arrivata molto prima e con un bel sole avrei fatto una passeggiata fra i boschi, ma sta andando tutto al contrario dei miei piani e comincio ad essere preoccupata.

Chiedo discretamente alla cameriera se sa dove abiti, ma lei si limita ad un sorriso imbarazzato. Conosco la proverbiale omertà degli abitanti di Cornish, come biasimarli, sono assediati da più di 30 anni da orde di ficcanaso come me, che sperano di vedere un tizio che ha solo deciso di farsi gli affari suoi per il resto della vita.

Esco fuori nel freddo pungente riparandomi sotto il mio ombrello, con gli stivali di gomma a fiori e un pane di segale in mano. Sembro "Trova l'errore".

Un signore anziano che sta salendo su una vecchia macchina, impietosito, mi chiede dove stia andando.

«A casa di Salinger, ho una cosa da dargli».

Mi guarda come per dire "Eccone un'altra", poi vede la pancia e pensa "Questa è la più sciroccata di tutte".

«Lo so che vuol essere lasciato in pace, ma è una cosa davvero importante, sennò non avrei fatto la strada tutta da sola».

Ora penserà che sono incinta di Salinger e sono venuta fin qui per dirglielo!

«Va bene, però fin lassù non ti ci porto, ti lascio all'inizio della strada, poi vai da sola».

«Perfetto!».

Salgo su questa vecchia carretta dei primi del '900 che non si apre dal lato passeggero, allora mi fa sedere dietro.

Ripercorro le strade che ho fatto con Edgar mentre ridevamo e cantavamo e mi raccontava tutta la sua vita, attraversiamo quel meraviglioso ponte di legno coperto e ricordo esattamente tutto, parola per parola, fotogramma per fotogramma, come fosse ieri.

È incredibile come adesso tutto questo non abbia più alcun significato per lui.

A me tutto questo resterà sempre nel cuore, anche se da domani butterò anch'io la chiave.

«Eccoci, siamo arrivati, la collina la devi fare a piedi, te la senti?».

«Co... Come no! Grazie infinite del passaggio».

Fanculo che freddo, poteva anche fare lo sforzo di portarmi fin lì.

Mi arrampico per quanto me lo consente la mia agilità da incubatrice per quella che mi sembra una salita infinita, il terreno è molliccio e coperto di foglie rossastre che rendono la mia camminata ancora più ardua.

Finalmente arrivo in cima, sono sudata fradicia!

Sembro Cappuccetto rosso sotto ketamina.

Le luci in casa sono spente, ma quelle della piccola stanza di cemento che dovrebbe fungere da studio sono accese, forse lui è dentro.

Non mi resta che aspettare, rispettosamente e dignitosamente, sotto questa cazzo di pioggia battente, con l'ombrello rosso, la gonna di lana lunga a scacchi verdi, gli stivali di gomma con i fiori e il pane di segale in mano.

Come minimo mi spara.

Passa un'ora e mezzo, io sono blu, la forza della mia determinazione comincia a scemare, chissà cosa credevo, ha quasi 90 anni, magari non ci sta neanche più con la testa.

Quando penso di arrendermi vedo in lontananza aprirsi una porticina laterale.

«Signor Salinger!», grido e me ne pento subito amaramente.

Riconosco l'uomo alto con i capelli bianchi e una vecchia giacca marrone. Lui, al contrario, non riconosce me e mi guarda come se stessi improvvisando una tarantella con della panna spalmata in faccia.

«Chi è?», risponde sulla difensiva.

«Signor Salinger, le ho portato un regalo, me ne vado subito, l'ho fatto con le mie mani, è un... pane di segale... in onore di Holden, e anche in suo onore, dal momento che lei è fissato con la macrobiotica, cioè non volevo dire fissato... appassionato... ma anch'io adoro i semi, sa?...».

Mi avvicino impercettibilmente, ma lui deve avvertirlo con un sensore ambientale, perché mi risponde subito: «Ferma lì, non ti muovere!».

«No, non mi muovo, venga lei, io sono innocua. Anzi, sono anche incinta e... ho fatto tutta questa strada...».

Si avvicina con fare guardingo come se sospettasse un agguato, cosa che deve probabilmente essergli successa spesso.

«Sei completamente bagnata», mi dice aggrottando la fronte.

«Eh sì... Piove».

«Entra ad asciugarti».

«Io? No, ma scherza? Non si preoccupi, volevo solo darle il pane, me ne vado».

«Ho detto entra», e si avvia verso casa.

«Okay, se insiste», lo seguo incespicando.

Me la sto facendo sotto, dall'emozione e dalla paura, sto entrando in casa di Salinger.

Lo seguo in cucina, il resto della casa è completamente al buio, mi sento a disagio, e ho quasi paura di ledere la sua privacy guardandomi in giro.

È una vecchia cucina in legno molto grande e perfettamente ordinata, ma senza nessun dettaglio moderno, anche lei ferma a 30 anni fa.

Gli elettrodomestici sono vintage ormai.

«Ecco, questo è per lei». Gli porgo il pane per rompere il silenzio. «L'ho fatto con le mie mani»

«Lo hai fatto lievitare abbastanza?»

«Tutta la notte».

«Mm... posalo là, mia moglie non c'è e non so dove sia il caffè, perciò...».

«No, non si disturbi, mi creda, secondo me lei ha fatto un gran bene a non voler parlare più con nessuno, il mondo fuori è solo un gran casino, nessuno sa più quello che fa... insomma è follia pura! Pensi che l'anno scorso, quando sono venuta qui a lasciarle il bigliettino, si ricorda?, ero col mio fidanzato, il "grande amore". Bene, adesso lo sa che ha fatto?

Si è risposato e mi ha cancellata dalla sua vita e forse la bambina è sua».

«Forse?»

«Sì, perché non lo so ancora, forse è di un altro... che adesso è diventato gay».

Dio quanto suona assurda questa storia!

Lui mi guarda come se fossi pazza e scuote la testa, ma poi sorride.

«In fondo il mondo non è cambiato molto».

«No, forse no...».

Mi guardo intorno, il sole sta per calare, è ora che vada.

«Beh... Allora tolgo il disturbo, ma prima di andare... posso chiederle una foto con lei?»

«Una foto?»

«Sì, col telefonino, ci metto un attimo». Fulminea estraggo il cellulare dalla tasca.

Ho l'impressione che non capisca cosa stia facendo, ma si lascia fotografare anche se non sorride.

«E a questo punto le chiedo anche un autografo sulla mia copia del *Giovane Holden*».

Mi sento una groupie di 16 anni, ma quando mi ricapita una cosa così?

Firma stancamente la copia.

«Addio, signor Salinger», lo abbraccio.

Mi accompagna alla porta e mi saluta frettolosamente, l'intrusione dev'essere durata anche troppo.

Riprendo la strada voltandomi solo un'ultima volta.

Chissà se lo mangia il pane di segale!

Secondo me lo butta per timore di essere avvelenato.

Passo la notte in un hotel a Claremont, così da poter ripartire subito la mattina dopo per New York.

Non sono stata così masochista da prenotare nel Bed&Breakfast dove abbiamo fatto l'amore per la prima volta.

Anche se per un attimo ci avevo pensato.

Ho fatto un lungo bagno rilassante e ho cenato in camera.

Tutto sommato mi sento bene, ha smesso di piovere e il tramonto è così bello da togliere il fiato, sembra di essere sul set di *Via col vento*.

Il mio incontro con Salinger è stato un po' deludente, ma non mi aspettavo certo che mi invitasse a cena e mi proponesse di scrivere un racconto a quattro mani in modo da sistemarmi per tutta la vita come ha fatto lui...

...O forse sì?

32

L'ufficio di «Vanity Fair» è il solito insensato casino.

Sono passata da casa per cambiarmi e ho fatto scaricare la foto in un centro specializzato.

Adesso sto aspettando che "Sua Malvagità" Lilly Horowitz si degni di darmi udienza senza appuntamento, impresa più difficile che vincere al Superbowl, e scommetto anche che fingerà di non ricordare chi sono.

La segretaria esce dal suo ufficio e viene verso di me.

«Ehm... può ripetermi il suo nome? Lilly non è sicura di aver capito...».

Scoppio in una risata.

«Non avevo dubbi! Le dica che è Monica, quella che crede che tenere un bambino da sola sia qualcosa di sorprendente!».

La segretaria si stringe nelle spalle e rientra.

Dopo 10 minuti buoni mi fa cenno di entrare.

«Ti concede 3 minuti e non è un modo di dire», mi sussurra all'orecchio.

Entro nella tana del lupo.

Lilly ha una giacca verde acido in tono con il suo umore, si toglie gli occhiali quando entro e immediatamente mi apostrofa in maniera poco gentile.

«Qual buon vento, Monica... ti trovavi a passare di qua per consegnare le pizze?»

«No, le consegno solo nel Queens».

«Ah brava, la battuta pronta è fondamentale. Allora, dimmi, c'è qualcosa che posso fare per te?»

«Sono passata solo per farti vedere una cosa», estraggo la foto dalla busta e gliela porgo.

Lilly infila gli occhiali e scruta l'immagine per alcuni secondi, prima di rendersi conto.

«Ma questo non è Salinger?».

Faccio sì con la testa.

«E... e tu come fai ad averla questa foto, dove è stata fatta, quando?», comincia ad agitarsi.

«Ieri, nella sua cucina», rispondo come se stessi spiegando dov'è l'ascensore.

«Come "ieri nella sua cucina"?»

«Ieri sono andata a casa sua a Cornish, ho aspettato fuori un'oretta abbondante e quando è uscito gli ho detto che gli avevo portato un pane di segale fatto in casa, dato che mangia solo macrobiotico, e siccome pioveva mi ha fatto entrare».

Lilly deglutisce.

«A... aspetta un attimo», prende il telefono, «Miriam vieni subito nel mio ufficio... Monica cosa prendi... un caffè? Un cappuccino?... Qualunque cosa».

«Un caffè d'orzo con latte di soia freddo e una goccia di miele», rispondo con una certa soddisfazione nel poterle rompere le palle con richieste assurde.

«Capito, Miriam? Fai in fretta, vola!», riattacca e mi guarda con occhi nuovi.

«Siediti, cara, ti prego, nelle tue condizioni non dovresti stare in piedi a lungo, come stai? A che mese sei? Ti trovo in splendida forma, prendi dell'acido folico?»

«Sì, Lilly, sto molto bene», rispondo serenamente.

«Allora, mi dicevi che sei andata dall'eremita e non solo lo hai visto, ma sei anche entrata in casa sua... È... stupefacente», si sorprende di aver usato quella parola. «Hai avuto un'idea geniale, lo hai impietosito con la tua gravidanza, non lo hai fatto sentire aggredito, non ha mai fatto entrare nessuno in casa sua, nessun estraneo almeno, sei stata grandiosa!».

«Già...», lascio le parole volontariamente sospese.

«E vi siete parlati, vero?»

«Oh sì... molto a lungo».

«E... Cosa ti ha detto? Ti prego, non lasciarmi sulle spine! Ti rendi conto, vero, che questo è lo scoop del secolo? Devi assolutamente preparare un pezzo strepitoso, ma su questo non ho dubbi che lo sarà, poi pubblicheremo la foto in copertina, è un'esclusiva mondiale, oddio, Monica, forse non ti rendi conto che hai superato te stessa!».

È così adrenalinica che ho paura si alzi in piedi da un momento all'altro.

Bussano alla porta.

«Avanti!», grida Lilly.

Una ragazza entra timidamente con un vassoio in mano.

«Finalmente ti sei degnata! Svelta, posa il caffè sul tavolo e sparisci», ruggisce Lilly, poi torna a sorridermi come fossi il suo regalo di compleanno più bello.

«Allora, tesoro, hai già pronto il pezzo? Altrimenti ti posso dare una settimana, ma non di più. Capirai, siamo un po' stretti e per quanto riguarda il compenso, ecco... che ne pensi di 10.000?»

«10.000 dollari?», ripeto perplessa.

«Di più sarà difficile perché è il tuo primo pezzo, ma posso sentire l'amministrazione cosa può fare! Allora, carissima, cosa ne pensi?»

Le sorrido senza dire una parola, e la vedo in difficoltà forse per la prima volta negli ultimi venti anni.

O forse trenta.

«Be'? Non dici niente? Non sei contenta? È per i soldi? Ti prometto che cercherò di fare di meglio», mi incalza aspettando una risposta.

«Lilly...».

«Ti ascolto, cara», sorride a trentadue denti.

«Io non ho nessuna intenzione di scrivere un pezzo», dichiaro candidamente.

«Come?», mi chiede come se le avessi detto che rifiuto il montepremi del Superbowl!

«Forse non ci siamo capite, sai?», continuo calma, «io ti ho fatto vedere quella foto per dimostrarti, anche se non era necessario, che non sono un'inetta come mi hai urlato in faccia l'altra volta. Però grazie ai tuoi insulti e alla tua arroganza mi hai fatto capire cosa non voglio assolutamente fare nella vita». Faccio una bella pausa di sospensione, poi: «Non voglio in nessun modo aver a che fare con gente come te», continuo a sorridere senza la minima ombra di ostilità.

«Ma...», Lilly aggrotta la fronte, «non te la sarai presa per quello che ti ho detto l'altra volta, vero? Ero sicuramente stanca morta. Sai, questo è un lavoro estenuante, non dormo a sufficienza e spesso non mi sento bene... capirai», indica la sedia a rotelle, «non puoi essertela presa per quello, io tratto tutti male, è risaputo, ma poi non sono veramente cattiva», fa un sorriso tirato, si sta trattenendo perché sa che non ha potere su di me, ma se avesse la possibilità di asportarmi il cervello e scaricare tutte le informazioni su un mp3 lo farebbe senza problemi.

«Sì che lo sei».

«Prego?»

«Credo che tu provi veramente piacere a trattare male gli altri e se te lo permettono avranno le loro buone ragioni, ma a me non interessa dover lavorare per una iena che a seconda di come si sveglia mi può umiliare o massacrare per il puro piacere di farlo».

«E quindi, il pezzo?»

«Il pezzo?», rido e mi alzo, riprendo la mia foto, il mio caffè ed esco trionfante.

Giuro che stasera mi ubriaco di champagne, questo è il momento più bello della mia vita!

Sento Lilly che impreca contro i mobili del suo ufficio che le impediscono di inseguirmi con la sua sedie a motore, poi fa volare un paio di poltroncine e dopo un secondo me la trovo alle calcagna, ma io sono già dentro l'ascensore.

Come le scene dei film in cui lei se ne sta andando e le porte si chiudono.

Vabbè, l'ascensore non si chiude con il tempismo che avrei desiderato, perché Lilly si scaglia come una furia contro di me urlando: «Non ti azzardare a vendere la foto a quelli di Vogue o ti ammazzo con le mie mani, brutta...».

E le porte si chiudono.

Alla reception vedo la signora che fa la chemio tre volte alla settimana.

D'istinto mi avvicino a lei.

«Le auguro tanta fortuna, lei è davvero ammirevole».

«Per che cosa, cara?», mi chiede con un sorriso.

«Be', per come affronta la sua malattia e la chemio, volevo dirle che l'ammiro per la sua forza».

«Ma io non faccio la chemio. È impazzita?», mi risponde seccata facendo gli scongiuri.

Lilly Horowitz, sei una stronza col botto.

Scendo in strada esaltata come John Travolta alla fine della *Febbre del sabato sera.*

Ci manca che mi metta a camminare come un rapper e a battere il cinque alle vecchiette. Non passano dieci minuti che arriva puntuale la telefonata di Max.

«Monica cara!», esordisce.

«Chi parla?», eh, adesso mi voglio togliere le mie soddisfazioni.

«Ma sono io, il tuo amico Max. Non mi riconosci adesso?»

«Ma guarda... Max, a cosa devo l'onore?»

«Dai, non mi dire che non lo sai, non è che stai andando da GQ a vendere l'esclusiva?»

«A dirti la verità, no».

«Dai, Monichina bella, a me puoi dirlo. Credimi, non c'è niente di meglio di VF».

Uno che mi chiama Monichina non meriterebbe risposta.

«Allora forse non sono stata chiara. Strano, perché mi era parso di esserlo. Io non ho nessunissima intenzione di scrivere un pezzo su Salinger, violare la sua privacy sacrosanta e lavorare per un branco di esaltati come voi».

«Tu sei completamente cretina».

«Prego?»

«Sei pazza, non ti rendi conto di cos'hai per le mani, lo scoop del secolo, il più importante e controverso scrittore vivente ti rilascia un'intervista a casa sua e tu ne fai un problema etico?»

«Esatto! Proprio un problema etico!».

«A me non la dai a bere. Sono i soldi, tu vuoi più soldi. Su, dimmi quanto vuoi. Avanti, spara!».

«Non mi tentare!», ironizzo.

«Forza, non essere stupida, non capisci che cosa ti stanno offrendo? È Lilly Horowitz che ti sta chiedendo di occuparti di questo pezzo in esclusiva, capisci? Lilly Horowitz!».

«E chi sarebbe Lilly Horowitz? La Madonna? Ascoltami bene, Max, *stupida e cretina* lo vai a dire a tua sorella, e se per te il massimo della vita è andare a leccare il culo di Lilly Horowitz accomodati pure, io non voglio mai più avere a che fare né con un coglione come te né con una squilibrata come lei, io una vita ce l'ho e le uniche persone a cui rendo conto siamo io e mia figlia, mi sono spiegata adesso? No? Allora te lo spiegherò meglio con la sigla che ti piace tanto:

VF, VAFFANCULO!».

Clic.

SÌÌÌÌÌÌ!

Sono una grande davvero, due in un colpo solo!

Non avrei mai pensato di poterlo fare, ma la nuova Monica non ha più paura di nessuno.

Corro nel traffico agitando le mani per far fermare un taxi.

Se ne fermano due. Dev'essere il mio numero fortunato.

Il tassista scende per aprirmi lo sportello.

Mi siedo e finalmente mi rilasso contro lo schienale.

Tiro fuori dalla borsa la foto con Salinger e la bacio.

«Grazie, vecchio eccentrico e scombinato orso, ti voglio davvero bene».

33

Vado a fare una passeggiata in Central Park al tramonto, per godermi questa straordinaria sensazione di fiducia in me che non avevo mai provato prima.

Non potevo nemmeno lontanamente immaginare quale meraviglioso senso di pace interiore potesse scaturire dal difendere le proprie idee.

Ho smesso di piegare la testa e non voglio più scendere a compromessi, né in amore e neppure con il lavoro.

Si può vivere benissimo senza vendere la propria anima al diavolo.

Forse non si fanno i miliardi, ma non è quello il punto, il punto è vivere il più possibile in coerenza con se stessi.

Se si cerca un amore da favola, non ci si può mettere con uno molto bello, ma fidanzato, perché probabilmente si sposerà, divorzierà e poi scoprirà di essere gay, così come non ci si può mettere con uno che non ha superato il suo passato, perché probabilmente svilupperà delle manie ossessivo compulsive e fuggirà in Oceania per rifarsi una vita.

Giuro che un giorno scrivo un libro su di me.

Capito, piccola? Non farti mai mettere i piedi in testa da nessuno, meglio essere una rompicoglioni che una paurosa.

I paurosi se li mangia il lupo.

Mi siedo su una panchina vicino al *Reservoir* a guardare le anatre che nuotano nell'acqua.

Le paperelle annaspano per stare dietro alla loro mamma.

«Dio come sono carine!», mi sento dire.

Sono gli ormoni che parlano per me, non c'è dubbio!

«Adorabili, vero?», mi risponde una neomamma che si è appena seduta sulla panchina, con un bambino nel passeggino.

«Sì, sono stupende. Oh, ma è tuo figlio?», mi precipito a guardarlo da vicino.

«Sì, si chiama Kevin e ha due mesi».

«Oddio, ma è adoraaaaaabile!».

Ma è ancora la mia voce? Devo essere posseduta!

Kevin mi guarda e ride.

«Oooohhhh, guarda, mi ha fatto un sorriso!», sono in brodo di giuggiole.

«Sì, lui ride sempre, vero, passerotto?», toglie la cintura di protezione e lo prende in braccio.

«Ma sei bellissimo, Kevin, e che begli occhioni che hai e che belle manine, lo posso tenere in braccio?»

«Certo»

Lo sollevo con cautela, penso che sia la prima volta che prendo in braccio un bambino di mia iniziativa, ma preferisco non dirlo a sua madre.

«Ma sei un bambolotto bellissimo, lo sai?».

Noooo, sto anche facendo la voce da deficiente, avevo giurato che non lo avrei mai fatto.

«A che mese sei?», mi chiede.

«Quasi al sesto».

«È maschio o femmina?»

«Femmina».

«Anch'io avrei voluto una femmina».

«Magari il prossimo».

«Il prossimo? Non credo proprio, non nell'immediato, almeno... sai, sono sola».

«Ah, davvero?»

«Già, non gli è andata giù quando ha saputo che ero incinta e così...».

«Oh, mi dispiace, ma ne avevate parlato di avere dei figli?»

«Ecco, a dire la verità lui non ne voleva, ma ho pensato che fosse solo un po' di paura e che poi sarebbe stato contento di averne uno, ma invece non è andata così».

«Be', pensa se lui ti avesse obbligata a fare la mamma di punto in bianco inchiodandoti alle tue responsabilità. Forse a volte dovremmo metterci nei panni del nostro compagno, non tutti si sentono pronti ad avere un figlio. Voglio dire, è dura!».

«Ero così convinta che lui sarebbe stato felice, invece la sera che gliel'ho detto è andato su tutte le furie, mi ha detto che gli avevo mentito, che lo avevo fregato, incastrato, e che non voleva vedermi mai più!».

«Una mia amica invece stava con un uomo che credeva di amare molto, ma la storia andava male perché lui aveva un sacco di problemi, poi un giorno si fece vivo il suo ex, e sai come vanno queste cose quando si è un po' giù di morale e si beve troppo, insomma la storia di una notte e dopo più di tre mesi si è accorta di essere rimasta incinta».

«Davvero? E di chi?»

«Non lo ha mai voluto sapere».

«E i due padri?»

«Evaporati!».

«Uh, questa è messa peggio di me».

«Oh, non direi, è molto felice invece. Lavora, ha un sacco di amici e la bambina è uno splendore».

«E tu, invece? Tuo marito è contento?»

«Oh, lo era».

«Se n'è andato anche lui?»

«Eh, sì».

«Con un'altra donna?»

«No, è morto!».

«Oh, santo cielo, mi dispiace tanto, non volevo essere indiscreta».

«No, non ti preoccupare, l'ho superata!», rido senza pensare che deve avermi preso per una demente.

«Si è fatto tardi, devo riportare Kevin dalla nonna che avrà preparato la cena ormai!».

Mi prende il bambino dalle mani con una certa apprensione sul viso.

«Ciao e buona fortuna!», le dico sempre sorridendo. «Ciao, piccolo Kevin!».

«Sì, ciao... Buona fortuna anche a te», e schizza via spingendo il passeggino a duecento all'ora.

Rientrando a casa incontro Joe nell'atrio, che mi mostra con soddisfazione che i pantaloni cominciano ad andargli larghi.

«Wow! Che bello, Joe, sono proprio contenta. Hai visto com'è facile? E scommetto che ti senti anche bene».

«La verità è che potrei uccidere per una fetta di torta al cioccolato».

«Nessun problema, te ne faccio uno senza colesterolo e con poco zucchero».

«Ma esiste?»

«Certo, fidati».

«Non farà schifo?»

«No no, ti assicuro!».

Oddio, proprio uguale uguale non sarà, ma almeno non gli si chiuderanno le arterie.

Gli preparo una torta al cioccolato con farina di carrube, che detto così sembra il premio per il cavallo che vince il Palio di Siena, ma almeno esteticamente gli somiglia, il resto lo farà la suggestione.

Devo portarmi avanti con i menu per domani, Bob sarà nel panico più totale e voglio lavorare sul libro.
Faccio un rapido controllo della posta.
C'è una mail di Peter (entusiasta) che dice:

Cara Monica,
sono elettrizzato, non so come ringraziarti per questa idea che hai avuto, non vedo l'ora di avere un po' più di tempo da dedicare al progetto.
Qui sto impazzendo, non riesco a lavorare con gli inetti, passo il tempo a ripetere le cose e poi fanno esattamente il contrario di quello che ho detto, tutto questo sta mettendo a dura prova la mia pazienza.
Ti mando in allegato alcune delle mie ricette (creme viso e impacchi vari), per esempio il dentifricio con il bicarbonato, argilla bianca e tea tree oil, o la crema antirughe con il burro di karitè e la rosa mosqueta, il burro di cacao con olio di mandorle e cera d'api, insomma ne ho una quantità, spero ti possano essere d'aiuto.
Per i germogli ti consiglio di comprarti un germogliatore e leggere le istruzioni.
Ti abbraccio,

Peter

C'è un allegato di trenta pagine.
Ho creato un mostro.

Poi una mail di Mark.

Ciao bimba,
come stai?
Ti rispondo io perché la tua amica è la persona più testarda, orgogliosa e cocciuta che io conosca.
Sono incazzato a morte con lei perché non ti vuole rispondere, anche se muore dalla voglia di farlo.
Ti prometto che non farò altro che torturarla finché non si farà viva con te, non mi è piaciuto il modo in cui vi siete lasciate e non ti sono stato vicino quanto avrei voluto mentre eravamo a New York. Volevo scusarmi di questo già da un po' di tempo, ma poi una volta tornati, il lavoro, la bambina, i soliti casini e Sandra che è pesante da sopportare (non dirglielo o sono morto) e alla fine non ti ho mai scritto.

Vedrai che dopo che sarà nata la piccola anche tu avrai molto meno tempo per tutti.
Che figata, ho due figlie dalle due donne che adoro, senza averci mai fatto sesso!!!
Ti voglio troppo bene.
Ciao,

Mark

Scendo a portare il dolce con la finta crema di cioccolato a Joe, che pur di portarselo a casa ha fatto gli straordinari, e vedo che il foglio con la lista dei nomi è già bello pieno.
Gli do un'occhiata:
Trisha, Paris-Nicole (questa è opera della tredicenne del terzo piano), Ashanti, Brianna, Bailey (dev'essere l'alcolizzata del quinto), Fumiko (la giapponese del primo), Petula, Rachel, Bridget Jones (manco morta!), Jaleesa e Ignazio.
Ignazio?

34

Ultimamente gli ordini sono sempre più consistenti e Tyler da solo non ce la poteva fare, perciò sono andata con lui al bar, carica come un mulo.

Bob stamattina ha una maglietta color senape stinta, con la foto di Bo Derek con le treccine e la scritta "10".

Mi chiedo se se le compra nuove o se hanno trent'anni...

Carl e "quell'altro" sono sempre seduti ai loro posti, ma non tracannano più birra, si sono rassegnati ai salutari beveroni di carota e mela (che però correggono con la vodka).

Mi salutano facendomi un sacco di feste e complimenti.

Arrossisco. Devo essere veramente cambiata!

Bob mi prende da parte, è stranamente emozionato, un po' scosso, non capisco.

Non ci siamo più visti dopo la sua "proposta di matrimonio con interessi".

«Monica, è successa una cosa».

«Una cosa... bella?»

«Direi di sì... lei è tornata».

«Lei... tua moglie? DAVVERO?», grido e lo abbraccio. «Ma è bellissimo! Sei contento?»

«Sì, ma ho una paura...».

«Ci credo, dovete ricominciare tutto da capo, ma sarà una bellissima avventura».

«È venuta qui l'altro giorno a riprendere la bambina e, non so, mi ha visto sotto un'altra luce, le sono piaciuti i cambiamenti che abbiamo fatto al locale, mi ha detto che le sembro più forte e più sicuro di me».

«Eh, le donne subiscono sempre il fascino del leader!».

«Ma se poi la deludo ancora una volta? Se poi lei se ne va di nuovo? Non potrei sopportarlo!».

«Aspetta, aspetta, un passo alla volta! Voi due dovete ricominciare a conoscervi, non siete più gli stessi di prima, avete passato molto tempo separati e avete maturato esperienze diverse, ma vi amate e avete una bambina, quindi non avere fretta e vedrai che le cose andranno bene».

«Ne sei sicura? Lo spero tanto!».

«Ma sì, dai, meno male che non ci siamo sposati!».

«Già, chissà come glielo spiegavo».

Lascio Tyler insieme a Bob per preparare le consegne, mentre vado all'appuntamento col dottor Mc Ewan.

Anche lui mi guarda come se non mi avesse mai vista.

Ma che ho fatto?

«Monica, cara, hai un aspetto splendido, sei in gran forma, le analisi sono a posto, il peso è perfetto e la bambina sta benissimo».

Ufffffffff, Dio ti ringrazio, ho sempre paura che ci sia qualcosa che non va.

«Ma come hai fatto, sembri un'altra, sei sorridente, tranquilla, piena di vita. Ti vanno bene le cose, vero?»

«Be', non nel modo tradizionale, ma sostanzialmente ho tagliato parecchi rami secchi e ora mi sento molto meglio, sono concentrata su di me e la bambina, il resto viene dopo».

«Brava, sono molto orgoglioso di te, ti confesso che quando sei venuta la prima volta ero molto preoccupato».

«Si chiama istinto di sopravvivenza, dottore!», gli dico stringendogli la mano.

Uscendo squilla il mio telefono, è la mamma.

«Allora, come stai oggi?»

«Alla grande, mamma».

«Sono tanto contenta di avere un nipote, ho tirato fuori tutte le tutine di quando eri piccola, così te le spedisco e poi, scusa, non ho resistito e l'ho dovuto dire a tuo padre, ma si è offeso perché non glielo hai detto per primo».

Altra bega da aggiungere alla lista dei figli dei divorziati: non sai mai a chi dare una notizia per primo e comunque sbagli sempre.

«Altre novità? Il cassam... ehm, il tuo ragazzo?»

«Alla mia età dire "il mio ragazzo" mi fa sembrare una vecchia pervertita... Procede bene, almeno finché non mi parla di... lavoro».

«Be', mamma, almeno quello è un settore che non conosce crisi!».

«Sì, ma nemmeno i fornai, se è per quello, o i benzinai o i dentisti».

«Certo, però vuoi mettere l'originalità? Scusa, mamma, adesso ti lascio, ho sotto un'altra chiamata».

Non è vero, ma quando andiamo troppo d'accordo e ci rilassiamo, l'incantesimo si spezza in un attimo, meglio procedere per dosi omeopatiche.

A casa Pilar mi aspetta sul pianerottolo, picchiettando sul palmo della mano sinistra il regalo che le ha appena fatto Viagra.

«È un vibratore rosa, mi sembra».

«Esatto, te ne rendi conto? Cosa piensa che ce faccio?»

«Non so se ci si può montare il latte per il cappuccino, ma magari il gatto l'apprezza».

«Solo un imbecille fa un regalo così stupido, e poi guarda com'è piccolo!».

«Ah, ecco perché sei incazzata».

«Lo mando alla moglie».

«Cosa vuoi fare?»

«Lo spedisco a casa sua all'attenzione della moglie».

«No, dai, lascia stare, quello ti ammazza».

«È più probabile che lo ammazzo io a quell'idiota, se proprio non sapeva che regalarme poteva comprarmi una recarica per el cellulare o delle bottiglie de vino o una stecca de sigarette!».

Non finisce la frase che comincia a correre come una pazza lungo il corridoio e saltare in braccio a un poverino con due valigie, uno zaino a tracolla e un marsupio.

«PEEEEEEEEEEEEETEEEEEEEEEEEEER!».

Come, Peter?

Lo abbraccia e lo bacia come se fosse il marito tornato dalla guerra.

Peter Bonelli?

Peter si avvicina faticosamente alla porta con Pilar avvinghiata come un koala sempre con il vibratore in mano.

«Tu sei Monica, vero?», mi sorride e mi tende una mano. «L'ho capito dalla pancia!».

«Intuito formidabile!», gli stringo la mano.

Non me lo sarei mai immaginato così. O, meglio, non me lo sono proprio mai immaginato.

Ha i riccioli castani, gli occhiali, la barba di tre giorni e l'aria del secchione, ma ha un viso dolce, buono, di chi ha sofferto molto e che alla fine si è arreso, però ispira fiducia.

Pilar continua a fargli le feste come un cagnolino.

Confesso che mi dà un po' fastidio, volevo avere l'esclusiva della sua amicizia.

«Peter, ma che ci fai qui? Cioè, lo so che è casa tua, ma... ecco, non eri in Nuova Zelanda?».

Oddio, e dove andrò a stare ora? Mi poteva avvertire? Non riesco a mascherare la mia apprensione.

«Sì, ma ho lasciato l'incarico, stava diventando una catastrofe. Oh, ma che idiota, non ti preoccupare minimamente! Tu resterai qui per tutto il tempo che avevamo pattuito e anche di più se ne hai bisogno. Io vado da Steve, lui torna fra sei mesi, non c'è assolutamente problema, ero solo passato a conoscerti e vedere come stavi, e prendere un paio di magliette se non ti dispiace».

Uh, meno male, che paura ho avuto, già mi vedevo in mezzo a una strada a vendere fiammiferi.

«Sei ancora più bello de quando sei partito, lo sai? Tutto abronzato».

«Io bello? Ma dai, non scherzare», abbassa la testa.

«Dai Peter, entra a... casa tua, mi dispiace per il disordine, se avessi saputo che arrivavi avrei messo a posto».

E annaffiato i sette cactus sopravvissuti...

Peter entra in casa e, sinceramente, sono piuttosto in imbarazzo.

Stavo così bene da sola, con lui ho solo avuto uno scambio di mail, non lo conosco davvero, è un po' come incontrare per la prima volta qualcuno conosciuto in chat.

Appoggia in un angolo le sue cose e rimane impalato.

«Dai, Peter... fai come fossi a casa tua!», ironizzo.

«Monica, scusami, davvero, non voglio essere inopportuno, non so come dirti quanto mi dispiace di essere piombato così, ma sparirò subito, non temere».

«Peter, non esagerare, dai, siediti e rilassati, ti faccio un caffè... d'orzo!».

«Okay, allora accetto volentieri un caffè, ma poi tolgo il disturbo».

Sale a prendere un po' di roba nel suo armadio e si muove come se fosse un ospite, è più imbarazzato di me.

Preparo il caffè e glielo servo in quella che penso sia la sua tazza (c'è disegnata una grossa P), insieme a dei muffin ai mirtilli che ho fatto io.

«Allora, Peter, come mai hai lasciato il tuo incarico?», chiedo sedendomi.

«Perché... era tutto un enorme casino e non volevo buttare via il mio tempo, così alla fine ho mollato».

Di persona sembra un po' rigido, mentre nelle sue mail mi pareva così sensibile.

«Be', è un peccato, sembrava una cosa interessante...».

«Sì, lo era, il posto era incantevole, ma troppi intoppi, insomma. Meglio evitare di complicarsi la vita, no?»

«Se lo dici tu...».

Silenzio.

«Insomma... aspetti una bambina».

«Già».

«Come ti senti? Prendi le vitamine? Dormi abbastanza?»

«Oh, sì, mi tratto come una principessa, e poi Tyler è sempre con me, è un vero tesoro».

«Già, Tyler non sa che sono qui, chissà che faccia farà».

«Non gliel'hai detto?»

«No, sono partito di fretta e non avevo voglia di chiamarlo a casa e parlare con mia madre».

«Capisco».

La conversazione langue, forse è il caso che se ne vada da Steve.

«Questi muffin sono squisiti, c'è il malto di riso?»

«Sciroppo d'acero... mezza tazza».

«Ah, ecco, infatti sono molto delicati».

Ha l'aria di uno che ha le scarpe troppo strette e non vede l'ora di togliersele.

«Monica... mi ero immaginato questo incontro tutto in un

altro modo, è che sono timido e riesco molto meglio a comunicare per iscritto».

«Allora, se vuoi, là c'è una penna e qui ci sono dei fogli».

Ride.

«Sono pessimo, scusami, è che ho fatto un viaggio lunghissimo e sono così stanco, e... adesso è meglio che vada».

Ci alziamo. Lo accompagno alla porta.

«Senti, non è che avresti voglia di andare a cena in un ristorante tailandese buonissimo? È proprio qui all'angolo!».

35

Non ho mai riso tanto in vita mia.

Peter è buffo da morire, mi ha raccontato cose pazzesche sui suoi viaggi e il suo lavoro ed è bravissimo a fare l'imitazione di sua madre.

Ho riconosciuto in lui tutta la tenerezza e la sensibilità che mi aveva trasmesso in questo periodo, mi sembrava impossibile essermi sbagliata.

Dopo cena facciamo una passeggiata nel Village, erano mesi che non facevo un giro insieme a qualcuno.

Peter conosce un sacco di gente, non fa dieci metri senza salutare qualcuno, sembra il postino!

Mi riaccompagna a casa e si assicura che io entri prima di andare via, e Pilar *stranamente* si affaccia sulla porta appena ci sente salire e ne approfitta per baciarlo di nuovo.

Dio, che nervi!

«Monica, se domattina sei libera ti porto a fare un giro da veri turisti. Ne hai voglia? Magari potremmo noleggiare delle bici».

«Perché no?», rispondo soddisfatta che non lo abbia chiesto anche a Pilar.

«Vuoi venire con noi, Pilar?».

Cazzo!

«No, io lavoro domattina, ma magari per cena».

«Okay, allora cucino io per voi», si offre Peter.

Ci saluta con un bacetto e se ne va, noi rimaniamo per un attimo sulla porta, fingendo indifferenza quando invece sembriamo due leonesse che si contendono la preda.

Che preda, poi...

«Notte, Pilar, sono tanto stanca».

«Notte, Monica, anch'io ho bisogno de dormir».

Ci scambiamo un sorriso un po' tirato e spariamo dietro le nostre porte.

Ecco perché le donne riescono ad essere amiche solo finché non c'è un uomo di mezzo, anche se è un gay!

L'indomani mattina il campanello suona alle nove.

Mi sveglio di soprassalto, stavo sognando di essere a scuola, esame di maturità, è il mio sogno più ricorrente.

Scendo faticosamente dal soppalco e pianto l'occhio nello spioncino, poi biascico un debole: «Chi è?»

«Sono Peter!».

Di già?

Apro la porta in pigiama, con le cispe e i capelli arruffati.

Peter non riesce a trattenersi dal ridere.

«Porta rispetto, ti prego, sono una signora in stato interessante buttata giù dal letto all'alba! È anticostituzionale!».

«Volevo venire più tardi, ma il jet lag mi sta tenendo sveglio da quattro ore e non ce la facevo più, possiamo andare a fare colazione da Le pain quotidien. Vedrai che ti piacerà».

Grugnisco e sparisco in bagno.

«Funziona sempre lo scarico?», mi chiede.

«Una volta sì e tre no, ma non ho il coraggio di chiederlo a Joe, non finché non avrà perso 20 chili, la sua mano potrebbe rimanerci incastrata!».

«Ci penso io a fare i lavoretti di cui hai bisogno, oppure chiedi a Tyler».

«Adoro Tyler, ma ci mette due mesi a cambiarti una lampadina!».

Usciamo nella mattinata gelida e andiamo a fare colazione in un posto francese con lunghi tavoli di legno ed enormi barattoli di marmellata e cioccolata da spalmare sul pane caldo e leggiamo il «New York Times» commentando le notizie a voce alta, con le opinioni dell'"uomo della strada": «Speriamo che finisca presto il mandato di Bush», «Prendere un mutuo oggi è impensabile», «Le mele non hanno più lo stesso sapore di una volta».

Ma non riesco a tradurre «Non esistono più le mezze stagioni!».

Mi porta a spasso per tutta Manhattan, in posti dove non ero mai stata. Il Moma, la Frick Collection, la Carnagie Hall, il Chelsea Market e infine sulla cima dell'Empire State Building dove mi sono sempre rifiutata di salire perché lo consideravo roba da turisti, ma devo dire che ne valeva la pena!

Mi porta anche allo Zoo di Central Park dove, invece di incontrare tutti gli animali del cartone *Madagascar*, vedo solo dei poveri pinguini spennati che nuotano nel proprio guano.

«È molto che stai con Steve?», gli chiedo a bruciapelo mentre buttiamo di nascosto noccioline alle scimmie.

«Con chi?»

«Con Steve, il tuo amico, quello da cui dormi. Ci sono le sue medicine nel tuo cassetto».

«Ma io non sto con Steve».

«Ah no? Avevo capito di sì».

«E perché?», mi chiede un po' perplesso.

«Così... l'ho dedotto».

«E da cosa lo avresti dedotto?»

«Intuito», ridacchio piuttosto imbarazzata.

«Ah, quindi anche tu pensi che io sia gay!».

«Io? No, non penso che... perché, non lo sei?».

Scoppia a ridere.

«No, ma non sei l'unica che me lo chiede, sarà che ho la voce un po'... flebile, poi la fitoterapia in effetti non è molto virile».

«No, ma io non volevo dire... cioè, credevo...».

Sono viola, che figura di merda, ero straconvinta che mi avrebbe raccontato della sua conturbante storia d'amore con Steve, invece è ETERO!

«Tranquilla, non mi sono offeso, cioè, tesoooooro, in effetti hai dei capelli osceeeeni, ma ti è morto il parrucchiere, per caso?».

Fa il cretino imitando una drag queen.

«Allora sei etero e non sei fidanzato?»

«No, non lo sono, tutte le volte che mi sono innamorato sono stato lasciato e mi ha fatto troppo male, quindi... preferisco starne alla larga e lavorare più che posso».

«Be'... benvenuto nel club, allora... Perché non parliamo d'affari?», taglio corto. «Ho buttato giù alcune idee su come imposterei il libro, andiamo a casa che te le faccio vedere».

A casa lavoriamo tutto il pomeriggio trascrivendo ricette e provando fra di noi i vari unguenti e le maschere.

Siamo completamente imbrattati di maschera allo yogurt con l'olio d'oliva e crema per le mani al burro di karitè, sembriamo due dimostratrici Avon (poi uno si chiede perché la gente lo crede gay), quando suona il campanello ed è Tyler.

Appena vede suo fratello, incurante del pasticcio che ha in faccia, lo abbraccia e lo solleva da terra.

Ho paura che lo spezzi in due.

È felice come una Pasqua, gli brillano gli occhi, non smette di accarezzarlo e di stringerlo a sé, è in adorazione.

Peter lo abbraccia con una tenerezza infinita, come il fratello maggiore fa con il piccolo da proteggere, gli fa un sacco di domande e lo riempie di complimenti.

Mentre ci laviamo la faccia in bagno mi sussurra: «Monica, tu non mi crederai, ma Tyler è un'altra persona, ora che l'ho visto ne sono più che mai consapevole. Tu lo hai trasformato, sta diventando un uomo, lavora, ha delle piccole responsabilità, è più estroverso, tu hai il potere di tirare fuori il meglio dalle persone».

«Iiiio? Ma che dici, se non mi vuole nessuno!».

«Di chi parli, dei due donatori di sperma? Solo perché hai fatto dei cattivi incontri non vuol dire che tu non sia straordinaria e, credimi, lo sei».

Decido di accettare il complimento, senza sminuire il mio valore, come faccio sempre.

Prepariamo la cena mentre Tyler apparecchia la tavola in perfetta autonomia.

Peter è quasi commosso.

Io e lui siamo un'ottima squadra, è veramente competente e velocissimo nell'esecuzione di qualsiasi piatto, maneggia il coltello come un prestigiatore e riesce ad affettare il prezzemolo a una velocità impressionante, meglio di un minipimer, sono ammirata.

Prepariamo una cena indiana a base di lenticchie e cavolfiore al curry quando arriva Pilar. Per un attimo, leggo il disappunto nei suoi occhi.

Eh eh, cara mia, 1 a 0 palla al centro...

Naturalmente lo abbraccia e lo bacia sulla bocca, gesto che gli fa abbassare lo sguardo e arrossire le guance un momento.

«Che bravi, ve siete messi a cucinare, sembrate quelli che se vedono alla televisione».

Do di gomito a Peter. «Hai visto? Siamo credibili!».

«Ne dubitavi?».

Ci mettiamo a tavola e Pilar comincia a bere in maniera spropositata, in realtà beve anche il vino che io non posso bere e credo che da sola si faccia fuori almeno una bottiglia e mezza, così quel poco di freno inibitore che le restava va a farsi benedire.

«Peter, lo sai che sono siempre estata innamorata de ti?».

Eccoci!

«Ma no, dai, lo dici per prendermi in giro».

«No no no», biascica carezzandogli la mano con il dito indice, «tu sei carino, y onesto, y bello, y simpatico, y bravo...».

«E tu sei ubriaca fradicia».

«No, io reggo benissimo el vino», si alza e si siede sulle sue gambe.

Per evitare di assistere a questo scempio chiedo a Tyler di aiutarmi a sparecchiare, mentre lei gli parla all'orecchio e lo fa ridere.

Una volta lavati i piatti decido che ho sopportato abbastanza, del resto non posso competere con una spagnola sadomaso ubriaca e non incinta.

«Bene, carissimi», batto le mani, «è stato uno spasso, ma domani mi aspetta una giornata molto pesante e, se non vi dispiace, vorrei andare a letto».

«Certo, Monica, scusa, non mi ero accorto di che ora fosse», dice Peter facendo scendere delicatamente Pilar dalle sue ginocchia. «Adesso ce ne andiamo».

«Accompagname a casa, Pit, ho paura de perderme».

«Ma se abiti qui davanti», fa Tyler.

«Se fanno siempre strani incontri en questo palazzo».

«Okay, Pilar, ti accompagno solo perché so che sei capace di tutto». Poi rivolto a me: «Grazie della bella giornata, Monica, ti chiamo domani così continuiamo il nostro lavoro».

«Okay», gli sorrido frettolosamente.

Chiudo la porta e....

AAAAAAAARRRRRRRGGGGGHHHHHH!

Sì, lo ammetto, sono ufficialmente gelosa di Pilar.

36

Pro:

Sono incinta.
Sono una tosta.
Ho mandato affanculo l'80% del mio passato.

Contro:

Mi piace Peter.
Peter è il mio padrone di casa.
A Peter piace Pilar.

È assurdo, devono essere ancora gli ormoni, non riesco a pensare ad altro che a Peter (e a fare sesso con Peter in 41 posizioni, che è un altro simpatico effetto collaterale della gravidanza: hai una voglia pazzesca di fare sesso e ovviamente non c'è nessuno che lo voglia fare con te).

Finirò per strusciarmi sui cuscini come i cani!

È mai possibile che da quando è arrivato sia diventato il mio pensiero fisso? Stavo benissimo, cominciavo a superare le mie "dipendenze affettive da uomini sbagliati", e adesso ricomincio a sentire le farfalle nello stomaco e tutti i tipici segnali della cotta da adolescente.

Gli ormoni. Non c'è altra spiegazione: gli ormoni e la primavera in arrivo.

Gli ormoni, la primavera in arrivo e Peter che è stupendo...

Adoro guardarlo affettare le carote, e il modo in cui mescola gli impasti con la frusta, e quando assaggia dal mestolo.

Oddio, sogno che mi possegga fra le verdure e i cereali, ma come potrebbe con questa pancia?

E poi non voglio che mia figlia mi veda fare certe cose!

Ed è normale che sia attratto da Pilar e dai suoi giochi erotici; l'unico gioco che potrei proporgli è rubamazzo!

Dio, che situazione seccante.

Non è possibile che mi stia innamorando, vero? Fino a due minuti fa piangevo per Edgar e ora comincio quasi a pensare "Edgar chi? David come?".

Non posso permettermi più di fare cazzate o di soffrire ancora, non in questo momento.

Okay, farò finta di niente, lo ignorerò, in fondo l'amore è solo una questione chimica, no? Quindi basta non pensarci, e prima o poi l'effetto passerà.

Penserò a lui come a una felce. Peter la felce.

Mamma mia, ho i bollori.

Apro la posta elettronica per non pensare a lui e mai come oggi lo spam dal titolo «Enlarge your penis» mi fa uno strano effetto.

Concentrati sul respiro Monica, rilassati, «OOOOMMMMM!».

C'è una mail che mi aspettavo da un momento all'altro:

Da: Lilly Horowitz – Vanity Fair
Cc: Linda Rosenblatt, Max Del Vecchio

Carissima Monica,
come da nostro recente incontro sono a rinnovarTi l'offerta per il pezzo su JD Salinger di due cartelle. Il compenso è stato modificato in USD 13.000, cifra che include l'acquisizione dei diritti di pubblicazione della foto in Tuo possesso.

Certa di un Tuo rapido e positivo riscontro, resto a Tua totale disposizione per qualunque chiarimento e informazione Tu necessiti.

Cordialmente

Lilly Horowitz

Questo si chiama non sapere accettare un *no* come risposta.

Certo che quei soldi mi farebbero un gran comodo, ma se li accettassi me ne pentirei amaramente, venderei l'anima al Diavolo (veste Prada).

Cancello la mail senza rimpianti.

Suona il campanello che mi riporta alla dura realtà: dietro quella porta c'è l'uomo con cui vorrei accoppiarmi seduta stante, il solo pensiero mi fa venire i sudori freddi.

Mi sciacquo frettolosamente il viso sotto l'acqua e vado ad aprire cercando di mantenere un'aria distaccata.

Apro la porta ed è Joe. La mia libido precipita vertiginosamente sotto le scarpe.

«Ciao, Monica, ero venuto a portarti questo pacco per te di persona, così approfitto per fare le scale a piedi, lo sai che la tua torta di cioccolato era buonissima? Da non credere che fosse senza burro e uova, guarda...».

Di nuovo mette la mano alla cintura dei pantaloni per farmi vedere quanti buchi ha stretto, ultimamente è diventato il suo gesto classico, come stringere la mano. Non voglio esserci il giorno in cui gli cadranno i pantaloni per terra.

«Sono orgogliosa di te, Joe».

«Anch'io sono orgoglioso di te, Joe», fa eco una voce alle sue spalle.

Una voce flebile, che mi fa venire i brividi lungo la schiena e mi fa immediatamente immaginare le scene di sesso più hard che esistano.

Dio, è lui, e ora che è riposato e senza gli occhiali è ancora più bello.

«Ciao, Monica», mi dà un bacino sulla guancia a cui rispondo in modo distratto. «Ho portato un po' di farina intergale così ti mostro come si fa il seitan».

Era esattamente quello di cui avevo bisogno.

Mi eccita anche il modo in cui lo dice... Seeeitan.

Prende una bacinella e ci versa la farina, poi aggiunge un po' d'acqua e comincia a lavorarla.

Mi incanto guardando le sue mani agili ed esperte, e mi immagino che impasti me.

Felce, devo pensare a una felce, una grande, rigogliosa e inanimata felce... OOOMMMM.

«Monica?»

«Felce!».

«Come, scusa?»

«Facile, sembra facile».

«Oh sì, lo è, e costa pochissimo rispetto a quello che puoi comprare nei negozi specializzati».

«Interessante».

«Adesso deve riposare nell'acqua per circa un'ora, poi ti faccio vedere la seconda parte».

Un'ora, sai quante cose potrei farti in un'ora? Cose proibite in numerosi stati?

«Allora hai accompagnato Pilar a casa sua ieri sera?»

«Sì, poi sono rimasto un po' con lei perché non si sentiva bene, si è appena lasciata col ragazzo e aveva bisogno di parlare. Non credo che abbia superato la morte di Maggie».

Brutta bugiarda, ma se non ha nessun ragazzo a parte Viagra che frusta una volta a settimana e di Maggie non gliene è mai fregato niente, che vipera!

Muoio dalla voglia di sapere se c'è andato a letto, ma non siamo abbastanza intimi.

«Senti, ma tu e Pilar... insomma... sì... tu e Pilar?»

«Io e Pilar cosa?»

«Tu e Pilar siete molto amici, no?»

«Direi di sì, la conosco da cinque anni».

«E non avete mai...».

«Ma quante domande, come mai sei così curiosa?»
«Curiosa, io? Assolutamente no, era per chiacchierare, dato che dobbiamo aspettare un'ora».
Accidenti, non ha chiarito il mio dilemma: c'è stato a letto o no? Ed eventualmente quante volte?
«Preparo una tisana, ne vuoi?»
«Volentieri!».
E farei anche una doccia fredda.
Magari con te.
Uffa, basta, aprirò il pacco che mi ha portato Joe.
È mia madre che lo manda, è pieno di tutine di quando ero neonata, sono piccolissime e adorabili, rosa, verdi e lilla, ci sono le scarpine e dei bavaglini e perfino una cuffietta e la spazzolina morbida che sa di talco.
Non ha buttato via nulla, che dolce la mia mamma.
Peter è più intenerito di me alla vista degli abitini.
«Ti piacciono i bambini?», gli chiedo.
«Se mi piacciono? Li adoro, ne vorrei una squadra».
Ecco, lo sapevo, sarebbe anche un buon padre, il Brad Pitt di Perry Street.
Dopo un po' torniamo al nostro impasto.
Peter prende la palla di pasta delicatamente fra le mani e la mette sotto il rubinetto dove continua ad impastarla facendo scolare tutto l'amido.
«Dai, fallo con me!», mi dice.
«Sì, ti prego!», lo dico come se dicessi «Prendimi sul tavolo adesso!».
«Monica, ti senti bene? Sembri accaldata».
«Dici? Dev'essere la pressione... è un po' alta ultimamente», rispondo facendomi vento con un giornale.
«Prendi la passiflora?»
«Uh! Come no! A fiumi».

Adagia la pasta spugnosa fra le mie mani e le muove insieme alle sue per mostrarmi come si fa.

Non ho mai visto niente di più erotico prima, altro che *Ghost* e *9 settimane e ½*.

Potrei avere un orgasmo da un momento all'altro.

Siamo ad una distanza quasi inesistente, riesco a sentire il profumo della sua pelle e del suo shampoo, ma è possibile che io non gli faccia nessun effetto?

Ah già, dimenticavo, io ho la pancia e lui si è appena scopato Pilar...

«Peter, ti sei scopato Pilar? Dimmi la verità!», gli domando senza nessun ritegno.

Mi guarda sorpreso.

«Ma no che non ho scopato Pilar. Monica, ma che stai dicendo?»

«Allora baciami».

Gli prendo il viso con tutta la forza del testosterone che ho in circolo.

E lo bacio appassionatamente.

«Monica, che stai facendo? Nelle tue condiz... non dovre...», mi allontana delicatamente.

Oddio, lo sapevo, mi sono coperta di ridicolo, adesso sarà incredibilmente imbarazzante per tutti e due, sarà meglio che mi cerchi un'altra casa. Subito.

«Scusa, ma non sono io, sono gli ormoni, è come se fossi posseduta, non badare a me, anzi, sai che faccio? Comincio a preparare le valigie, è meglio che vada io da Steve per qualche tempo».

Comincio a radunare le mie cose a caso pur di non doverlo guardare negli occhi, in tutto questo lui ha sempre il seitan in mano e la faccia tutta appiccicosa di glutine.

Ed è ancora più sexy.

Si lava le mani e viene verso di me, appoggia le mani sulle mie le spalle, poi mi massaggia appena il collo e questa volta mi bacia lui in una maniera perfetta.

«Monica», mi sussurra, «io credo di essere innamorato di te da mesi e ho voglia di baciarti dalla prima volta che ti ho visto, ma non pensavo di interessarti».

«Peter... da quando ho saputo che non sei gay non riesco a toglierti dalla mente e ho una voglia indecente di fare l'amore con te, anche se, nelle mie condizioni, il massimo che si può fare è una passeggiata mano nella mano».

«Monica... io muoio letteralmente dalla voglia di fare l'amore con te».

37

Rimaniamo a letto tutta la mattina e metà del pomeriggio, a coccolarci, baciarci, fare l'amore e ridere come matti.

Non mi sentivo così da una vita.

No, mi correggo, non mi sono mai sentita così in vita mia.

Peter è single, etero, ha la mia età, lavora, ama i bambini, non è mai stato promiscuo, è autosufficiente, non dipende da sua madre e non si droga.

Dove sarà la fregatura?

Per il momento non voglio saperlo, tanto se c'è prima o poi lo scoprirò.

Rimaniamo abbracciati a cucchiaio fino a che la fame ci obbliga ad uscire dal letto.

Peter mi prepara dei sandwich meravigliosi con crema di melanzane e capperi e anelli di cipolla fritta che si sciolgono in bocca.

Ma dopo aver mangiato torniamo a letto.

Appoggio la testa sul suo petto mentre mi accarezza i capelli.

«Sai che sei bellissima?»

«Io?».

Che risposta idiota.

«Certo, tu. Emani una luce che mi lascia senza fiato, e con la pancia sei meravigliosa».

Non è possibile che stia accadendo a me, un uomo che mi "ricopre letteralmente di complimenti", adesso mi dice che è già sposato, me lo sento.

«Peter... hai mai avuto storie veramente importanti in vita tua?»

«Sì, una, parecchi anni fa e ci ho messo un sacco di tempo a riprendermi, e quando mi sono ripreso non ho più avuto voglia di rischiare di soffrire così, e mi sono buttato nel lavoro. Lo so che è da vigliacchi, ma è così difficile costruirsi un equilibrio e, una volta che ne trovi uno, anche se è fatto di poche cose sicure, cerchi di tenertelo stretto».

«Ti capisco bene».

Ecco, ora mi dice che deve andare, che è stato bello, ma che preferisce ritornare al suo "equilibrio perfetto" per non rischiare di soffrire.

«Sto così bene con te, è così bello parlarti, stringerti... non credevo che l'avrei provato mai più, mi sembra di conoscerti da sempre e... devo confessarti una cosa...».

Eccoci, adesso arriva la tegola.

«...Se sono tornato tanto presto era perché sapevo che eri sola e in difficoltà e visto che lì le cose erano senza soluzione, ho preferito tornare a casa il prima possibile».

Devo essere morta e ora sono in paradiso.

Adesso dovremo affrontare la questione gravidanza, e mi dirà che devo fare il test del DNA e costringere il padre alle sue responsabilità.

«Ti dispiace se ti appoggio la mano sulla pancia?»

«No... niente affatto».

TUMP!

«Oddio, ha scalciato!», ride. «È bellissimo, non vedo l'ora che nasca, quanto manca?»

«Tre mesi e poco più».

«Sarà bellissima».

«Non so a chi assomiglierà».

«Assomiglierà solo a te, ne sono sicuro».

Su, ditemi dove sono le telecamere nascoste, vi siete divertiti abbastanza ormai, no?

«Peter, ma tu sei vero?»

«Certo che sono vero».

«Non è che tu adesso ti alzi e mi dici che te ne devi andare dalla tua ragazza e che forse mi chiamerai, che sì, è stato bello, ma non abbastanza da stare insieme e che non ti senti sicuro perché non sei fatto per stare in coppia e poi c'è la bambina e tu non vuoi fare il padre a una figlia non tua e...».

«Shhhh!», mi copre la bocca con la mano. «Ma che razza di gente frequenti?»

«Fin qui solo stronzi, Peter, a mazzi».

«Vieni qui», mi abbraccia, «ci sono io, e io non ho mai lasciato nessuno in vita mia, non ne sono capace, odio gli abbandoni e gli addii e sto tanto bene con te che mi sembra un sogno».

Scoppio a piangere.

38

La mattina seguente Peter e io andiamo in giro per mercati biologici dove mi insegna come scegliere le cose migliori senza prendere fregature. Poi insieme prepariamo il pranzo per il bar e con lui è veramente una passeggiata di salute, ci mettiamo pochissimo tempo e siamo in perfetta sintonia, lui non cerca mai di sembrare saccente, ma mi insegna i trucchi del mestiere con una grande pazienza.

Quando arriva Tyler capisce subito che c'è qualcosa di strano. Poverino, il periodo più stressante della sua vita, ogni volta che metabolizza un avvenimento succede subito qualcosa di più grosso!

Vede che indosso la camicia di Peter aperta sulla pancia con i suoi pantaloni del pigiama turchesi e non gli sfugge il dettaglio.

«Come mai hai i pantaloni di mio fratello addosso?».

Sorrido a Peter come a dirgli «Adesso glielo spieghi tu».

«Non ti sembra bellissima, Tyler?».

Ma sta parlando di me?

Tyler mi guarda e capisco che il suo cervello gira vorticosamente alla ricerca di una risposta.

«Sì, ma perché ha i tuoi vestiti? Non ne ha di suoi?»

«Certo che ne ho di miei, ma mi piaceva indossare quelli di Peter, è una cosa affettuosa».

Non sono riuscita neppure io a chiarire i suoi dilemmi, pazienza, confido nelle sue infinite risorse.

Partiamo tutti in direzione del bar dove troviamo un Bob

sempre più in forma (ha una maglietta con scritto "Sono con un idiota" e una freccia che indica la sua destra). Automaticamente ci mettiamo tutti alla sua sinistra.

Peter e Bob fanno immediatamente amicizia e vanno in cucina, io lo osservo da lontano, seduta al bancone al posto di Carl, completamente rapita, e lo guardo gesticolare e ridere mentre gli dà sicuramente qualche dritta (è più forte di lui).

Ma è mai possibile che io mi sia già innamorata?

Naaaaaaa.

«Dio, com'è bello...», sospiro.

«Chi, mio fratello?», mi chiede Tyler.

«Sì», gli confesso, «tanto».

«Ah», abbassa gli occhi come se fosse deluso.

«Ti dà fastidio?... Se ci mettiamo insieme, voglio dire».

Fa spallucce. «Tanto ve ne andrete anche voi, lo so».

«Ehi, guardami bene negli occhi tu», gli prendo il mento fra le dita. «Cosa ti ho detto l'altra volta? Che le persone che ti vogliono bene non ti abbandonano e Peter è tornato apposta per noi due, quindi non voglio che ti preoccupi, qui nessuno ti abbandona, okay?».

Fa sì con la testa.

«Sei convinto? Ti fidi di me? Ti ho mai detto una bugia?».

Fa no con la testa.

Peter e Bob ritornano dalla cucina, sembra che si conoscano da sempre, Peter ha un contatto umano così naturale, non puoi non volergli bene.

Viene da me e mi abbraccia e mi mette le mani sulla pancia, poi mi sussurra nell'orecchio: «Mi stavate già mancando!».

Mi devo dare un pizzicotto per vedere se sono sveglia.

Vuoi vedere che questo è l'amore? Due persone che provano un sentimento fortissimo l'uno verso l'altra e se lo dimostrano in mille modi? È tutto qui?

Naaaaaa.

«Senti, Peter, ma non è che mi potresti dare una mano con il locale? Monica è bravissima, ma fra poco non potrà più venire e gli ordini sono così numerosi che non posso più farglieli preparare a casa o un giorno o l'altro mi arrestano. E poi io non so proprio cucinare!».

«Non ho nessun problema a cucinare per te, anzi, ho un sacco di idee che ti piaceranno, questo locale è in una posizione strategica, è una potenziale miniera d'oro».

«Dici davvero?»

«Ho una certa esperienza, puoi credermi!».

Bob gongola dalla gioia.

«Allora, se le cose andranno bene come dici, potremo entrare in società!».

«Ehi ehi ehi, ma ti stai dimenticando di me? Sono io che ho risollevato le sorti di questa topaia, non dimenticarlo!».

«E chi ti dimentica, senza di te mi sarei già sparato da un pezzo».

«E io, allora?», fa eco Tyler.

«Giusto! Noi due? Che siamo diventati, la bassa manovalanza? Se i nostri diritti non saranno riconosciuti faremo sciopero. Vero, Tyler?»

«Vero!».

«No, ragazzi, non sto scherzando, credo davvero che potremmo fare fruttare questo posto. Che ne dici, Peter?»

«Assolutamente d'accordo. Tu che ne pensi cucciola?», mi chiede abbracciandomi.

Mi chiama cucciola e mi chiede il mio punto di vista? Se continua così gli do anche il numero della mia carta di credito!

Ecco, dev'essere un ladro gentiluomo, mi seduce e mi ruba tutto.

Usciamo tutti e tre dal locale, Peter tiene un braccio intorno alla mia vita e l'altro sulla spalla di Tyler. Che bello, sembriamo già una famiglia.

Tyler è raggiante, si sente protetto, Peter fa sentire tutti al sicuro.

Ma dov'è stato tutto questo tempo?

Io e Peter torniamo a casa, mentre Tyler rimane a fare le sue consegne.

Ora che abbiamo tutta la giornata libera ho già un'idea di come potremmo occuparla.

«Dobbiamo metterci sotto per scrivere il libro», mi fa Peter.

«Eh, certo, non vedo l'ora!».

«Perché non lo scriviamo a letto?»

«Mi hai letto nel pensiero».

Mentre apriamo la porta ecco Pilar che si affaccia *casualmente*. Non sa niente delle novità.

«Ma ve siete sposati voi due? State sempre insieme, che palle».

Peter mi guarda e mi abbraccia.

Cioè, ho capito bene? Mi abbraccia davanti a una donna super arrapante che non vede l'ora di saltargli addosso e non fa il cretino con lei?

Se c'è qualcosa sotto dev'essere qualcosa di molto grosso!

«Io e Monica siamo insieme».

«Che?», grida Pilar strabuzzando gli occhi. «Non ce posso credere».

Faccio sì con la testa.

«Vuoi dire che io non te piacio?», chiede a Peter incredula con le mani sui fianchi.

«Non sei proprio il mio tipo».

«Che? Ma non es possible, non c'è più religione, me sa che vado a provare el vibratore», e se ne va brontolando in spagnolo.

«Peter, io ti adoro».

«Sono io che adoro te. Te l'ho detto, riesci a tirare fuori il meglio dalle persone, io non mi sentivo così da una vita e non potrei pensare di non vederti o non stare con te tutti i giorni, tu mi rendi felice».

Che bello, diventeremo una di quelle coppie simbiotiche che fanno tutto insieme e che festeggiano le nozze di diamante completamente rincoglioniti e dicono «non abbiamo mai dormito separati una sola notte».

È quello che ho sempre desiderato.

A casa tentiamo di metterci a lavorare, ma non riusciamo a concentrarci per più di tre minuti senza baciarci o ridere.

Sono così felice che ho il terrore che tutto questo sparisca.

Peter mi guarda negli occhi e interpreta il mio pensiero.

«Anch'io ho paura, sai? Credi che per me sia diverso? Ogni passo in avanti è un'emozione immensa mista a una fottutissima paura di rimettermi in gioco e soffrire nuovamente. Mi sono circondato di tante piccole certezze durante tutti questi anni, per proteggermi dal dolore e dalla paura di fallire ancora e questa volta forse senza riuscire a risalire in superficie. Ma non si può rinunciare del tutto ad amare senza almeno provarci, come ho fatto fino ad ora, perché mai come questa volta sarei il più grande stronzo di tutti i tempi a lasciarti scappare via e non me lo perdonerei fino all'ultimo dei miei giorni».

«Peter... mi sa che io ti amo», gli dico guardandolo negli occhi.

«Mi sa che ti amo anch'io», mi risponde stringendomi forte.

«Ti dispiace se esco un attimo da sola? Devo fare una cosa importante».

Esco e vado a prendere la metro.

Scendo a Battery Park ed entro in un supermercato dove compro una bottiglia di whisky da un dollaro.

Non so perché proprio il whisky, ma l'ho sempre visto fare nei film.

Vado a sedermi vicino al molo, lontano dai turisti e dai piccoli traghetti, e apro la bottiglia che svuoto completamente nel fiume.

Poi prendo la lettera che ho scritto in metropolitana, l'arrotolo e la infilo dentro.

Caro Edgar,
semmai un giorno questa bottiglia arriverà a Palau (Micronesia) voglio che tu sappia che sono felice.

Ho incontrato per puro caso un uomo che mi ama e che anch'io sento di amare, anche se ci frequentiamo da pochissimo tempo.

Mi sembra di conoscerlo da sempre, abbiamo gli stessi gusti, lo stesso senso dell'umorismo e abbiamo già fatto un sacco di progetti per il futuro.

Sento che questa volta è quella giusta e farò il possibile perché funzioni.

Spero tanto che la persona che hai incontrato sappia darti un po' di serenità in modo che tu ricominci a vivere la tua vita che hai paralizzato per troppo tempo.

Non devi rinunciare ad amare, non te lo perdoneresti mai.

Ti ho amato tanto e ho sofferto da morire per la nostra separazione, ma adesso sono contenta che sia finita, non saremmo mai stati capaci di renderci felici, non eravamo fatti l'uno per l'altra.

Ora capisco la differenza fra un rapporto sbagliato e uno vero.

Aspetto una bambina.

Forse il padre sei tu, forse David, ma non ha più importanza ormai, quello che conta è che la mia bambina sarà sana e felice.

La riempirò d'amore, la proteggerò e le insegnerò a farsi rispettare e a non abbassarsi mai a raccogliere le briciole di affetto come ho fatto io per troppo tempo.

Ti auguro tutto il bene del mondo.

Ciao

Monica

Tappo la bottiglia, mi alzo e con tutta la forza la getto nel fiume.

La vedo allontanarsi e poi sparire fra le onde.

39

Fra una settimana finisco il tempo.

Sembro una roulotte. Anche se Peter dice che sono sexy, sembro comunque una roulotte.

Abbiamo finito di scrivere il libro e ci sono già un paio di editori interessati al nostro progetto.

Peter lavora tutti i giorni al locale e Bob ha già capito che senza il talento di Peter può anche chiudere, perciò entreranno in società a breve.

Stiamo cercando una casa più grande, con una cucina seria, un giardino dove poter fare l'orto e una stanza in più per Tyler che ci darà una mano con la bambina.

Probabilmente ce ne andremo a Brooklyn.

Sandra mi ha scritto una mail di due righe, che deve esserle costata molta fatica, ma che è comunque un inizio. Immagino quanto Mark debba averle rotto le palle!

Pilar esce ancora con Viagra, ma non ha digerito la nostra storia. Quando ci vede uscire di casa per mano dice qualcosa tipo: «Me fate venir el diabete voi due!».

Joe ha perso più di venti chili, e io continuo a cucinare per lui, anche se lui non lo ha mai confessato alla moglie. In compenso il loro matrimonio va a gonfie vele.

Le mail di Lilly si sono diradate, per un po' ho sospettato mi volesse far rapire per costringermi a scrivere il pezzo sotto tortura. Non so cosa le abbia impedito di farlo.

Per quanto riguarda me, passo la maggior parte del tempo sul divano con le gambe alzate a guardare televisione spazzatura e a farmi coccolare da Peter: questi ultimi mesi sono stati faticosissimi, la bimba è bella grossa e io sono davvero sfinita.

La mattina del sabato veniamo qui in Union Square per il mercato biologico, vendiamo marmellate e dolci che facciamo noi in casa, un modo per arrotondare e trascorrere del tempo insieme.

Peter non sta più nella pelle per la nascita della bambina, anche se non siamo riusciti ancora a trovarle un nome perché abbiamo sempre paura che ce ne sia uno più bello.

Mentre sto incartando un pancake alle noci, vedo una mamma che corre dietro a una bimba che sta cercando di prendere la palla.

«Clarissa! Clarissa, vieni qui!».

Io e Peter ci guardiamo.

Folgorati

«Che ne pensi?»

«È bello, regale, comprensibile in tutte le lingue, dolce e autorevole».

«È lui!».

«Siiiii!».

Battiamo cinque come due scemi e ci abbracciamo.

«Tesoro», mi sussurra.

«Dimmi».

«Avevo deciso che quando avessimo trovato il nome ti avrei chiesto una cosa...».

Ecco, adesso mi chiede un periodo di riflessione, anzi un anno sabbatico a Santo Domingo.

«...Mi vuoi sposare?»

«Che?».

Sembro Pilar.

«Non posso permettermi di regalarti un anello di Tiffany per il momento, ma ti giuro che appena posso te lo regalo, per ora ho solo... questo».

Mi porge una pallina di plastica trasparente con dentro un anellino di plastica per bambini.

Me lo metto all'anulare.

«È l'anello più bello abbia mai visto!».

«Allora... è un sì?»

«Certo che è un sì!», lo bacio.

«Amore... dall'emozione te la sei fatta sotto?»

«No... Mi si sono rotte le acque!».

RINGRAZIAMENTI

Il 2008 è stato un anno molto importante per me (checché se ne dica degli anni bisestili).

È stato un anno di cambiamenti personali e di scelte nuove che mi hanno fatto trovare finalmente un nuovo equilibrio, dopo interminabili anni alla faticosa ricerca di stabilità emotiva.

Soprattutto la scoperta di uno stile di vita più naturale e lo yoga hanno fatto la differenza fra l'essere irrequieta l'85% del tempo e il contare fino a dieci prima di partire in quarta!

Eliminare numerosi "rami secchi" e smettere di rimuginare sul passato sono stati i due passi fondamentali che hanno reso la mia vita migliore, così come l'incontro con persone nuove e positive.

Sono queste le persone che voglio ringraziare in questo libro, insieme a quelle che già c'erano e che hanno continuato a credere in me anche nei momenti in cui io ci credevo di meno.

Gli amici di sempre che mi vogliono bene per quello che sono (anche quando cucino vegan!), mio fratello Daniel che adoro e che mi fa ridere come nessuno, mia mamma che ha adottato i miei gatti Gurb e Blanche restituendo loro la libertà di fare i bisogni all'aria aperta, Attilio che amo e che mi sostiene, mi coccola e mi incoraggia tutti i giorni della mia vita, la mia agente Maria Paola Romeo (è una vita che volevo dire una cosa così!!!), una persona straordinaria che ammiro moltissimo, i ragazzi del blog che hanno creato un gruppo inseparabile (in particolare Caterina Graziano che ha trovato il titolo al libro) e infine la dott.ssa Simona Calugi, lei sa perché.

Infine vorrei approfittare di questo spazio per rispondere una volta per tutte all'eterna domanda: «Ma è vero che sei considerata la Bridget Jones italiana?».

Il fatto di aver creato un personaggio come Monica, una trentenne ingenua e insicura, alla disperata ricerca dell'amore, fondamentalmente onesta e che usa l'ironia come salvagente, non ha niente a che vedere con il personaggio di Helen Fielding.

Monica non conta le calorie, né le sigarette, e il suo unico problema non è quello di scegliere fra Hugh Grant e Colin Firth, ma quello di imparare a credere in se stessa, dimostrare il suo valore e tirare fuori le palle.

Insomma... la risposta è NO!!!

INDICE